西方文学简史

（邮票插图版）

冯新平　谭晓春　编著

合肥工業大學出版社

图书在版编目(CIP)数据

西方文学简史(邮票插图版)/冯新平,谭晓春编著.—合肥:合肥工业大学出版社,2018.5

ISBN 978-7-5650-3929-4

Ⅰ.①西… Ⅱ.①冯…②谭… Ⅲ.①文学史—西方国家②邮票—世界—图集 Ⅳ.①I109②G894.1-64

中国版本图书馆CIP数据核字(2018)第096390号

西方文学简史(邮票插图版)

冯新平 谭晓春 编著　　　　责任编辑 章 建 张 燕

出　版	合肥工业大学出版社	版　次	2018年5月第1版
地　址	合肥市屯溪路193号	印　次	2018年5月第1次印刷
邮　编	230009	开　本	787毫米×1092毫米 1/16
电　话	总编室:0551-62903038	印　张	21.75
	市场营销部:0551-62903198	字　数	490千字
网　址	www.hfutpress.com.cn	印　刷	安徽联众印刷有限公司
E-mail	hfutpress@163.com	发　行	全国新华书店

ISBN 978-7-5650-3929-4　　　　定价:78.00元

题 献 词

谨以此书献给

我们的亲人、朋友

以及我们远在美国纽约的小外孙 Leo

——冯新平　谭晓春

目 录

绪 论

诺贝尔文学奖的由来

阿尔弗雷德·伯恩哈特·诺贝尔（1833—1896）是瑞典著名的发明家和化学家，其生前致力于炸药研究，希望用自己的发明消灭战争，造福人类。临终前，他写有遗嘱，决心捐献全部财产 3122 万瑞士克朗设立基金，每年把利息作为奖金，授予“一年来对人类做出最大贡献的人”。为此，瑞典政府设立了“诺贝尔基金会”，分设物理学、化学、生物学或医学、文学创作、民族和睦或和平五项大奖。1901 年 12 月 10 日，诺贝尔逝世 5 周年之际，诺贝尔奖金设立。1968 年又增设了经济学奖，共有六项大奖。

1933 年 瑞典 诺贝尔

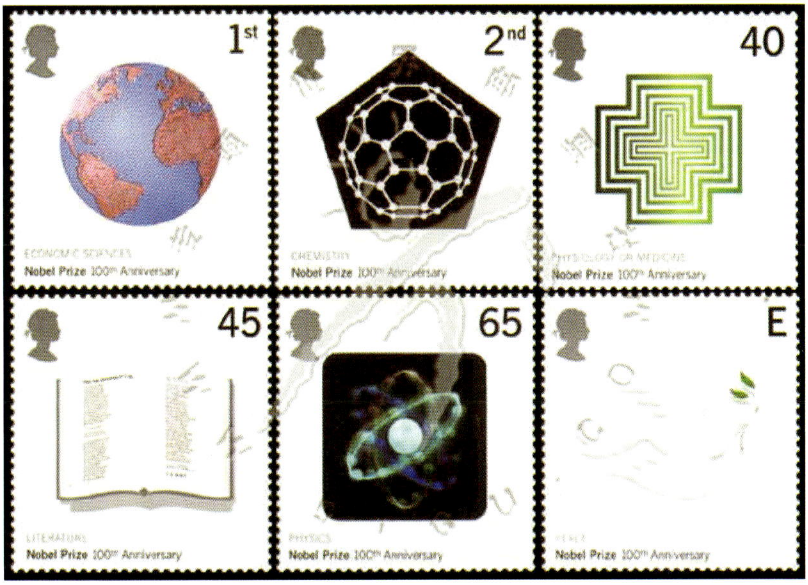

2001 年 英国 诺贝尔奖设立 100 周年纪念邮票

1995 年　德国　诺贝尔逝世 100 周年

依照诺贝尔生前遗嘱，诺贝尔文学奖授予“最近一年来在文学方面创作出具有理想倾向的最佳作品的人”。同时，他的遗嘱特别强调：“不考虑候选人的国籍，只要完全具备资格，无论是不是斯堪的纳维亚人，均应授奖。”1900 年经国王批准，“文学作品”的概念扩展为“具有文学价值的作品”，这就使得历史和哲学著作有幸入围。

诺贝尔文学奖的奖金由斯德哥尔摩诺贝尔基金会统一管理，由瑞典文学院评议和决定获奖人选。因此，院内设置了专门机构，并建立了诺贝尔图书馆，收集各国文学作品、百科全书和报刊文章。按照评奖的章程规定，各国文学院院士、大学和其他高等学校的文学史和语文教授、历年的诺贝尔奖金获得者和各国作家协会主席才有权推荐候选人，本人申请不予考虑；推荐书每年 1 月 1 日前交瑞典文学院，11 月 1 日前后公布评选结果。授奖一般是因为某一作家在整个创作方面的成就，有时也因为某一部作品的成就，如法国作家马·杜·加尔因长篇小说《蒂博一家》、德国作家托马斯·曼因长篇小说《布登勃洛克一家》、英国作家高尔斯华绥因长篇小说《有产者》、南斯拉夫作家安德里奇因长篇小说《德里纳河上的桥》而获奖。1914 年、1918 年、1935 年、1940—1943 年因战争没有颁发，1904 年、1917 年、1966 年、1974

1996 年　马里　诺贝尔

2001 年　美国　诺贝尔奖

年获奖者为两人，奖金平分。诺贝尔文学奖获奖者被授予一份获奖证书、一份带有诺贝尔头像和铭文的金质奖章，奖金数目取决于当年利息收入，每年数字不等。为了使奖金能真正起到鼓励人们进行创造性活动的作用，诺贝尔奖不考虑已经去世者，无论其多么杰出。不过，倘若在评选结果已经出来，但获奖者在尚未接受奖金之前去世，则仍然予以颁发。

2001 年　格林纳达　诺贝尔

作为诺贝尔遗嘱中提到的五大奖励领域之一，诺贝尔文学奖已发展成为世界级大奖。迄今为止，在世界各种文学奖中，还没有哪一个奖项可以和诺贝尔文学奖的知名度与权威性相比，因此各国作家无不以获得诺贝尔文学奖为殊荣。如果哪位作家获得了诺贝尔文学奖，他的祖国都会为之而骄傲。纵观诺贝尔文学奖获奖作家，绝大部分都是有成就的杰出作家，他们的作品或者有艺术创新，或者为人类文明做出了贡献，或者具备那些有助于推动人类前进的理想。每一位获奖作家都得到了世人的认可，作品也都典型地体现了时代的代表性。

1976 年　诺贝尔文学奖奖章小型张、名单

附：历年诺贝尔文学奖获奖名单

（1）1901 年，作品《孤独与深思》获奖。作者苏利·普吕多姆（Sully Prudhomme，1839—1907），法国诗人，获奖理由：“是高尚的理想、完美的艺术和罕有的心灵与智慧的实证。”

2007 年　法国　普吕多姆

（2）1902 年，作品《罗马史》获奖。作者特奥多尔·蒙森（Theodor Mommsen，1817—1903），德国历史学家，获奖理由：“今世最伟大的撰史巨匠，此点于其巨著《罗马史》中表露无遗。”

（3）1903 年，作品《挑战的手套》获奖。作者比昂斯滕·比昂松（Bjørnst Bjørnson，1832—1910），挪威戏剧家、诗人、小说家，获奖理由：“他以诗人鲜活的灵感和难得的赤子之心，把作品写得雍容、华丽而又缤纷。”

2003 年　德国　蒙森

2010 年　挪威　比昂松

（4）1904 年，作品《金岛》获奖。作者弗雷德里克·米斯塔尔（Frédéric Mistral，1830—1914），法国诗人，获奖理由：“他的诗作蕴涵着清新创造性与真正的感召力，它忠实地反映了法国民族的质朴精神。”

（5）1904 年，作品《伟大的牵线人》获奖。作者何塞·埃切加赖（José Echegaray，1832—1916），西班牙戏剧家、诗人，获奖理由：“由于它那独特和原始风格的丰富又杰出，作品恢复了西班牙喜剧的伟大传统。”

1930 年　法国　米斯塔尔

1964 年　瑞典　1904 年诺贝尔奖获得者

（6）1905年，作品《你去什么地方》获奖。作者亨利克·显克微支（Henryk Sienkiewicz，1846—1916），波兰小说家，获奖理由："由于他在历史小说写作上的卓越成就。"

（7）1906年，作品《青春诗》获奖。作者乔祖埃·卡尔杜齐（Giosuè Carducci，1835—1907），意大利诗人、文艺批评家，获奖理由："不仅是由于他精深的学识和批判性的研究，更重要是为了颂扬他诗歌杰作中所具有的特色、创作气势，清新的风格和抒情的魅力。"

1946年 波兰 显克微支

2007年 意大利 卡尔杜齐

（8）1907年，作品《老虎！老虎！》获奖。作者约瑟夫·鲁德亚德·吉卜林（Joseph Rudyard Kipling，1865—1936），英国小说家、诗人，获奖理由："这位世界名作家的作品以观察入微、想象独特、气概雄浑、叙述卓越见长。"

（9）1908年，作品《精神生活漫笔》获奖。作者鲁道尔夫·欧肯（Rudolf Eucken，1846—1926），德国哲学家，获奖理由："他对真理的热切追求、他对思想的贯通能力、他广阔的观察，以及他在无数作品中，辩解并阐释一种理想主义的人生哲学时，所流露的热诚与力量。"

1967年 瑞典 1907年诺贝尔奖获得者

1968年 瑞典 1908年诺贝尔奖获得者

（10）1909年，作品《骑鹅旅行记》获奖。作者西尔玛·拉格洛夫（Selma Lagerlöf，1858—1940），瑞典女作家，获奖理由："由于她作品中特有的高贵的理想主义、丰富的想象力、平易而优美的风格。"

（11）1910年，作品《特雷庇姑娘》获奖。作者保尔·约翰·路德维希·冯·海塞（Paul Johann Ludwig Heyse，1830—1914），德国作家，获奖理由："表扬这位抒情诗人、戏剧家、小说家以及举世闻名的短篇小说家，在他漫长而多产的创作生涯中，所达到的充满理想主义精神之艺术至境。"

1958 年　瑞典　拉格洛夫

1970 年　瑞典　海塞

（12）1911 年，作品《花的智慧》获奖。作者莫里斯·梅特林克（Maurice Maeterlinck，1862—1949），比利时剧作家、诗人、散文家，获奖理由："由于他在文学上多方面的表现，尤其是戏剧作品，不但想象丰富，充满诗意的奇想，有时虽以神话的面貌出现，还是处处充满了深刻的启示。这种启示奇妙地打动了读者的心弦，并且激发了他们的想象。"

（13）1912 年，作品《群鼠》获奖。作者盖哈特·霍普特曼（Gerhart Hauptmann，1862—1946），德国剧作家、诗人，获奖理由："欲以表扬他在戏剧艺术领域中丰硕、多样的出色成就。"

1971 年　瑞典　梅特林克

1962 年　德国　霍普特曼

（14）1913 年，作品《吉檀枷利—饥饿石头》获奖。作者罗宾德拉纳特·泰戈尔（Rabindranath Tagore，1861—1941），印度诗人、社会活动家，获奖理由："由于他那至为敏锐、清新与优美的诗；这诗出之于高超的技巧，并由于他自己用英文表达出来，使他那充满诗意的思想业已成为西方文学的一部分。"

＊1914 年未颁奖

（15）1915 年，作品《约翰·克利斯朵夫》获奖。作者罗曼·罗兰（Romain Rolland，1866—1944），法国作家、音乐评论家，获奖理由：“文学作品中的高尚理想和他在描绘各种不同类型人物时所具有的同情和对真理的热爱。”

1973 年　瑞典　泰戈尔

1985 年　法国　罗曼·罗兰

（16）1916 年，作品《朝圣年代》获奖。作者魏尔纳·海顿斯坦姆（Verner von Heidenstam，1859—1940），瑞典诗人、小说家，获奖理由：“褒奖他在瑞典文学新纪元中所占之重要代表地位。”

（17）1917 年，作品《磨坊血案》获奖。作者卡尔·耶勒鲁普（Gjellerup，K. 1857—1919），丹麦作家，获奖理由：“因为他多样而丰富的诗作——它们蕴含了高超的理想。”

（18）1917 年，作品《天国》获奖。作者亨利克·彭托皮丹（Henrik Pontoppidan，1857—1943），丹麦小说家，获奖理由：“由于他对当前丹麦生活的忠实描绘。”

1959 年　瑞典　海顿斯坦姆

2009 年　几内亚比绍　耶勒鲁普和彭托皮丹

1977 年　瑞典　耶勒鲁普和彭托皮丹

＊1918 年未颁奖

1945 年　瑞典　施皮特勒

（19）1919 年，作品《奥林比亚的春天》获奖。作者卡尔·施皮特勒（Carl Spitteler，1845—1924），瑞士诗人、小说家，获奖理由：“特别推崇他在史诗《奥林比亚的春天》中的优异表现。”

（20）1920 年，作品《大地硕果——畜牧曲》获奖。作者克努特·汉姆生（Knut Hamsun，1859—1952），挪威小说家、戏剧家、诗人，获奖理由：“为了他划时代的巨著《土地的成长》。”

（21）1921 年，作品《苔依丝》获奖。作者阿纳托尔·法郎士（Anatole France，1844—1924），法国作家、文学评论家、社会活动家，获奖理由：“他辉煌的文学成就，乃在于他高尚的文体、怜悯的人道同情、迷人的魅力，以及一个真正法国性情所形成的特质。”

1999 年　挪威　汉姆生

1984 年　乍得　法郎士

（22）1922 年，作品《不吉利的姑娘》获奖。作者哈辛特·贝纳文特·伊·马丁内斯（jacinto Benavente，1866—1954），西班牙作家，获奖理由：“由于他以适当方式，延续了戏剧之灿烂传统。”

1966 年　西班牙　马丁内斯

（23）1923 年，作品《丽达与天鹅》获奖。作者威廉·勃特勒·叶芝（William Butler Yeats，1865—1939），爱尔兰诗人、剧作家，获奖理由：“由于他那永远充满着灵感的诗，它们透过高度的艺术形式展现了整个民族的精神。”

（24）1924 年，作品《农夫们》获奖。作者弗拉迪斯拉夫·莱蒙特（Wladyslaw Stanislaw Reymont，1868—1925），波兰作家，获奖理由：“我们颁奖给他，是因为他的民族史诗《农夫们》写得很出色。”

2015 年 爱尔兰 叶芝

1967 年 波兰 莱蒙特

（25）1925 年，作品《圣女贞德》获奖。作者乔治·萧伯纳（George Bernard Shaw，1856—1950），爱尔兰戏剧家，获奖理由："由于他那些充满理想主义及人情味的作品——它们那种激动性讽刺，常涵蕴着一种高度的诗意美。"

（26）1926 年，作品《邪恶之路》获奖。作者格拉齐亚·黛莱达（Grazia Deledda，1871—1936），意大利女作家，获奖理由："为了表扬她由理想主义所激发的作品，以浑柔的透彻描绘了她所生长的岛屿上的生活；在洞察人类一般问题上，表现的深度与怜悯。"

1981 年 摩纳哥 萧伯纳

1971 年 意大利 黛莱达

（27）1927 年，作品《创造进化论》获奖。作者亨利·柏格森（Henri Bergson，1859—1941），法国哲学家，获奖理由："因为他那丰富的且充满生命力的思想，以及所表现出来的光辉灿烂的技巧。"

（28）1928 年，作品《新娘—主人—十字架》获奖。作者西格里德·温塞特（Sigrid Undset，1882—1949），挪威女作家，获奖理由："主要是由于她对中世纪北国生活之有力描绘。"

1959 年　法国　柏格森

1982 年　挪威　温塞特

（29）1929 年，作品《布登勃洛克一家》获奖。作者保尔·托马斯·曼（Thomas Mann，1875—1955），德国作家，获奖理由：“由于他那在当代文学中具有日益巩固的经典地位的伟大小说《布登勃洛克一家》。”

（30）1930 年，作品《巴比特》获奖。作者辛克莱·刘易斯（Sinclair Lewis，1885—1951），美国作家，获奖理由：“由于他充沛有力、切身和动人的叙述艺术，和他以机智幽默去开创新风格的才华。”

1975 年　德国　托马斯·曼

1985 年　美国　刘易斯

（31）1931 年，作品《荒原和爱情》获奖。作者埃利克·阿克塞尔·卡尔费尔德（Erik Axel Karlfeldt，1864—1931），瑞典诗人，获奖理由：“由于他在诗作的艺术价值上，从没有人怀疑过。”

（32）1932 年，作品《福尔赛世家》获奖。作者约翰·高尔斯华绥（John Galsworthy，1867—1933），英国小说家、剧作家，获奖理由：“为其描述的卓越艺术——这种艺术在《福尔赛世家》中达到高峰。”

1964 年　瑞典　卡尔费尔德获奖作品

（33）1933 年，作品《米佳的爱》获奖。作者伊凡·亚历克塞维奇·蒲宁（Ivan Alekseyevich Bunin，1870—1953），苏联作家，获奖理由：“由于他严谨的艺术才能，使俄罗斯古典传统在散文中得到继承。”

1982 年　帕劳
高尔斯华绥

1990 年　苏联　蒲宁

（34）1934 年，作品《寻找自我》获奖。作者路伊吉·皮兰德娄（Luigi Pirandello，1867—1936），意大利小说家、戏剧家，获奖理由：“他果敢而灵巧地复兴了戏剧艺术和舞台艺术。”

*1935 年未颁奖

（35）1936 年，作品《天边外》获奖。作者尤金·奥尼尔（Eugene O'Neill，1888—1953），美国剧作家，获奖理由：“由于他剧作中所表现的力量、热忱与深挚的感情——它们完全符合悲剧的原始概念。”

1967 年　意大利　皮兰德娄

1988 年　美国　奥尼尔

（36）1937 年，作品《蒂博一家》获奖。作者罗杰·马丁·杜·加尔（Roger Martin du Gard，1881—1958），法国小说家，获奖理由：“由于在他的长篇小说《蒂博一家》中表现出来的艺术魅力和真实性。这是对人类生活面貌的基本反映。”

(37) 1938 年，作品《大地》获奖。作者赛珍珠（珀尔·塞登斯特里克·布克）(Pearl Sydenstricker Buck, 1892—1973)，美国女作家，获奖理由：“她对于中国农民生活的丰富和真正史诗气概的描述，以及她自传性的杰作。”

1982 年　帕劳
杜·加尔

1992 年　美国
赛珍珠

(38) 1939 年，作品《少女西丽亚》获奖。作者弗兰斯·埃米尔·西兰帕（Frans Eemil Sillanpää, 1888—1964），芬兰作家，获奖理由：“由于他在描绘两样互相影响的东西——他祖国的本质，以及该国农民的生活时——所表现的深刻了解与细腻艺术。”

1980 年　芬兰　西兰帕

＊1940—1943 年未颁奖

1973 年　丹麦　扬森

(39) 1944 年，作品《漫长的旅行》获奖。作者约翰内斯·威廉·扬森（Johannes Jensen, 1873—1950），丹麦小说家、诗人，获奖理由：“由于借着丰富有力的诗意想象，将胸襟广博的求知心和大胆的、清新的创造性风格结合起来。”

(40) 1945 年，作品《柔情》获奖。作者列拉·米斯特拉尔（Gabriela Mistral, 1889—1957），智利女诗人，获奖理由：“她那由强烈感情孕育而成的抒情诗，已经使得她的名字成为整个拉丁美洲世界渴求理想的象征。”

（41）1946 年，作品《荒原狼》获奖。作者何曼 · 黑塞（Hermann Hesse，1877—1962），德国作家，获奖理由：“他那些灵思盎然的作品——它们一方面具有高度的创意和深刻的洞见，一方面象征古典的人道理想与高尚的风格。”

1989 年　智利　米斯特拉尔和聂鲁达

2002 年　德国　黑塞

（42）1947 年，作品《田园交响曲》获奖。作者安德烈 · 纪德（André Paul Guillaume Gide，1869—1951），法国作家、评论家，获奖理由：“为了他广泛的与有艺术质地的著作，在这些著作中，他以无所畏惧的对真理的热爱，并以敏锐的心理学洞察力，呈现了人性的种种问题与处境。”

（43）1948 年，作品《四个四重奏》获奖。作者托马斯 · 斯特恩斯 · 艾略特（Thomas Stearns Eliot，1888—1965），英美诗人、剧作家、批评家，获奖理由：“对于现代诗之先锋性的卓越贡献。”

1969 年　法国　纪德

1988 年　美国　艾略特

（44）1949 年，作品《我弥留之际》获奖。作者威廉 · 福克纳（William Faulkner，1897—1962），美国作家，获奖理由：“因为他对当代美国小说做出了强有力的和艺术上无与伦比的贡献。”

（45）1950 年，作品《哲学—数学—文学》获奖。作者亚瑟 · 威廉 · 罗素（Arthur William Russell，1872—1970），英国数学家、哲学家，获奖理由：“表彰他所写的捍卫人道主义理想和思想自由的多种多样意义重大的作品。”

1997 年　美国　福克纳

1970 年　印度　罗素

（46）1951 年，作品《大盗巴拉巴》获奖。作者帕尔·费比安·拉格奎斯特（Pär Fabian Lagerkvist，1891—1974），瑞典诗人、戏剧家、小说家，获奖理由：“由于他在作品中为人类面临的永恒的疑难寻求解答所表现出的艺术活力和真正独立的见解。”

（47）1952 年，作品《给麻风病人的吻》《爱的荒漠》获奖。作者弗朗索瓦·莫里亚克（François Mauriac，1885—1970），法国作家，获奖理由：“因为他在他的小说中剖析了人生的戏剧，对心灵的深刻观察和紧凑的艺术。”

1981 年　瑞典
拉格奎斯特

（48）1953 年，作品《不需要的战争》获奖。作者温斯顿·丘吉尔（Winston Leonard Spencer Churchill，1874—1965），英国政治家、历史学家、传记作家，获奖理由：“由于他在描述历史与传记方面的造诣，同时由于他那捍卫崇高的人的价值的光辉演说。”

1985 年　法国　莫里亚克

1965 年　英国　丘吉尔

（49）1954 年，作品《老人与海》获奖。作者欧内斯特·海明威（Ernest Hemingway，1899—1961），美国作家，获奖理由：“因为他精通于叙事艺术，突出地表现在其近著《老人与海》之中；同时也因为他对当代文体风格之影响。”

（50）1955 年，作品《渔家女》获奖。作者赫尔多尔·奇里扬·拉克斯内斯斯（Halldór Kiljan Laxness，1902—1998），冰岛作家，获奖理由：“为了他在作品中所流露的生动、史诗般的力量，使冰岛原已十分优秀的叙述文学技巧更加瑰丽多姿。”

1999 年　美国　海明威

1998 年　冰岛小型张　拉克斯内斯斯

（51）1956 年，作品《悲哀的咏叹调》获奖。作者胡安·拉蒙·希梅内斯（Juan Ramón Jiménez，1881—1958），西班牙诗人，获奖理由：“由于他的西班牙抒情诗，成了高度精神和纯粹艺术的最佳典范。”

（52）1957 年，作品《局外人·鼠疫》获奖。作者阿尔贝·加缪（Albert Camus，1913—1960），法国作家，获奖理由：“由于他重要的著作，在这著作中他以明察而热切的眼光照亮了我们这时代人类良心的种种问题。”

1958 年　西班牙
希梅内斯

1990 年　瑞典　加缪

（53）1958 年，作品《日瓦戈医生》获奖。作者鲍里斯·列昂尼多维奇·帕斯捷尔纳克（Boris Leonidovich Pasternak，1890—1960），苏联诗人、小说家，获奖理由：

“在当代抒情诗和俄国的史诗传统上，他都获得了极为重大的成就。”

（54）1959 年，作品《水与土》获奖。作者萨瓦多尔·夸西莫多（Salvatore Quasimodo，1901—1968），意大利诗人，获奖理由：“由于他的抒情诗，以古典的火焰表达了我们这个时代中，生命的悲剧性体验。”

2008 年　摩纳哥
帕斯捷尔纳克

2001 年　意大利
夸西莫多

（55）1960 年，作品《蓝色恋歌》获奖。作者圣-琼·佩斯（Saint-John Perse，1887—1975），法国诗人，获奖理由是：“由于他高超的飞越与丰盈的想象，表达了一种关于目前这个时代之富于意象的沉思。”

（56）1961 年，作品《德里纳河上的桥》获奖。作者伊沃·安德里奇（Ivo Andric，1892—1975），南斯拉夫小说家，获奖理由：“由于他作品中史诗般的力量——他借着它在祖国的历史中追寻主题，并描绘人的命运。”

1980 年　法国　佩斯

1992 年　南斯拉夫
安德里奇

（57）1962 年，作品《人鼠之间》获奖。作者约翰·斯坦贝克（John Steinbeck，1902—1968），美国作家，获奖理由：“通过现实主义的、寓于想象的创作，表现出富于同情的幽默和对社会的敏感观察。”

（58）1963 年，作品《“画眉鸟”号》获奖。作者乔治·塞菲里斯（Giorgos Seferis，1900—1971），希腊诗人，获奖理由：“他的卓越的抒情诗作，是对希腊文化的深刻感受的产物。”

1968 年　美国　斯坦贝克

1980 年　希腊　塞菲里斯

（59）1964 年，作品《苍蝇》获奖。作者让·保尔·萨特（Jean-Paul Sartre，1905—1980），法国哲学家、作家，获奖理由：“因为他那思想丰富、充满自由气息和探求真理精神的作品对我们时代发生了深远影响。”

（60）1965 年，作品《静静的顿河》获奖。作者史米哈伊尔·亚历山大罗维奇·肖洛霍夫（Mikhail Aleksandrovich Sholokhov，1905—1984），苏联作家，获奖理由：“由于这位作家在那部关于顿河流域农村之诗作品中所流露的活力与艺术热忱——他借这两者在那部小说里描绘了俄罗斯民族生活之某一历史层面。”

1985 年　法国　萨特

1990 年　苏联　肖洛霍夫

（61）1966 年，作品《行为之书》获奖。作者萨缪尔·约瑟夫·阿格农（Shmuel Yosef Agnon，1888—1970），以色列作家，获奖理由：“他的叙述技巧深刻而独特，并从犹太民族的生命汲取主题。”

（62）1966 年，作品《逃亡》获奖。作者奈莉·萨克斯（Nelly Sachs，1891—1970），瑞典女诗人，获奖理由：“因为她杰出的抒情与戏剧作品，以感人的力量阐述了以色列的命运。”

1981 年　以色列　阿格农

1991 年　德国
萨克斯

（63）1967 年，作品《玉米人》获奖。作者安赫尔·阿斯图里亚斯（Miguel Angel Asturias，1899—1974），危地马拉诗人、小说家，获奖理由：“因为他的作品落实于自己的民族色彩和印第安传统，而显得鲜明生动。”

（64）1968 年，作品《雪国·千只鹤·古都》获奖。作者川端康成（Yasunari Kawabata，1899—1972），日本小说家，获奖理由：“由于他高超的叙事性作品以非凡的敏锐表现了日本人精神特质。”

1974 年　危地马拉　阿斯图里亚斯

1999 年　日本　川端康成

（65）1969 年，作品《等待戈多》获奖。作者萨缪尔・贝克特（Samuel Beckett，1906—1989），法国作家，获奖理由：“他那具有奇特形式的小说和戏剧作品，使现代人从精神困乏中得到振奋。”

（66）1970 年，作品《癌病房》获奖。作者亚历山大・索尔仁尼琴（Aleksandr Isayevich Solzhenitsyn，1918—2008），苏联作家，获奖理由：“由于他作品中的道德力量，借着它，他继承了俄国文学不可或缺的传统。”

1989 年　爱尔兰
贝克特

2015 年　俄罗斯　索尔仁尼琴

（67）1971 年，作品《情诗・哀诗・赞诗》获奖。作者巴勃鲁・聂鲁达（Pablo Neruda，1904—1973），智利诗人，获奖理由：“诗歌具有自然力般的作用，复苏了一个大陆的命运与梦想。”

（68）1972 年，作品《女士及众生相》获奖。作者亨利希・伯尔（Heinrich Böll，1917—1985），德国作家，获奖理由：“为了表扬他的作品，这些作品兼具有对时代广阔的透视和塑造人物的细腻技巧，并有助于德国文学的振兴。”

1974 年　匈牙利
聂鲁达

2017 年　德国　伯尔

（69）1973 年，作品《风暴眼》获奖。作者帕特里克・怀特（Patrick White，1912—1990），澳大利亚小说家、剧作家，获奖理由：“由于他史诗与心理叙述艺术，并将一个崭新的大陆带进文学中。”

(70) 1974 年，作品《乌洛夫的故事》获奖。作者埃温特·约翰逊（Eyvind Johnson，1900—1976），瑞典作家，获奖理由：“以自由为目的，而致力于历史的、现代的广阔观点之叙述艺术。”

1993 年　澳大利亚　怀特

1994 年　瑞典　约翰逊

(71) 1974 年，作品《露珠里的世界》获奖。作者哈里·埃德蒙·马丁逊（Harry Martinson，1904—1978），瑞典诗人，获奖理由：“他的作品透过一滴露珠反映出整个世界。”

(72) 1975 年，作品《生活之恶》获奖。作者埃乌杰尼奥·蒙塔莱（Eugenio Montale，1896—1981），意大利诗人，获奖理由：“由于他杰出的诗歌拥有伟大的艺术性，在不适合幻想的人生里，诠释了人类的价值。”

1994 年　瑞典　马丁逊

2001 年　意大利　蒙塔莱

(73) 1976 年，作品《赫索格》获奖。作者获奖者索尔·贝娄（Saul Bellow，1915—2005），美国作家，获奖理由：“由于他的作品对人性的了解，以及对当代文化的敏锐透视。”

（74）1977 年，作品《天堂的影子》获奖。作者阿莱克桑德雷·梅洛（Vicente Aleixandre，1898—1984），西班牙诗人，获奖理由：“他的作品继承了西班牙抒情诗的传统和吸取了现在流派的风格，描述了人在宇宙和当今社会中的状况。”

1982 年 帕劳 贝娄

1985 年 西班牙 梅洛

（75）1978 年，作品《魔术师·原野王》获奖。作者艾萨克·巴什维斯·辛格（Isaac Bashevis Singer，1904—1991），美国作家，获奖理由：“他的充满激情的叙事艺术，这种既扎根于波兰人的文化传统，又反映了人类的普遍处境。”

（76）1979 年，作品《英雄挽歌》获奖。作者奥德修斯·埃里蒂斯（Odysseus Elytis，1911—1996），希腊诗人，获奖理由：“他的诗，以希腊传统为背景，用感觉的力量和理智的敏锐，展现自由和创新精神。”

1978 年 赞比亚 辛格

1997 年 希腊 埃里蒂斯

（77）1980 年，作品《拆散的笔记簿》获奖。作者切斯拉夫·米沃什（CzesfawMifosz，1911—2004），波兰诗人，获奖理由：“不妥协的敏锐洞察力，描述了人在激烈冲突的世界中的暴露状态。”

（78）1981 年，作品《迷茫》获奖。作者埃利亚斯·卡内蒂（Elias Canetti，1905—1994），英国作家，获奖理由：“作品具有宽广的视野、丰富的思想和艺术力量。”

1983 年　波兰　米沃什

1994 年　保加利亚　卡内蒂

（79）1982 年，作品《霍乱时期的爱情》获奖。作者加夫列尔·加西亚·马尔克斯（Gabriel García Márquez，1928—2014），哥伦比亚记者、作家，获奖理由：“由于其长篇小说以结构丰富的想象世界，其中糅混着魔幻于现实，反映出一整个大陆的生命矛盾。”

（80）1983 年，作品《蝇王·金字塔》获奖。作者威廉·戈尔丁（William Golding，1911—1994），英国作家，获奖理由：“具有清晰的现实主义叙述技巧以及虚构故事的多样性与普遍性，阐述了今日世界人类的状况。”

2008 年　几内亚　马尔克斯

1994 年　格林纳达　戈尔丁

（81）1984 年，作品《紫罗兰》获奖。作者雅罗斯拉夫·塞弗尔特（Jaroslav Seifert，1901—1986），捷克斯洛伐克诗人，获奖理由：“他的诗富于独创性、新颖、栩栩如生，表现了人的不屈不挠精神和多才多艺的渴求解放的形象。”

（82）1985 年，作品《弗兰德公路 · 农事诗》获奖。作者克洛德 · 西蒙（Claude Simon，1913—2005），法国小说家，获奖理由：“由于他善于把诗人和画家的丰富想象与深刻的时间意识融为一体，对人类的生存状况进行了深入的描写。”

1986 年　捷克斯洛伐克　塞弗尔特

2003 年　赞比亚　西蒙

（83）1986 年，作品《雄狮与宝石》获奖。作者沃莱 · 索因卡（Wole Soyinka，1934—　），尼日利亚剧作家、诗人、小说家、评论家，获奖理由：“他以广博的文化视野创作了富有诗意的关于人生的戏剧。”

（84）1987 年，作品《从彼得堡到斯德哥尔摩》获奖。作者约瑟夫 · 布罗茨基（Joseph Brodsky，1940—1996），俄裔美籍诗人，获奖理由：“他的作品超越时空限制，无论在文学上或是敏感问题方面都充分显示出他广阔的思想及浓郁的诗意。”

2013 年　乌干达　索因卡

2015 年　俄罗斯　布罗茨基

（85）1988 年，作品《街魂》获奖。作者纳吉布 · 马哈富兹（Naguib Mahfouz，1911—2006），埃及作家，获奖理由：“他通过大量刻画入微的作品，洞察一切的现实主义，唤起人们树立雄心，形成了全人类所欣赏的阿拉伯语言艺术。”

（86）1989 年，作品《为亡灵弹奏》获奖。作者卡米洛·何塞·塞拉（Camilo José Cela，1916—2002），西班牙作家，获奖理由：“带有浓郁情感的丰富而精简的描写，对人类弱点达到的令人难以企及的想象力。”

2011 年　埃及　马哈富兹

2017 年　西班牙　塞拉

（87）1990 年，作品《太阳石》获奖。作者奥克塔维奥·帕斯（Octavio Paz，1914—1998），墨西哥诗人，获奖理由：“他的作品充满激情，视野开阔，渗透着感悟的智慧并体现了完美的人道主义。”

（88）1991 年，作品《七月的人民》获奖。作者内丁·戈迪默（Nadine Gordimer，1923—2014），南非女作家，获奖理由：“以强烈而直接的笔触，描写周围复杂的人际与社会关系，其史诗般壮丽的作品，对人类大有裨益。”

2010 年　墨西哥　帕斯

1993 年　瑞典　戈迪默

（89）1992 年，作品《西印度群岛》获奖。作者德里克·沃尔科特（Derek Walcott，1930—2017），圣卢西亚诗人，获奖理由：“他的作品具有巨大的启发性和广阔的历史视野，是其献身多种文化的结果。”

（90）1993 年，作品《所罗门之歌》获奖。作者托尼·莫里森（Toni Morrison，1931—　），美国女作家，获奖理由：“其作品想象力丰富，富有诗意，显示了美国现实生活的重要方面。”

1992 年　瑞典
沃尔科特

1993 年　瑞典
莫里森

（91）1994 年，作品《个人的体验》《万延元年的足球队》获奖。作者大江健三郎（Kenzaburo Oe，1935—　），日本小说家，获奖理由："通过诗意的想象力，创造出一个把现实与神话紧密凝缩在一起的想象世界，描绘现代的芸芸众生相，给人们带来了冲击。"

（92）1995 年，爱尔兰诗人希尼（Seamus Heaney，1939—2013）获奖。获奖理由："由于其作品洋溢着抒情之美，包容着深邃的伦理，揭示出日常生活和现实历史的奇迹。"

1994 年　日本　大江健三郎

1995 年　爱尔兰　希尼

（93）1996 年，波兰女诗人希姆博尔斯卡（Wislawa Szymborska，1923—2012）获奖。获奖理由："由于其在诗歌艺术中精辟精妙的反讽，挖掘出了人类一点一滴的现实生活背后历史更迭与生物演化的深意。"

（94）1997 年，意大利讽刺剧作家达里奥·福（Dario Fo，1926—2016）获奖。获奖理由："其在鞭笞权威，褒扬被蹂躏者可贵的人格品质方面所取得的成就堪与中世纪《弄臣》一书相媲美。"

2003 年　波兰　希姆博尔斯卡

1997 年　赞比亚　达里奥·福

（95）1998 年，葡萄牙记者、作家若泽·萨拉马戈（José Saramago，1922—2010）获奖。获奖理由："由于他那极富想象力、同情心和颇具反讽意味的作品，我们得以反复重温那一段难以捉摸的历史。"

（96）1999 年，作品《铁皮鼓哈里》获奖。作者君特·格拉斯（Günter Grass，1927—2015），德国作家，获奖理由："其嬉戏之中蕴含悲剧色彩的寓言描摹出了人类淡忘的历史面目。"

1998 年　葡萄牙　萨拉马戈

1999 年　赞比亚　格拉斯

（97）2000 年，作品《灵山》获奖。作者高行健（1940—　），法籍华人剧作家、小说家，获奖理由："其作品的普遍价值、刻骨铭心的洞察力和语言的丰富机智，为中文小说和艺术戏剧开辟了新的道路。"

（98）2001 年，印度裔英国作家维·苏·奈保尔（Vidiadhar Surajprasad Naipaul，1932—　）获奖。获奖理由："其著作将极具洞察力的叙述与不为世俗左右的探索融为一体，是驱策我们从扭曲的历史中探寻真实的动力。"

2008 年　几内亚　高行健

奈保尔

（99）2002 年，匈牙利作家凯尔泰斯·伊姆雷（Kertész Imre，1929—2016）获奖。获奖理由："表彰他对脆弱的个人在对抗强大的野蛮强权时痛苦经历的深刻刻画以及他独特的自传体文学风格。"

（100）2003 年，南非作家库切（John M. Coetzee，1940—　）获奖。获奖理由："精准地刻画了众多假面具下的人性本质。"

伊姆雷

2009 年　埃及　库切

（101）2004 年，奥地利女作家埃尔弗里德·耶利内克（Elfriede Jelinek，1943—　）获奖。获奖理由："因为她的小说和戏剧具有音乐般的韵律，她的作品以非凡的充满激情的语言揭示了社会上的陈腐现象及其禁锢力的荒诞不经。"

2006 年　几内亚比绍　耶利内克

（102）2005 年，作品《生日派对·看门人·回乡》获奖。作者哈罗德·品特（Harold Pinter，1930—2008），英国剧作家，获奖理由：“以诗和画的创造性，深入表现了人类长期置身其中的处境。”

（103）2006 年，作品《我的名字叫红》获奖。作者奥尔汉·帕穆克（Ferit Orhan Pamuk，1952— ），土耳其作家，获奖理由：他的作品“在寻找故乡的忧郁灵魂时，发现了文化碰撞和融合中的新象征”。

品特

帕慕克

（104）2007 年，作品《金色笔记》获奖。作者多丽丝·莱辛（Doris Lessing，1919—2013），英国女作家，获奖理由：“她用怀疑、热情、构想的力量来审视一个分裂的文明，其作品如同一部女性经验的史诗。”

（105）2008 年，作品《战争》获奖。作者勒·克莱齐奥（Jean Marie Gustave Le Clézio，1940— ），法国作家，获奖理由：“展现了新的起点、诗意的冒险和感官狂喜；作为探险者，发掘了隐藏于主流文明底部和外部的人性。”

莱辛

克莱齐奥

（106）2009 年，作品《呼吸钟摆》获奖。作者赫塔·缪勒（Herta Müller，1953— ），罗马尼亚裔德国女诗人、小说家、散文家，获奖理由：“专注于诗歌以及散文的率真，描写了失业人群的生活图景。”

（107）2010 年，秘鲁与西班牙双重国籍的作家、诗人马里奥·巴尔加斯·略萨（Mario Vargas Llosa，1936—　）获奖。获奖理由：他“对权力结构的制图般的描绘和对个人反抗的精致描写”。

（108）2011 年，瑞典诗人托马斯·特兰斯特勒默（Tomas Transtromer，1931—2015）获奖。获奖理由：“他以凝练、简洁的形象，以全新视角带我们接触现实”。

缪勒

2011 年　西班牙　略萨

2012 年　瑞典小型张　特兰斯特勒默

（109）2012 年，中国作家莫言（1955—　）获奖。获奖理由：“用魔幻现实主义的写作手法，将民间故事、历史事件与当代背景融为一体。”

（110）2013 年，加拿大女作家爱丽丝·门罗（Alice Munro，1931—　）获奖。获奖理由："当代短篇小说大师，每读她的小说，便知生命中未曾想到之事。"

2013 年　莫桑比克　莫言

2013 年　加拿大　门罗

（111）2014 年，法国作家帕特里克·莫迪亚诺（Patrick Modiano，1945—　）获奖。获奖理由："他用记忆的艺术展现了德国占领时期最难把握的人类的命运以及人们生活的世界。"

（112）2015 年，白俄罗斯女记者、作家斯维特拉娜·亚历山德罗夫娜·阿列克谢耶维奇（Svetlana Aleksijevitj，1948—　）获奖。获奖理由："她的复调书写，是对我们时代的苦难和勇气的纪念。"

2015 年　马里　莫迪亚诺

2015 年　所罗门群岛　阿列克谢耶维奇

（113）2016 年，美国摇滚、民谣艺术家鲍勃·迪伦（Bob Dylan，1941—　）获奖。获奖理由："鲍勃·迪伦是一个伟大的诗人，是一个伟大的曲作者，承载着伟大的美国歌曲传统，45 年来不断地改变自己的风格，改变自己的形象。”

（114）2017 年，日裔英国作家石黑一雄（Kazuo Ishiguro，1954—　）获奖。获奖理由：“他的小说具有强大的情感力量，揭开了存在于幻想中的地狱面与现实世界的联系。”

2009 年　卢旺达　迪伦

石黑一雄

诺贝尔奖章

第一章 西方古代文学

西方的古代文学包括古希腊、古罗马文学和早期基督教文学。古希腊、古罗马文学是奴隶社会的产物，由于经济的不断发展，以雅典为代表的古希腊文学艺术呈现出繁荣的景象；古罗马文学则继承了古希腊的传统，但具有自己独特的民族特色。而早期基督教文学的诞生，成为西方古代文学中新的组成部分。在古希腊、古罗马文学和早期基督教文学中，分别体现了世俗与人本色彩，以及神圣与超越色彩，它们共同构成了西方文学的两个重要源头。

2004 年　联合国　古希腊神庙

第一节 西方古代文学概述

1987 年　法国　希腊神庙

古希腊文学一般分为三个时期：第一时期从公元前 12 世纪到公元前 8 世纪，这时是古希腊由氏族制向奴隶制过渡时期，史称“荷马时代”或“英雄时代”，主要成就是神话和史诗。赫西俄德的教谕诗《工作与时日》是现存最早的一部以现实生活为题材的诗作。他的叙事诗《神谱》是最早的比较系统地叙述宇宙起源和神的谱系的作品。

第二时期从公元前 8 世纪到公元前 4 世纪中叶，奴隶制社会形成至全盛时期。由于抒发个人情感的诗歌开始兴旺，诗歌、寓言的黄金时代出现了。而古希腊文学的“古典时期”主要的文学成就是抒情诗、散文、寓言、悲剧、喜剧和文艺理论等，其中戏剧成就最大。抒情诗人除萨福外，还有阿那克瑞翁和品达。与抒情诗同时兴起的散文体动物寓言《伊索寓言》，是包含深刻哲理和生活经验的故事，是那个时代人民群众智慧的结晶。寓言中把奴隶主统治者比作狮子、豺狼、毒蛇、鳄鱼和狐狸，谴责他们为非作歹、残害人民的阶级本性，同时也总结古代劳动人民的斗争经验，其中《乌龟和兔子》《狼和小羊》《农夫的儿子们的争吵》等已成为世人熟知的典故。这一时期文艺理论上也取得了较高的成就，出现了重要的文艺理论家和理论著作，如柏拉图和亚里士多德。柏拉图著有《对话录》；亚里士多德在《诗学》中指出艺术的本质是对现实的模仿，文学艺术是真实的。他们的文艺理论奠定了欧洲现实主义文学理论的基础。

柬埔寨　诗人萨福

1987 年　希腊

《伊索寓言》龟兔赛跑

第三时期从公元前 4 世纪末到公元前 2 世纪中叶，这是古希腊奴隶制衰亡时期，也是雅典民主政治高度发展的“希腊化时期”。这时期带来了希腊文学和戏剧的繁荣，主要的作品体裁是新喜剧和田园诗，最著名的新喜剧作家是雅典的米兰德，代表作有《恨世者》和《萨摩斯女子》两部。

1978 年　希腊　雅典学院

1987 年　马里　亚里士多德

1997 年　梵蒂冈　罗马壁画

1955 年　意大利　雕塑

古罗马文学是连接古希腊文学和欧洲近代文学的桥梁：一是古罗马文学接受并模仿古希腊文学，使古希腊文学得以保存并传扬四方。二是古罗马文学中的东方色彩、基督教色彩又为西方文学增添了丰富的内涵，它和古希腊文学一样成为西方文学的源头之一。公元前 2 世纪，古罗马文学开始进入它真正的发展和繁荣时期，产生了普劳图斯和泰伦斯等戏剧家。普劳图斯多以古希腊的故事题材为基础，把古希腊戏剧加入古罗马生活的情节后搬上了舞台。著名的喜剧有《双生子》和《一罐黄金》，对以后的欧洲文学有较大影响。莎士比亚、莫里哀、普希金和果戈理等著名戏剧家都曾从他的作品中汲取营养，创造形象。

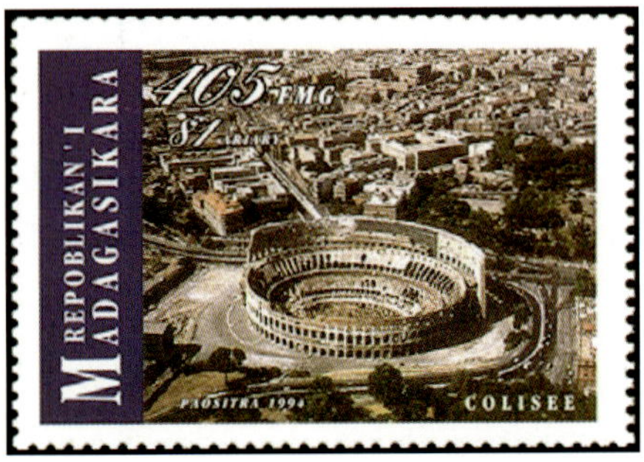

1994 年　马达加斯加　罗马竞技场

1981 年　意大利　维吉尔

公元前 27 年开始的屋大维统治时期，使古罗马文学走上了它的最高峰。这时期的三大诗人是维吉尔、贺拉斯和奥维德。维吉尔是古罗马最伟大的诗人，重要作品有《牧歌》《农事诗》和代表作史诗《埃涅阿斯纪》。《埃涅阿斯纪》叙述了希腊联军攻陷特洛伊城后，特洛伊王子、英雄埃涅阿斯历经千辛万苦，率民众来到意大利，成为罗马开国之君的种种经历。贺拉斯是屋大维统治时期最主要的讽刺诗人、抒情诗人和文艺批评家，他提出文艺应该模仿自然、"寓教于乐"等著名文艺理论观点，重要文艺理论著作是《诗艺》。奥维德是古罗马杰出诗人中最年轻的一个，从

1997 年　梵蒂冈　罗马壁画

小热爱诗歌创作，代表作《变形记》共15卷，是由希腊神话和英雄传说组成的故事诗集，为古希腊、古罗马神话和英雄传说的宝库。他的作品内容从天地创造一直写到当时的罗马，对后世欧洲文学家、艺术家产生过重要的影响。

1987 年　希腊　希腊版图

古希腊文学具有鲜明的特征：一是人本色彩和命运观念。古希腊人尽情地展示着人类童年的自然天性，没有宗教恐怖的压抑和彼岸天国的诱惑；命运观念也相对淡薄，没有成为沉重的民族负担。二是现实主义与浪漫主义并存。作品不同程度地从不同侧面反映了当时的社会生活，但也有充满神奇想象、怪诞夸张和优美抒情的作品，表现出浓厚的浪漫色彩。三是种类繁多，具有开拓性。古希腊的文学种类齐全，几乎具备所有文学样式，除神话、史诗外，还有悲剧、喜剧、寓言、故事、教谕诗、抒情诗、散文、小说等。

1998 年　希腊　柏拉图

早期基督教文学在古希腊文学和后世欧洲文学之间起到“中介”作用。这是基督教文学和希腊文学、希伯来文学相互碰撞、相互交融中产生的新文学，是基督教在欧洲传播的结果。早期基督教文学与后来的基督教文学一并成为西方文学新的源头和组成部分。

第二节　古希腊神话

古希腊神话最初以口头文学形式在民间流传，后来由古希腊诗人们编辑成书而流传至今。目前保存古希腊神话最多的作品是荷马的两部史诗、赫西俄德的《神谱》和古希腊戏剧。古希腊神话包括神的故事和英雄传说两大部分。

1972 年　意大利　女神

古希腊神话故事中，宙斯是“众神之父”“万人之王”；阿波罗是太阳神；雅典娜是智慧女神；阿弗洛狄忒是爱神（罗马人称维纳斯）；缪斯是文艺女神。由于众神住在希腊最高的奥林波斯山上，统称为奥林波斯神系。以宙斯为首领的希腊神话中的众神虽然具有宗教中的神长生不老、可以主宰人类祸福等属性，

1970年　希腊　宙斯

但他们更像原始氏族社会后期的贵族。这些神爱慕虚荣、妒忌心和报复心强，喜欢潜到人间来谈情说爱；他们常常会利用自己的权力给人类带来灾难，甚至要毁灭人类。所以古希腊人常在神的故事中通过对神的嘲笑和指责，反映出对上层社会奴隶主贵族的愤怒和反抗。

英雄传说是古希腊人民对远古的历史、社会生活和人类对自然斗争等事件的回忆，讲述了英雄为民除害立功的事迹，主要包括的故事有：英雄赫拉克勒斯是主神宙斯的一个儿子，一生中除暴安良、神勇无敌完成了20项英雄业绩的故事；伊阿宋率众英雄取金羊毛的故事；珀尔修斯脚蹬飞鞋到遥远的地方去取女妖美杜萨的头颅的故事；忒修斯杀死吞食童男童女的弥诺斯牛的故事；奥德修斯漂泊的故事等。英雄传说中的英雄都是神和人的后代，是集体的力量和智慧的代表。这些故事体现了古代劳动人民热爱劳动、珍视集体的美德，以及人们征服自然的愿望。

2000年　意大利　希腊神话雕塑
珀尔修斯取女妖美杜萨的头颅

1990年　安提瓜和巴布达　希腊神话小型张

1970 年　希腊　古钱币

希腊神话的主要特征：一是希腊神话中的神是高度人格化的。多偏重于神人同形同性，主要神祇都经历了相当彻底的“人化”，具备人的七情六欲、喜怒哀乐等，如战神与爱神的私通。二是希腊神话体现出浓郁的人本主义色彩。希腊神话“神人合一”，神所经历的生活，实际上就是人的社会化的生活；对神的肯定与赞扬，实际就是对人的肯定与赞扬。三是希腊神话的文化心理背景是乐观主义的，极少受宗教影响。在艺术手法上，既有浪漫夸张，又有现实描写。

希腊神话的地位价值和影响是无可比拟的，不仅对古希腊文学艺术的发展有很大的作用，而且对欧洲文学艺术的发展产生了深远影响。希腊神话中表现的热爱现实生活、积极追求自然和人性美、以人为本、强调人的力量等思想，以及不断进取的乐观主义精神，对欧洲思想文化方面的影响更是源远流长。

2009 年　希腊首日封　古希腊神话

第三节　荷马史诗

荷马史诗一般认为是公元前 9 世纪至公元前 8 世纪，由古希腊盲诗人荷马在累世游吟诗人结集的基础上，经过加工最后定型而成的，因此称为荷马史诗。荷马史诗分为《伊利亚特》和《奥德赛》两部，有专门的吟诵调，根据诗词的语调和格律提炼而成。吟诵史诗的游吟诗人称为巴德，手持里拉类乐器边弹边唱。到公元前 6 世纪中叶，经过学者们的删改完善，史诗被正式用文字记录下来并整理成书。公元前 3 世纪至公元前 2 世纪，经亚历山大城的学者审校、定本后成为流传至今的“荷马史诗”。

1998 年　希腊　荷马

1996 年　希腊　史诗

1997 年　梵蒂冈　《伊利亚特》

1953 年　希腊　荷马吟唱史诗

1983 年　希腊　荷马

荷马史诗中《伊利亚特》叙述的是古希腊各部族联合进攻小亚细亚商业中心特洛伊的战争故事，主要描写战争结束前几十天，希腊英雄阿喀琉斯因女奴被统帅阿伽门农夺去，气愤而拒绝作战，使希腊联军战斗失利。后因好友帕特洛克罗斯阵亡，他再度参战，终于刺死了特洛伊的主将赫克托尔，取得胜利。整部史诗充满故事和英雄传说，希腊英雄阿喀琉斯和特洛伊英雄赫克托尔的形象最具氏族贵族英雄性格品质，具有鲜明个性。阿喀琉斯是神与人之子，为了部落集体利益，他作战勇猛过人，表现出一种死而无悔的英雄主义精神；赫克托尔是特洛伊的主将，是一个氏族领袖，作战勇猛，指挥英明，誓死保家卫国。与阿喀琉斯相比，他更具有责任感和集体主义精神。《奥德赛》是用倒叙的手法描写巧用“木马计”的希腊将军奥德赛在特洛伊战争结束后，历尽艰难险阻，花了 10 年时间才回到故乡和妻子团聚的故事。史诗充满了曲折离奇的情节，反映了经过幻想加工的自然现象和古代人类对自然的英勇斗争。奥德赛是被理想化了的早期奴隶主形象，在他身上反映出了早期奴隶主的某些特点：特洛伊战争中，他是一个足智多谋的政治家和领袖；在海上漂泊期间，他是一个能战胜自然和各种险阻的英雄，但他性格中又有残酷、狡猾和自私的一面。

1970 年　土耳其　木马计

2004 年　希腊　世界非遗

荷马史诗在艺术上具有结构紧凑，安排巧妙和人物丰富、个性鲜明的特点，其诗歌的感染力给人留下深刻的印象。荷马史诗是欧洲文学宝库中的璀璨明珠，在世界文学史上享有崇高地位，被誉为“希腊人由野蛮时代进入文明时代的主要遗产”。两部史诗肯定人的奋斗精神、进取精神和人的决定性因素，在颂扬英雄、肯定人的力量的同时，也广泛地反映了当时社会的政治、经济、文化、风俗。荷马史诗是欧洲文学中最早的优秀作品，是我们研究希腊史前社会的一部宝贵文献，在世界文学史上享有崇高的地位。

1998 年　希腊　古希腊剧场

第四节　古希腊戏剧

古希腊戏剧起源于酒神祭祀。希腊悲剧起源于祭祀活动中的“酒神颂歌”，这是一种包罗戏剧、诗歌、音乐、舞蹈的综合性体裁，也是戏剧的基础。演出者是颂歌作者和伴唱合唱队，演出的剧场是半圆形的露天广场，砌有石阶状座位，可容纳观众数万人。

1987 年　希腊　古希腊剧场

1982 年　希腊　欧里庇得斯

2006 年　意大利　古代戏剧

古希腊悲剧大多取材于神话传说，著名的三大悲剧作家的作品都贯穿着强烈的民主主义思想和英雄主义精神。“古希腊悲剧之父”埃斯库罗斯生于雅典贵族家庭，曾亲身参加过希波战争的著名战役。相传他一生写下悲剧 90 部，有《被缚的普罗米修斯》《俄瑞斯忒斯》等。《被缚的普罗米修斯》是埃斯库罗斯的《普罗米修斯三部曲》中的第一部，剧中的普罗米修斯是反抗暴君的具有民主精神的英雄人物。他同情人类，宁愿忍受一切苦难，为了人类的幸福盗得火种，表现出为正义事业而斗争的高尚精神和雄伟气魄。

索福克勒斯被誉为“戏剧艺术的荷马”。他出身于雅典工商业家庭，擅长音乐和诗歌写作，传说一生写有 120 多部悲剧，代表作《俄狄浦斯王》《安提戈涅》等。《俄狄浦斯王》叙述了热爱真理、聪明勇敢的俄狄浦斯，由于摆脱不了命运的安排，造成杀父娶母毁灭性的惨剧。剧中描写了善良的英雄在与邪恶的命运斗争中，由于力量的悬殊而遭到不可避免的失败，对当时专制统治带来的社会灾难表现出无能为力的悲愤情感。

1998 年　希腊
索福克勒斯

欧里庇得斯是“问题剧”的创始者，被誉为“剧场里的哲学家”。他出身于贵族，曾研究过哲学，一生写过悲剧 92 部，代表作有《美狄亚》和《特洛伊妇女》等。《美狄亚》描述科尔喀斯国王

2000 年　澳门　古代神话

的公主美狄亚由于爱上了来觅取金羊毛的耶松，竟杀死了自己的兄弟，帮助耶松抢去了父亲的金羊毛。美狄亚与耶松结婚后，耶松为贪图权势和钱财喜新厌旧，抛弃了美狄亚和其所生的孩子，准备同科伍托斯国的公主结婚。美狄亚悲愤交加，决心报复。她用魔衣烧死了新娘，再亲手杀死了两个儿子，使耶松断绝后代，最后逃亡雅典。欧里庇得斯对希腊悲剧发展的最主要贡献是用写实手法和心理刻画，表现出对压迫欺凌妇女的不平等社会的强烈的控诉和反抗。

1976 年　德国　美狄亚

2013 年　希腊小型张　帕拉图

古希腊喜剧起源于祭祀活动最后的狂欢游行。大半是政治讽刺剧和社会讽刺剧，产生于言论比较自由的民主政治繁荣时期。阿里斯托芬是雅典的一个自由市民。他不怕打击，敢于用戏剧来抨击当时煽动内战、制造分裂的反动当权者。阿里斯托芬一生写了喜剧40多部，代表作有《阿卡奈人》《鸟》《骑士》《公民大会妇女》和《财富》等。《鸟》表达了阿里斯托芬的乌托邦思想，是流传至今唯一以神话幻想为题材的喜剧作品。阿里斯托芬被誉为欧洲的“喜剧之父”。他的喜剧手法夸张，妙趣横生，在嬉笑怒骂中表现严肃的主题，恩格斯称他是一个“有强烈倾向的诗人”。

1987 年　希腊　阿里斯托芬

1987 年　希腊　《伊索寓言》

第二章

中世纪的文学

欧洲中世纪以公元476年西罗马帝国的灭亡为开端，至17世纪中叶英国资产阶级革命爆发结束。中世纪大致可分为三个时期：5世纪到11世纪是初期，封建社会形成的时期；12世纪到15世纪是中期，封建社会全盛时期；15世纪到17世纪是末期，封建社会衰落和资本主义产生时期。在欧洲文学史上，中世纪文学指的是前两个历史时期的文学，可被认为是传统意义上的中世纪文学。中世纪末期的文学随着资本主义因素的产生，一般被归为文艺复兴时期人文主义文学。

1997年　南非　大门

第一节　中世纪文学概述

1979年　德国　宗教

中世纪文学是在古代文明被一扫而光的原始状态下开始形成的。它的初期是一个低谷阶段，后来才逐渐走向发展和繁荣。按照文学作品的不同种类，中世纪的文学大致可分为四种主要的形式：一是教会文学。中世纪教会文学的主要内容是普及宗教教义，渲染上帝至高无上的权威。教会文学体裁种类繁多，主要有圣经故事、宗教剧等。二是英雄史诗。中世纪的民间文学极其丰富，有各种歌谣、故事、传说，还有长篇叙事诗，表现了大胆的“异教”精神。三是骑士文学。骑士制度是封建制度的产物。骑士文学的主要体裁有抒情诗和叙事诗，具有一定的反封建精神。四是城市文学。随着欧洲各国以手工业和商业为中心的城市的发展，产生了城市文学。城市文学对中世纪文学的发展具有重大的意义，体裁形式也有一定的创新，出现了韵文故事、讽刺故事等新体裁。

1999 年　奥地利　圣母

第二节 中世纪教会文学和英雄史诗

一、中世纪教会文学

由于基督教在欧洲封建社会中起着十分重要的作用，对文化的影响巨大。在中世纪早期，基督教统治了整个科学文化等意识形态领域。一切文化都染上了宗教的色彩，文学艺术也被用来为宗教服务。教会把一切学术都归为神学的范畴，把哲学当作“神学的婢女”，把科学看作“宗教的仆人”。所有的文学艺术都是为宗教服务的。

1999 年　朝鲜　圣母与圣子

1984 年　西班牙　宗教

中世纪教会文学的主要作品是基督教的《圣经》。《圣经》包括《旧约》和《新约》。《旧约》是希伯来人古代典籍的总汇，其中包括神话、经书、律法、历史书、先知书和诗文集，内容十分丰富，不仅是一部珍贵的典籍，而且还具有较高的艺术价值。《新约》是基督教自己的经典，大多是关于耶稣及其教徒的传说、言行录和书信等，主要是普及宗教教义的。由于《新约》突出了基督教宣传人类负有“原罪”，把希望寄托于上帝、天堂及来世的观念，因此《新约》中有许多杜撰的教义、信条及各种清规戒律。中世纪之初，《圣经》是古文的，需要传播者讲解，因此被教会、教士垄断的《圣经》成为封建统治阶级压迫人民的理论根据。中世纪末期宗教改革后，《圣经》被译为各国语言，对欧洲社会和当时的其他文学产生了深远的影响。

1960 年　澳大利亚　《圣经》

二、中世纪英雄史诗及《罗兰之歌》

史诗和其他类型的文学创作虽然成书的时间比较晚，但它们产生和流传的时间比较早。很多作品反映的是民族大迁徙时期甚至更早时期的历史故事与部落生活，有较多的神话传说成分。流传下来的中世纪早期文学中，日耳曼人的文学在数量上十分丰富，其中就有大量的英雄史诗。《希尔德布兰特之歌》是日耳曼“异教”时代英雄传说中唯一用古德语记录下来的诗篇，仅存 68 行。《贝欧沃尔夫》是日耳曼人流传至今最完整的一部史诗，共 3182 行。史诗既有历史成分，又有传说成分。诗中的主人公是一个氏族英雄，不但英勇无比，而且见义勇为、慷慨仁爱，勇于自我牺牲，体现了部落人民关于英雄的理想。

1990 年　英国　史诗

2000 年　波黑　鹅毛笔及书信

1967 年　匈牙利　《伊戈尔王》

中世纪早期文学中，北欧冰岛的“埃达”和“萨迦”占有重要地位。“埃达”分为两部，一部称“旧埃达”，是诗体；另一部为“新埃达”，又称“散文埃达”。诗体“埃达”共有诗歌 30 余篇，按题材分为神话诗和英雄史诗两大类。其中，神话诗最有名的作品是《沃卢斯帕》，又名《女法师的预言》，记录了关于世界的产生、毁灭和再生的传说，反映了氏族社会解体时期的社会混乱和败坏。“埃达”中的英雄史诗有不少是关于英雄齐格里夫特、勃艮第王巩特尔、匈奴王阿提拉、东哥特王埃曼纳里克等人的故事，描述的是民族大迁徙后期的故事和传说。冰岛的散文叙事文学“萨迦”大约形成于 10 世纪至 14 世纪，所反映的也是氏族社会生活，重要的作品有史传类的《埃基尔萨迦》、记述发现美洲的《红埃里克萨迦》、家族史话类《尼亚尔萨迦》，还有英雄传说类最重要的《弗尔松萨迦》。

2013 年　意大利小型张　宗教

后期英雄史诗形成于中世纪中期，是封建国家逐渐形成和封建制度发展以后的产物。诗中英雄人物的思想活动已经超出了部落的狭隘范围，表现出封建关系下人们理想中的爱国英雄。最著名的有法国的《罗兰之歌》、西班牙的《熙德之歌》、德国的《尼伯龙根之歌》、俄罗斯的《伊戈尔远征记》等。

《罗兰之歌》是后期英雄史诗中最杰出的代表性的作品。全诗 4002 行，用罗曼方言写成。这是一部爱国主义诗篇，史诗中的查理大帝是一个被歌颂的形象，他英明勇武、威名远扬，甚至连敌人也表示敬畏。这样贤明、刚强、能保卫祖国又能制服封建主叛乱的国王，正是当时人民所期望的心中偶像。史诗中的罗兰是最动人的英雄形象。

2010 年　法国极限片　史诗浮雕

他体格魁伟、勇敢刚毅。他热爱祖国、忠于国王，把保卫“可爱的法兰西”看成是自己的天职，表现出非凡的英雄气概。另外，史诗的事件被写成征伐异教徒、保卫基督教的战争，罗兰死后被神引入天堂等情节，反映出宗教对作品的影响和统治阶级的观念与思想。

2010 年　法国　史诗浮雕

1985 年　奥地利　骑士

第三节　中世纪骑士文学和城市文学

一、中世纪骑士文学

骑士制度是封建制度的产物，封建主为了进行战争和镇压人民而养了许多骑士。他们替大封建主打仗，得到赏赐后自己又成为小的封建主。在多次的十字军东征中，骑士的地位大大提高，逐渐形成所谓的骑士精神。在骑士制度中，有一系列道德标准，如“忠君、护教、行侠”的信条、“文雅知礼”和“荣誉高于一切”的信念等。他们不仅要忠实地为主人服务，还要效忠和保护女主人。为自己“心爱的贵夫人”去冒险和取得胜利，以博得贵夫人的欢心是骑士们最大的荣耀。由于骑士属于封建统治阶级的下层，崇尚锄强扶弱、保护妇女、尊敬老人等信条，以及反对宗教、向往世俗生活、突破禁欲主义的思想，因此具有一定的反封建精神。

1983 年　奥地利　骑士

骑士文学的主要体裁有抒情诗和叙事诗。骑士抒情诗的中心地是法国南部的普罗旺斯，诗人称“特鲁巴杜尔”（行吟诗人），在艺术上受民间诗歌影响很大。骑士抒情诗和宗教文学不同，写的是现世的生活，比较注重心理描写，语言形象生动，诗律新颖多样，对后来欧洲诗歌的发展有一定的影响。法国北方骑士文学的主要成就是骑士叙事诗，这种诗歌的诗人称“特鲁威尔”（也是行吟诗人）。骑士叙事诗常描写骑士对贵夫人的爱情，骑士为获得荣誉和博得贵夫人的青睐，除妖驱魔、降龙伏虎，进行各种冒险活动。有时也有描写骑士为了护教而征讨异教徒的故事。骑士叙事诗大多出自诗人的虚构。诗中的离奇情节和冒险精神，同十字军东征时的宗教狂热和阿拉伯传说有关，缺乏实际和历史的根据。但叙事诗的结构形式、人物刻画以及心理描写等方面对后来欧洲长篇小说的发展有一定的影响。

1968 年　圣马力诺　骑士

1968 年　圣马力诺　骑士

动画图片骑士

二、中世纪城市文学及《列那狐传奇》

10 世纪至 11 世纪，欧洲各国出现了以手工业和商业为中心的城市。这是欧洲封建社会开始进入全盛时期的标志之一。随着城市的发展，反教会的“异端”运动、非教会的世俗文化形成，教会在思想文化上的垄断被打破，产生了城市文化。城市文化是在民间文学的基础上发展而来，内容上现实性极强，大多表现市民阶级的聪明和机智，讽刺愚弄专横的贵族、贪婪的教士和凶暴的骑士；风格上采用生动活泼的民间说唱手法；文学样式上产生了韵文故事、讽刺故事诗等新体裁。

2005 年　克罗地亚　狐狸

法国是城市文学最发达的国家之一。法国的“笑谭”是一种韵文故事，内容是日常生活中滑稽和荒诞的事情，讽刺的对象往往是教士、城市高利贷者和富裕的商人，一般故事篇幅不长。城市文化的出现，对中世纪文化的发展具有重大意义。

《列那狐》中文版封面

关于列那狐的故事诗是中世纪城市市民文学中最重要的成就之一。9 世纪至 10 世纪，法国广泛地流传着民间动物故事。12 世纪以后，一批以列那狐为中心形象的故事诗形成。这些故事产生在民间动物故事的基础上，作者已经无法考证了。

《列那狐传奇》产生于 12 世纪至 13 世纪，共包括 27 组故事，全诗共有 3 万多行，堪称鸿篇巨制，后来由法国传到西欧其他国家。

动画片中列那狐等卡通形象

1996 年　罗马尼亚　狐狸

《列那狐传奇》通过对动物生活的描绘反映了中世纪封建社会的现实生活。作品中叙述了列那狐同各种猛兽之间的斗争以及对一些小动物的压迫，形象地表现出当时各阶级之间的关系。作品中狮子诺布勒是专横昏庸的国王，驴子贝尔纳是宗教人物的代表，布伦熊和伊桑格兰狼则是残暴贪婪的封建领主和骑士。列那狐象征着市民。它与猛兽之间的斗争象征着市民阶级对封建统治阶级的反抗。列那狐狡诈多谋，善于应变，而狮子、伊桑格兰狼贪婪、粗鲁、愚蠢，总是受列那狐愚弄。但列那狐也时常欺凌鸡、乌鸦、兔、鸟等弱小动物，反映市民上层和贫苦下层之间的矛盾。有些故事中，列那狐身上还出现封建骑士的影子。在《列那狐传奇》之后，还出现《列那狐加冕》《新列那狐》《冒充的列那狐》等系列续作，对列那狐的形象有了进一步的发展。

1961 年　罗马尼亚　红狐

第四节 但丁和他的《神曲》

但丁·阿里吉耶里（Dante Alighieri，1266—1321）是意大利文学的奠基人，也是中世纪最伟大的作家。他出身于意大利佛罗伦萨的一个没落贵族家庭，从小喜爱抒情诗的写作。1290 年，但丁从小爱慕的女子比特丽斯逝世。为了纪念她，但丁写了许多诗，并用一个散文故事将诗串联起来，取名《新生》。后来，但丁积极参加政治活动，并作为新兴工商业者的代表在 1300 年当选为佛罗伦萨市的行政官，坚决反对罗马教皇对佛罗伦萨内政的干涉。1302 年反对派得势，但丁被判终身放逐，客死他乡。

1965 年 苏联 但丁

1965 年 意大利
《神曲-炼狱》

1965 年 意大利
《神曲-地狱》

在几十年的流放生涯中，但丁到过意大利不少地方，目睹了教皇政权的黑暗和封建统治的四分五裂，也察觉到新兴的城市上层资产阶级的自私自利。但丁对祖国和人类的命运感到忧虑，从 1307 年到逝世，他集中精力完成了不朽巨作《神曲》，唱出了欧洲文艺复兴的新声。恩格斯曾称他是“中世纪最后一位诗人，同时又是新时代的最初一位诗人”。

1965 年 意大利
《神曲-天堂》

1965 年　圣马力诺　但丁《神曲》

1965 年　圣马力诺　但丁

1965 年　圣马力诺　但丁《神曲》

但丁的《神曲》分《地狱篇》《炼狱篇》和《天堂篇》三部曲，每部有 33 首歌，连同全诗序曲共 100 首歌，14233 行。《神曲》的故事情节采取了意大利中古梦幻文学的形式。诗中叙述了但丁在森林里迷了路，出了森林又被豹、狮、狼三只野兽挡住了去路。在危急时，古罗马诗人维吉尔受了但丁理想中的爱人比特丽斯的嘱托来救但丁，并引导他游历了地狱和炼狱，最后比特丽斯又领着他们游历了天堂。《神曲》在艺术上采用梦幻与写实意境交融的手法，突出了工整与协调的结构，以及象征、寓意、梦幻的手法。

1965 年　圣马力诺　但丁《神曲》

1965 年　美国　但丁

2011 年　意大利小型张票中票　但丁

《神曲》是一部划时代的作品。作者政治上的挫折和个人的遭遇，以及他对人类和意大利民族前途的忧虑，使他意识到自己担负的责任，促使他以诗的形式去揭露现实、评判善恶、描绘理想、探索民族复兴的道路。但丁设想地狱为九层、炼狱七级、天堂九重。他把许多有真实姓名的贪官污吏、教会僧侣和卖国贼都安排在地狱的最底层，受着各种各样的刑罚，表达诗人对当时罗马教皇和封建统治阶级贪婪腐化、残暴专横

2016 年　吉尔吉斯斯坦小全张　但丁

的强烈憎恨。但丁把那些爱色贪财、好吃懒做、喜怒无常的人放在炼狱中受苦，让这些人继续修炼，断绝孽根，以便超度升天，表达了诗人对城市资产者自私自利的不满。而天堂是幸福精灵的归宿，居住者是上帝基督、天使先哲、优秀的神父教士和虔诚的修炼者。但丁的创作中虽然存在中世纪基督教神学的偏见，认为信仰和神学高于理性和哲学，但他追求最高真理的精神和关怀人类命运的热情，在当时还是有着进步意义的。

1965 年　意大利首日封　但丁《神曲》

第三章

文艺复兴时期的文学

文艺复兴是14世纪至17世纪初，在欧洲由封建社会向资本主义社会过渡时期产生的一场新兴资产阶级的思想文化运动。它的指导思想是以“人”为中心的人文主义。人文主义肯定人的价值，反对封建教会和教皇的专制，主要观点包括用人性反对神权、用个性解放反对禁欲主义、用理性反对蒙昧主义，拥护中央集权、反对封建割据。

文艺复兴时期欧洲各国有人文主义文学、民间文学和封建文学三种，其中人文主义文学逐步成为最强大的洪流，占有主导地位，是最具有进步意义的文学。人文主义文学巨大的成就带来了欧洲文学史上一个新的繁荣时期，是欧洲近代文学的一个崭新的开端。

1956年　法国　彼得拉克

第一节　文艺复兴时期文学概述

一、意大利文学

意大利是文艺复兴运动的发源地，也是人文主义新文学出现最早的国家。彼得拉克和薄伽丘是意大利人文主义文学的先驱。

弗兰齐斯科·彼得拉克（Francesco Petrarca，1304—1374）广泛收集古希腊、罗马的抄本，研读古典名著。他用意大利语写的抒情诗名作《歌集》发展了“温柔的新体”诗派风格，突破了禁欲主义的束缚，表达了以个人爱情幸福为中心的人文主义精神。《歌集》在形式上以“十四行诗”为主，不仅达到较高的艺术成就，而且为后来欧洲抒情诗开辟了新路。

乔万尼·薄伽丘（Giovanni Boccaccio，1313—1375）是一位多产作家，代表作是短

1974 年　意大利　彼得拉克

篇小说集《十日谈》。这部小说集共有 100 篇故事，讲的是具有人文主义思想的 7 个女青年和 3 个男青年，为了逃避 1348 年的大瘟疫，住进了佛罗伦萨城外的一座庄园，约定每人每天讲一个故事，10 天中轮流讲了 100 个故事，编辑为《十日谈》。作品反对中世纪教会宣扬的禁欲主义和封建等级制度，提倡男女平等和真实爱情，抨击金钱门第的包办婚姻；尖锐地揭露和批判天主教僧侣和封建贵族的生活腐化、道德败坏，赞美

1994 年　捷克　彼得拉克

1959 年　意大利　城堡

城市平民和手工业者的智慧和勇敢。《十日谈》文笔精炼、语言丰富，善于刻画心理、描绘自然，以故事的生动性和描写的真实性征服了读者。《十日谈》不仅奠定了意大利散文的基础，而且对西欧现实主义文学的发展产生了很大的影响。

1975 年　意大利　薄伽丘

15 世纪中叶以后，意大利出现前所未有的艺术繁荣。这一时期的人文主义作家和作品有阿里奥斯托的传奇体长诗《疯狂的罗兰》和塔索的代表作长诗《被解放的耶路撒冷》。

二、德国文学

德国文学中的人文主义代表作品有埃拉斯慕斯（Erasmus，1466—1536）的著名讽刺作品《愚蠢颂》。他通过“愚蠢”这个人物的自白，揭露僧侣的虚伪和迷信，抨击诸侯之间的内战。马丁·路德（Martin Luther，1483—1546）是德国宗教改革的领袖。他用德语翻译的《圣经》，奠定了德国文学的基础，对德语的统一产生一定的作用。他的赞美诗《我主是坚固的堡垒》被称为是一首16世纪的《马赛曲》。

德国的民间文学当时比较繁荣，代表作有《梯尔·厄伦史皮格尔》《浮士德博士传》等。《浮士德博士传》叙述浮士德与魔鬼订约，把身心卖给魔鬼，以此满足他任何愿望，反映出文艺复兴时代追求知识和人世欢乐的进取精神。

1983年　法国　马丁　路德

1983年　美国　马丁·路德

三、法国文学

16世纪的法国已经建立了统一的国家，王权地位巩固。法国人文主义文学有两种倾向，一种是以拉伯雷为代表的民主倾向，一种是以“七星诗社”为代表的贵族倾向。七星诗社是由龙沙（Ronsard，1524—1585）等7人组成的贵族作家小组。他们对法国文学的主要贡献在于民族语言的统一和对民族诗歌的建立。龙沙的创作讴歌生活、讴歌爱情，感情表达真挚，是法国近代第一位抒情诗人，代表作有《十四行·致海伦》。

1980年　摩纳哥　蒙田

蒙田（Montaigne，1533—1592）是16世纪下半叶法国著名的思想家、散文家，著有《随笔集》3卷，内容包罗万象，行文旁征博引，语言平易流畅。这是法国第一部近代散文集，其文体和风格，对法国、英国文学都有较大影响。

1953 年　中国　拉伯雷

拉伯雷是法国人文主义文学最为杰出的代表，主要成就是他的长篇小说代表作《巨人传》。

四、西班牙文学

西班牙的人文主义运动发展比较迟缓。直到 16 世纪至 17 世纪之间，西班牙文学才进入黄金时代，在诗歌、戏剧、小说等方面取得很大的成就。当时西班牙城市发达，产生了描写城市平民生活的流浪汉小说。流浪汉小说以城市下层人物的活动为中心，分析社会上的种种丑恶现象；以人物流浪史的形式，采用第一人称、自传体的形式描写流浪主人公的所见所闻，反映广阔的社会生活。最早的一部流浪汉小说是无名氏的《小癞子》。它描写主人公小癞子从一个贫苦儿童经过磨难、熏陶，最后成为一个老练、狡猾的骗子的过程，揭露了当时社会的黑暗和罪恶。文艺复兴时期，西班牙小说的最高成就就是塞万提斯的《堂·吉诃德》。

这一时期西班牙的戏剧也相当繁荣，建立了公众剧场，形成了民族戏剧，其中影

2004 年　西班牙小型张　古城堡

响最大的是洛佩·德·维加（Lope de Vega，1562—1635）。维加的剧作思想是复杂的，以人文主义思想为主导，但又不同程度地带有贵族和宗教的思想。代表剧作《羊泉村》取材于1476年羊泉村村民不堪封建领主的压迫，进行武装抗暴的历史故事。剧中不仅塑造了一个热情勇敢的农村姑娘劳伦霞的形象，而且突出描写了农民在斗争中团结一致的力量。维加被誉为“民族戏剧之父”，是西班牙民族戏剧的奠基人，对17、18世纪欧洲戏剧产生过一定的影响。

1959年　西班牙　维加

1988年　西班牙　维加

五、英国文学

英国文学是文艺复兴时期欧洲文学的顶峰。英国人文主义最早的代表是“英国诗歌之父”杰弗利·乔叟（Geoffrey Chaucer，1340—1400）。他的代表作《坎特伯雷故事集》采用“框形故事”的手法，勾勒了一幅当时英国社会绚丽多彩的风情民俗画卷。其内容是一群从伦敦去坎特伯雷朝圣的香客，在路上为了解闷而轮流讲了24个故事。这些故事表现了对教会、僧侣的腐败、虚伪的批判，对现世的美好生活的肯定与追求，对人性的乐观主义信念，为英国文艺复兴文学定下了主调。

“英国诗歌之父”杰弗利·乔叟

16世纪时，托马斯·莫尔（Thomas More，1478—1535）因同情人民、反对圈地运动和国王兼揽教权而被斩首示众。他的对话体幻想小说《乌托邦》揭露了资本原始积累的残酷性，描写了一个名叫“乌托邦”的理想社会，是空想社会主义的最初著作之一。

16世纪后期，英国文艺复兴运动达到高潮，人文主义文学空前发达，诗歌、小说、

1985 年　梵蒂冈　莫尔

戏剧都有很大的发展。诗歌以赫伯特·斯宾塞（Herbert Spencer，1552—1599）成就最高，代表作《仙后》描写仙后葛罗丽亚娜派遣 12 位骑士去解除灾难的冒险故事。长诗艺术成就高，斯宾塞被称为“诗人中的诗人”。英国 16 世纪文学中成就最大的是戏剧。1551 年以来，伦敦舞台上出现了最早的喜剧和悲剧；60 年代开始，建立了正式的剧院；80 年代，英国戏剧进入繁荣时期。剧作家中出现了“大学才子派”，这是一群出身于中产阶级、上过大学、具有人文主义思想和古典文化修养的青年戏剧家。其中，剑桥大学学生克里斯托弗·马洛（Christopher Marlowe，

克里斯托弗·马洛

赫伯特·斯宾塞

1564—1590），代表作有《帖木儿》《马耳他岛的犹太人》和《浮士德博士的悲剧》。“大学才子派”的戏剧创作和演出活动，为后来莎士比亚的出现奠定了基础。

1985 年　英国　仙后

1964 年　匈牙利　莎士比亚

第二节　法国作家拉伯雷

一、拉伯雷的生平和创作

1953 年　法国　拉伯雷

弗朗索瓦·拉伯雷（Francois Rabelais，1494—1553）是文艺复兴时期法国最杰出的人文主义作家之一。他出身于律师家庭，早年在修道院接受教育，后来以行医为业，16 世纪 30 年代开始转向文学创作。拉伯雷通晓医学、天文、地理、数学、哲学、神学、音乐、植物、建筑、法律、教育等多种学科和希腊文、拉丁文、希伯来文等多种文字，堪称“人文主义巨人”。

1532 年春天，拉伯雷在里昂的教会医院工作时，出版过一些医学论文，业余时间开始创作一些小册子。同年，拉伯雷出版了他的主要作品《巨人传》的第二部。作品以其犀利的思想锋芒、大胆的讽刺风格和夸张幽默的民间文学传统，赢得了广大读者的喜爱。但不久该书即被以巴黎神学院为代表的宗教势力宣判为“淫书”而禁止。两年后，拉伯雷出版的《巨人传》第一部，几乎遭到了同样的命运。其后，拉伯雷跟随昔日同窗、巴黎主教等人出访意大利，不仅考察了古罗马的优秀遗产，而且亲身感受了文艺复兴时代的气息和人文主义文学，从中汲取了丰富的思想养料。

2013 年　法国　教堂

1535 年之后，拉伯雷屡遭厄运，他的后半生经济拮据，几次为躲避风险而不得不隐居，还曾被投入监狱。但一切磨难并没有削弱他的意志和勇气，他孜孜不倦地继续创作他的《巨人传》。经多方努力，1546 年拉伯雷终于获得国王弗朗索瓦一世的特许，

1953 年　法国　《巨人传》

以真实姓名发表出版了他的第三部《巨人传》。1549 年《巨人传》第四部的初版出版，后经补充于 1552 年全部出版。《巨人传》第五部是在作家去世后的 1564 年出版的。拉伯雷晚年生活贫困，处境艰难。1553 年 1 月，拉伯雷辞去了两处教堂本堂神甫的职位，同年 4 月在巴黎逝世。

二、拉伯雷的代表作《巨人传》

长篇小说《巨人传》是拉伯雷的主要著作，是文艺复兴时期法国文学中的杰作。《巨人传》共分五卷，取材于法国民间传说故事，主要写格朗古杰、高康大、庞大固埃三代巨人的活动史。第一卷写高康大的出生、受教育、抵御外敌侵略和建立特莱美修道院的故事；第二卷写庞大固埃的出生、巴黎求学和结识巴奴日的经过；第三卷就巴奴日是否应该结婚的问题引出各种奇谈妙论；第四、第五卷描写了为探求婚姻问题的答案，庞大固埃和巴奴日、约翰修士一道外出寻找“神瓶”的经历。

1978 年　法国　钟楼

这是一部百科全书式的作品。拉伯雷在作品中融入了大量自然科学和社会科学方面的知识，表达了新兴资产阶级冲破精神奴役，追求新思想、新知识的热切愿望。小说主人公父子两代巨人高康大和庞大固埃都具有超乎寻常的体魄和力量、公正善良的品德和乐观主义的天性，体现了人文主义对“人”“人性”和人的创造力的充分肯定。在他们身上，拉伯雷不仅表现了人的价值、人的伟大，更着重强调了人文主义教育的重要作用。

1953 年　法国实寄封　拉伯雷

1990 年　美国　公共教育

《巨人传》最大的艺术特色是深深根植于民间文学的土壤中，借用传统的、群众喜闻乐见的民间故事形式加以改造发展，以表现新的思想内容。作家从人文主义精神出发，在结构和人物塑造上给予大部分人物和故事不同的象征意义和思想内涵，又将几个主要人物形象的活动贯穿起来，形成比较完整的有机体，开创了通俗小说形式的先河。拉伯雷还出色地继承和发展了夸张和讽刺的文学手法，冷嘲热讽、嬉笑怒骂、寓庄于谐，造成强烈的艺术效果。拉伯雷在法国文学史和世界文学史上都占有重要地位，对后来浪漫主义、现实主义作家产生了有益的影响。

第三节　西班牙现实主义作家塞万提斯

一、塞万提斯的生平和创作

1958 年　西班牙　塞万提斯

米格尔·德·塞万提斯·萨维德拉（Miguel de Cervantes Saavedra，1547—1616）出生于西班牙中部的一个没落小贵族家庭。1569 年，他到意大利参加了西班牙对土耳其的战斗，曾多次负伤，落下左手残疾；1575 年，在归国途中被土耳其海盗所俘，押到阿尔及尔服苦役，1580 年被赎回国。回国后由于生活贫困，塞万提斯开始从事文艺创作。1584 年写出爱国主义悲剧《奴曼西亚》，作品取材于西班牙人民反抗罗马侵略者的斗争史实，歌颂了顽强不屈、勇于牺牲的爱国主义精神。有评论家认为此剧可与埃斯库罗斯的悲剧媲美。1590 年后塞万提斯生活更加困难，曾几次被诬控入狱。1605 年，塞万提斯的长篇小说《堂·吉诃德》第一部出版，风行一时，但由于小说对封建制度和宫廷贵族的辛辣讽刺，遭到当时统治阶级的强烈不满和骑士文学作者的仇恨。塞万提斯的其他文学作品还有 1613 年出版的短篇训诫小说集《惩恶扬善故事集》，长诗《巴尔纳斯游记》《幕间短剧集》等。1614 年，天主教和反动贵族化名写了一部《堂·吉诃德》第二部，对塞万提斯进行诽谤和辱骂。塞万提斯为了抵制伪作的恶劣影响，于 1615 发表了小说的第二部，以更加尖锐的讽刺笔调向他们进行有力的回击。1616 年，塞万提斯刚完成长篇小说《佩雪莱斯和吉西斯蒙达历险记》，便在马德里逝世。

1958 年　西班牙　塞万提斯《驯兽记》

1965 年　西班牙　塞万提斯

二、塞万提斯的长篇小说《堂·吉诃德》

长篇小说《堂·吉诃德》采用骑士小说的创作手法，描述了穷乡村贵族吉哈达因看骑士小说入迷，企图用理想化的骑士精神改造社会，惩恶扬善，就自称堂·吉诃德骑士，带着农民桑丘·潘沙出外行侠，结果在现实中到处碰壁，最后被折腾得奄奄一息才醒悟过来。小说中主人公堂·吉诃德时而清醒、时而糊涂，时而在谈吐中流露睿智、时而又成了乱冲乱杀的疯子。这些极端矛盾的现象集中在一个人身上，构成主人公复杂、丰富、多面的性格。桑丘·潘沙与堂·吉诃德是既对立又互补的形象，主仆二人，一个是狂热的骑士、一个是冷静的村夫，一个充满幻想、一个讲求实际，一个在虚幻中遨游、一个在现实中求生。小说不仅有力地讽刺了当时泛滥在市场上的骑士文

1958 年　西班牙
《堂·吉诃德》

2008 年　西班牙邮资封　《堂·吉诃德》

学，而且也抨击了残余的骑士制度，对骑士之流企图用打抱不平的方法来改造社会的空想进行嘲笑。作家还深入描绘了16世纪末17世纪初西班牙政治、经济、宗教和道德方面的各种状况，刻画了封建地主、贵族及其爪牙的丑恶面目，对劳动人民寄予深切的同情。

1958年　西班牙　塞万提斯

《堂·吉诃德》借用骑士小说的体裁，戏拟骑士小说的写法和口吻，构成他的叙述语言和基调。小说不仅在思想内容上有一定的高度，而且在艺术技巧方面也有很好的成就。如今，堂·吉诃德的名字已经成为脱离实际、耽于幻想、主观主义的代名词，是世界文学宝库中的典型人物形象之一。塞万提斯是欧洲近代现实主义的先驱，他的《堂·吉诃德》不仅标志着西班牙古典艺术的高峰，而且对欧洲现实主义文学具有深远的影响。

第四节　伟大的英国戏剧家莎士比亚

一、莎士比亚的生平

威廉·莎士比亚（W. William Shakespeare，1564—1616）出身于英国艾汶河畔斯特拉福镇的一个羊毛商人家庭。他曾经在文法学校读书，后因父亲破产，中途辍学；21岁时到伦敦剧院工作，很快就登台演戏，并开始创作剧本和诗歌。莎士比亚在20多年创作生涯中，写了悲剧、喜剧、历史剧、传奇剧37部，其中著名的“四大悲剧”是《罗密欧与朱丽叶》《哈姆莱特》《李尔王》《奥赛罗》；“四大喜剧”是《威尼斯商人》《无事生非》《仲夏夜之梦》《第十二夜》；历史剧《亨利四世》，传奇剧《暴风雨》等。除戏剧创作以外，他还写了154首十四行诗，写了以古罗马诗人奥维德的《变形记》为题材的长诗《维纳斯与阿都尼》和《鲁克丽丝受辱记》。前者描写爱神维纳斯追求青年猎手阿都尼的故事；后者写鲁克丽丝不堪忍受王子塔昆的强暴而自杀，其夫为其报仇，塔昆家族被推翻的故事。

2006年　英国　莎士比亚

1966年　英国　莎士比亚

莎士比亚的悲剧《奥赛罗》描写威尼斯大将奥赛罗与贵族小姐苔丝德蒙娜结婚，引起众贵族的反对，告状于威尼斯公爵。公爵正要派奥赛罗去领地塞浦路斯岛抵抗入侵的土耳其人，对他和苔丝德蒙娜的婚姻未加追究。奥赛罗手下的旗官亚戈由于奥赛罗把副将的职位给了年轻的卡西奥尔而怀恨在心，到岛上诬告卡西奥尔和苔丝德蒙娜之间有所谓的“奸情”。随后亚戈又制造种种假象，致使奥赛罗因嫉妒而陷入圈套，丧失理性，杀死了无辜的苔丝德蒙娜。后亚戈的妻子埃米丽亚挺身揭发了她丈夫的阴谋，奥赛罗才如梦初醒，追悔莫及，最后在爱妻身边拔刀结束了自己英雄的一生。

1996 年　塞浦路斯　《奥赛罗》

2014 年　英国　《罗密欧与朱丽叶》

2014 年　英国　《李尔王》

2014 年　英国　《亨利四世》

喜剧《威尼斯商人》讲述了威尼斯商人安东尼奥为了帮助友人巴萨尼订婚，向一毛不拔的犹太高利贷者夏洛克借 3000 金币。夏洛克出于嫉妒，假意不收利息，在借条上戏言若到期不还，要割安东尼奥身上一磅肉。安东尼奥的货船到期未归，不能还债，夏洛克坚持要实现借约的条款。巴萨尼的未婚妻波希雅装扮成律师出庭，也按条款只准夏洛克割一磅肉，不许多割、少割，不许流血或伤害生命，使夏洛克人财两空。全剧无情地谴责了资本主义对金钱的贪婪，歌颂了无私的友谊和忠诚的爱情。

二、莎士比亚的悲剧《哈姆莱特》

悲剧《哈姆莱特》取材于12世纪丹麦的历史传说，讲述的是丹麦王子哈姆雷特为父复仇的故事。莎士比亚将中世纪复仇的故事，改编成一部深刻反映时代面貌、具有强烈反封建意识的悲剧。这部悲剧代表了莎士比亚戏剧创作的最高成就。

2014年　英国　《哈姆莱特》

悲剧一开始，莎士比亚就描绘出一幅丹麦宫廷的混乱局面：老国王驾崩不久，新国王就同寡嫂结婚，婚礼紧随着葬礼；敌军压境，宫廷内却通宵达旦地酗酒取乐。悲剧主人公哈姆莱特是文艺复兴时期人文主义者的典型形象。他出身于王室，在大学里接受了人文主义思想的教育。可是，戏一开场，他就陷入了家庭的不幸之中。他所崇拜和热爱的父王突然死去，他所爱的母亲很快就同新登基的叔父结了婚。坚贞的爱情、忠诚的友谊，一个个人文主义的生活理想都开始破灭。他感到无比的抑郁：“人世间的一切在我看来是多么可厌、陈腐、乏味和无聊！”正在这时，父亲的鬼魂告诉他，自己是如何被害死的，并要他为父报仇。哈姆莱特勇敢地承担了这个任务，同时也深感责任重大，他不得不装疯以免遭毒手。老奸巨猾的叔父利用他的同学、情人对他进行监视和试探。哈姆莱特十分痛苦，他的人文主义理想在丑恶的现实面前完全破灭，他甚至考虑到“生存还是毁灭”的问题。最后，哈姆莱特终于在决斗中杀死了叔父奸王，但自己也因中毒计而牺牲，“重整乾坤的责任”最终没有完成。

1964年　英国　莎士比亚

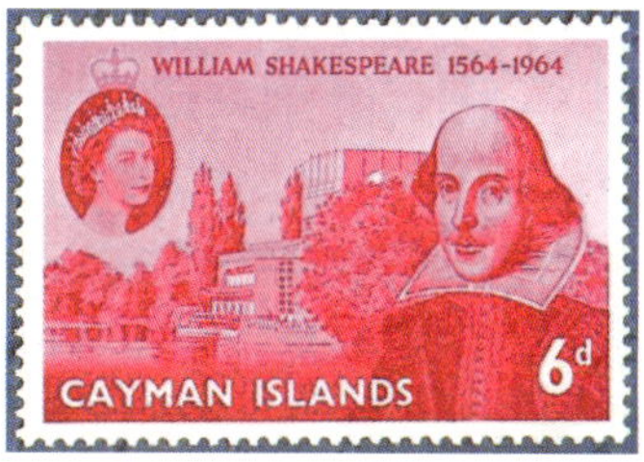

1964年　英国　莎士比亚

2014年　英国　《仲夏夜之梦》

《哈姆莱特》在思想内容上具有强烈的反封建主义意识，是莎士比亚艺术上成熟的标志。在创作中，莎士比亚注意情节的安排，以哈姆莱特为父复仇为主线，与其他线索联系交错、相互衬托。剧中人物众多，但各具特点。除通过人物对比来突出主人公的性格外，莎士比亚还充分利用“独白”的手法，来揭示主人公的内心活动，使得哈姆莱特的性格更加深刻和丰富。哈姆莱特的人物形象也成为世界文学史中著名的艺术典型之一。

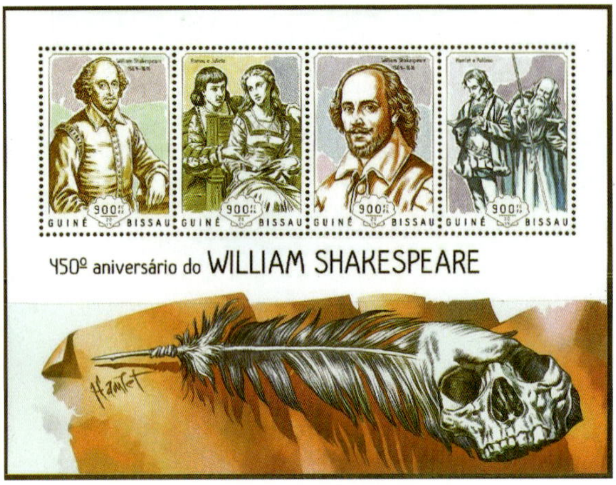

2004 年　几内亚比绍　莎士比亚

2014 年　英国　《暴风雨》

莎士比亚是欧洲文艺复兴时期最重要的作家，杰出的戏剧家和诗人。他的作品是人文主义文学的重要代表，在世界文学史上占有极重要的地位。马克思称他为“人类最伟大的戏剧天才”，代表了英国文学的最高成就。同时代的戏剧家本·琼生称誉他是“时代的灵魂”，“不属于一个时代，而属于所有的世纪”。

2014 年　英国小型张　莎士比亚

第四章

17 世纪的文学

17 世纪的欧洲历史揭开了世界近代史的帷幕。1640—1648 年的英国革命，推翻了封建主义的统治，建立了最初的资产阶级共和国。17 世纪初期欧洲的文坛，人文主义还占有相当重要的地位，文艺复兴时期的现实主义思潮仍然在继续发展。这个时期欧洲文学史上的新现象是巴洛克风格和古典主义的兴起。“巴洛克”原是葡萄牙语，是珍奇和奇妙的意思，在文学上指的是夸张、繁艳的藻饰、鲁殿灵光、花团锦簇的风格。

2010 年　西班牙小型张　古城堡

古典主义产生于法国，后影响到欧洲其他国家。法国古典主义是君主专制制度的产物，其主要特征是具有为君主专制王权服务的鲜明倾向。

第一节 17世纪文学概述

一、巴洛克文学

巴洛克文学于17世纪初从意大利、西班牙兴起，后来流传到英国、法国等国。意大利巴洛克文学的代表是马里诺派。马里诺（1569—1625），创作时常引用古典作品中的词句，以诗句轻松简练、韵律铿锵著称，以夸饰的词句散布人生的悲哀情绪。西班牙巴洛克文学的代表是贡哥拉派。贡哥拉（1561—1627），贵族出身，为宫廷神父，提倡一种与晦涩思想结合的华丽雕琢的诗歌语言。17世纪著名的西班牙作家卡尔德隆（1600—1681）是一位重要的巴洛克风格文学家。他曾是宫廷戏剧家、诗人和神父，创作的作品有200余种，代表作是《人生如梦》。该剧的思想充满矛盾，一方面表现出对人生的积极意义的思考；另一方面又发出人生如梦的感叹，鼓吹基督教义。德国的巴洛克文学家梅尔斯豪森（1622—1676）的代表作《痴儿西木传》是一部自述体的流浪汉小说，叙述了主人公西木生活在社会底层，在长期的战争中受尽苦难和屈辱。

17世纪巴洛克文学影响很广，法、英等国杰出大作家高乃依、拉辛、弥尔顿、马维尔等人的作品中也体现出巴洛克风格的痕迹。

2010年　西班牙小型张　古城堡

2014 年　法国　城市建筑

二、古典主义文学

17 世纪欧洲最主要的文艺思潮是古典主义，具有为君主专制王权服务的鲜明特征，例如路易十三时期的“法兰西学院”，其主要任务就是制定并控制语言法规和各种文体的格律。第二个特征是注重理性，认为理性就是良知，肯定人的理性，主张用理性克服情欲。第三个特征是模仿古代，重视格律。在法国古典主义的理论和创作中，以古典作品为最高典范，并从中找出规则的格律。如最著名的戏剧“三一律”，指的是时间、地点、情节三者的单一，一出戏只演一件事、剧情必须发生在同一地点、一昼夜之内。

2004 年　英国小全张　古典主义戏剧

三、英国文学

1989 年　德国　教堂

17 世纪的英国是欧洲最先进的国家，曾与王权合作的资产阶级已经逐渐走向与王权的对立面。继莎士比亚之后的英国进步作家有本·琼生（Ben Jonson，1573—1637），代表作有喜剧《福尔彭捏》《炼金术士》和《巴托罗缪市集》等。他采用现实主义的方法嘲笑腐朽淫糜的贵族，鞭挞贪得无厌的资产阶级。40—50 年代革命时期的进步作家最主要的代表是约翰·弥尔顿，其他作家还有清教诗人安德鲁·马维尔、约翰·利尔本和杰拉德·温斯坦莱等人。斯图亚特王朝复辟时期，宫廷古典主义盛行，代表人物有约翰·德莱顿（John Dryden，1631—1700）。他是一位诗人、剧作家和古典主义理论家。约翰·班扬（John Bunyan，1628—1688）是当时进步文学的重要代表，出身于贫苦家庭，后成为清教徒的布道者。班扬的小说名作《天路历程》采用梦境寓意的手法，广泛地描写当时英国的现实生活，反映出广大人民对复辟王朝的不满。此外，班扬还有《卑德蛮传》和《神圣的战争》等作品。

1980 年　英国　伦敦邮展

四、法国文学

17 世纪的法国是欧洲最强大的中央集权君主国家，文化上丰富多彩且古典主义思潮盛行。在此之前，法国文学中出现沙龙文学和人文主义文学两个流派。沙龙文学流行在法国贵族中，是一种“客厅文学”。贵族文人学士在虚无缥缈的想象中虚构一些脱离现实的爱情和历史故事。人文主义文学也是市民的写实文学，以理查·索莱尔（Soler，1579—1674）为代表。他的小说《法兰西翁趣史》描写了在巴黎社会下层一个流浪汉的一生，代表着下层市民的思想和趣味。直到 17 世纪上半叶，古典主义在君主专制政权的扶植下兴起，成为占据统治地位的文学思潮。法国古典主义内部存在不同的倾向，其中具有进步的、民族倾向的悲剧作家有高乃依、拉辛，喜剧作家莫里哀，寓言诗人拉·封丹等人。

1984 年　法国　高乃依

高乃依（Pierre Corneille，1606—1684）是法国古典主义悲剧的创始人。1636 年，他的韵文剧《熙德》公演，轰动巴黎，为法国第一部古典主义戏剧的典范。剧中男女主人公罗狄克和施曼娜在爱情与荣誉、义务的冲突中所持的态度和采取的行动，表现了理性战胜感情、国家利益高于一切的思想。作品《贺拉斯》歌颂为民族而牺牲个人情感，描绘了一个宽容大量的君主。作品《西拿》取材于古罗马，是一部宗教悲剧，颂扬为基督教事业而献身的精神。《波利耶克特》刻画了理想公民的典型，主人公以民族利益为重，大义灭亲。《熙德》和以上这几部作品标志着高乃依戏剧创作的高峰。

1960 年　法国
巴黎圣母院

让·拉辛（Jean Racine，1639—1699）是法国 17 世纪古典主义戏剧作家、悲剧诗人。他的创作风格与高乃依不同，更多的是挖掘人性的弱点和不足，认为往往是情欲造成人生的悲剧。1667 年，取材于古希腊悲剧的《安德洛玛克》上演，大受观众的赞赏，从而确立了拉辛在悲剧剧坛上的地位。该剧讲述了女主人公安德洛玛克理性和感情的高度统一，既保住了儿子的生命，又保住了自

1984 年　法国极限片　高乃依

己的名节的故事。1667 年他创作的悲剧《费德尔》也取材于希腊故事，结构严谨，技巧纯熟，更长于心理分析。但由于《费德尔》的演出遭到卑鄙而疯狂的破坏，拉辛受到很大的伤害，使他长期放弃了戏剧创作。1691 年，拉辛完成了最后一部悲剧《阿达利》，从此以后便永远退出了戏剧界。

1949 年　法国　拉辛

1955 年　法国　拉·封丹

让·德·拉·封丹（Jean de la Fontaine，1621—1695）是 17 世纪法国杰出的寓言诗人，代表作《寓言诗》共收 239 首，题材绝大部分取自伊索寓言，古希腊、罗马和印度寓言家的作品以及民间故事，主要通过动物世界反映现实世界，以各种动物影射现实社会中各阶层的人，从而揭露法国封建王朝的腐朽，批判封建统治暴虐，反映下层人民的痛苦。《患瘟疫的野兽》写群兽讨论牺牲罪大恶极者，借以制止瘟疫流行。狮王和佞臣狐狸等犯有滔天罪行，却强逼无辜的驴子做牺牲品。《狼和羔羊》叙述一只羔羊在河边饮水，被蛮横霸道的恶狼强行吞噬。《死神和樵夫》描写农民在赋税徭役的重压下的悲惨境遇。《寓言诗》不仅形象地反映了 17 世纪下半叶法国的社会生活，而且收集了不少从人民生活中得来的富于哲理的材料。例如《农夫和蛇》说一个农夫救活一条冻僵的蛇反而被蛇伤害了性命，提出了不能对恶人讲仁慈的教训。《寓言诗》的诗篇简短精练，拟人化的动物对话富有戏剧意味。它吸取了一些民间语言的特点，深入浅出，流畅自然，大多采用自由诗体，韵律变化多样，优美和谐。

1971 年　摩纳哥　拉·封丹

1995 年　法国　寓言

第二节　英国诗人弥尔顿

一、约翰·弥尔顿的生平与创作

约翰·弥尔顿（John Milton，1608—1674）是 17 世纪启蒙思想家的先驱，英国最主要的诗人、思想家和政论家。弥尔顿的一生创作可分三个时期。前期，出身于富裕的清教徒家庭，毕业于剑桥大学。他热爱诗歌创作和研究古代、文艺复兴时期的文学，1638 年游历了法国、意大利，受人文主义思想的影响，写了诗篇《快乐的人》《科马斯》等，赞美生活的乐趣，表露了对当时教会的不满。中期，当资产阶级推翻查理一世封建王朝后，弥尔顿积极参加了政治活动，担任了克伦威尔共和国政府的拉丁文秘书，写出多篇政治论文，著名的有《论出版自由》《为英国人民声辩》，还创作了 20 首十四行诗。1652

1958 年　苏联　弥尔顿

1967 年　匈牙利小型张　约翰·弥尔顿

约翰·弥尔顿

年，诗人由于劳累导致双目失明。晚期，1660 年资产阶级执政者妥协，造成查理二世复辟，弥尔顿被迫隐居。他虽然生活贫困、身体残疾，但没有向封建王朝屈服，反而在这一时期以口授的方式完成了三部最优秀的长诗《失乐园》《复乐园》和《力士参孙》。这些作品采用《圣经》中的题材，反映出资产阶级革命者的精神面貌。与此同时，弥尔顿还编撰完成了 6 卷《英国史》。

二、约翰·弥尔顿的代表作品

弥尔顿长诗《失乐园》约 10000 行，分 20 卷，取材于《旧约》，主要叙述人类的始祖亚当和夏娃在魔鬼撒旦的诱惑下，偷吃了智慧之树上的果子而被上帝逐出伊甸园的故事。作者在诗中塑造了一个坚强不屈、反抗权威的资产阶级革命者形象，这就是撒旦。撒旦具有双重性格：一方面他斗志昂扬、不屈不挠地反抗着上帝的权威；另一方面，他骄矜自大、为非作歹。诗人透过这一性格，暗示出资产阶级革命失败的原因。长诗贯穿了诗人高昂的革命热情和对英国资产阶级革命的反思，规模宏伟，格调高亢，被认为是欧洲文学史上文人史诗的典范之一。

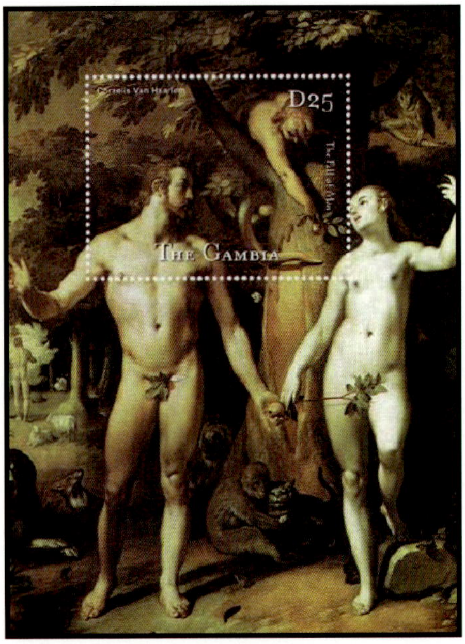

2000 年　冈比亚小型张　亚当与夏娃

《复乐园》4 卷，取材于《新约·路加福音》，叙述了耶稣不为撒旦所诱惑的故事。通过耶稣坚贞不屈的形象，表达资产阶级革命者坚定的意志和勇于牺牲的精神。

1967 年 匈牙利极限片 约翰·弥尔顿

《力士参孙》是弥尔顿的一部诗体悲剧，取材于《旧约·士师记》。以色列民族英雄参孙是大力士，被挖掉双眼囚于地牢，最后与三个非利士人同归于尽而实现复仇。这部悲壮的史诗，表现了诗人在复辟时期受尽迫害的悲愤心情，以及宁死不向复辟势力妥协的决心。

第三节 法国古典主义戏剧家莫里哀

一、莫里哀的生平与创作

法国戏剧家莫里哀（Molière，1622—1673）出身于宫廷室内陈设商家庭，从小在贵族子弟学校读书，15 岁时取得他父亲职位的继承权。但是他酷爱戏剧，受无神论和自由主义思想影响，立志以戏剧作为自己终生奋斗的事业。1643 年，他宣布放弃世袭权利，成立盛名剧团。但由于经营不善，剧团负债累累，莫里哀因而被控入狱。出狱后，他又加入了另一剧团，离开巴黎，到西南一带流浪了 12 年，积累了丰富的生活经验，最后返回巴黎从事戏剧创作。1659 年起发表的《可笑的女才子》《太太学堂》等喜剧作品，是莫里哀喜剧和近代社会问题剧的开端。莫里哀把讽刺矛头指向贵族阶级，鲜明地提出妇女地位、女子

1944 年 法国 莫里哀

戏剧家莫里哀

教育、家庭关系等社会问题，显示了对现实生活的深刻理解和卓越的创作才华。该剧一度被禁演。1664 年以后是莫里哀创作最旺盛的时期。他的著名喜剧《达尔杜弗》（一译《伪君子》）《吝啬鬼》《堂璜》等，辛辣地讽刺了贵族、僧侣和资产阶级的自私、伪善和阴险，从而招致教会反动势力的攻击。《吝啬鬼》又译为《悭吝人》，揭露和批判了资产阶级拜金主义的本性，成功地塑造了阿巴贡这个资产阶级守财奴的典型形象。对金钱的贪欲泯灭了他的良心，父子之情、天伦之乐淹没在金钱至上的冷酷之中。阿巴贡成了"守财奴""吝啬鬼"的代名词。晚年他又写了《史嘉本的诡计》等作品。1673 年，他在参加演出《没病找病》时，猝然死在舞台上。

莫里哀一生写了近 30 个剧本，大部分是反封建反教会的讽刺喜剧，也有一些剧本鞭挞了资产阶级的恶习，具有鲜明的民主倾向和现实主义特征。莫里哀是古典主义喜剧的创始人。他遵循古典主义法则，从现实中选取题材，但在多方面突破了古典主义的陈规，对欧洲喜剧艺术的发展起了推动作用。

1973 年　法国　莫里哀

1973 年　摩纳哥　莫里哀

二、莫里哀的代表作《达尔杜弗》

在莫里哀的戏剧作品中，最有代表性是讽刺性的理性喜剧《达尔杜弗》（又译作《伪君子》）。这是莫里哀创作中战斗性最强的一部作品。它通过达尔杜弗的丑陋表演，对邪教士的伪善进行了尖锐犀利的揭露和批判。

《达尔杜弗》是五幕诗体喜剧，说的是富商奥尔贡在教堂巧遇达尔杜弗，为其虚假的虔诚所触动，把他领回家中成为上宾和精神导师。笃信宗教的奥尔贡及其母亲白尔奈尔夫人将达尔杜弗奉若神明，甚至到了顶礼膜拜的程度。奥尔贡强迫女儿毁掉婚约，嫁给达尔杜弗，并立下字据，要把全部财产的继承权送给他。然而这个“上天意志的执行者”是一个十足的伪君子，他不仅想夺得奥尔贡的家产，还想占有奥尔贡的妻子。奥尔贡的儿子达米斯向父亲告发这一丑行，奥尔贡不但不信，反将儿子逐出家门。这一切，被机灵的女仆桃丽娜察觉。为了让奥尔贡觉悟，她与奥尔贡的妻子艾耳密尔、妻舅克莱昂特事先把奥尔贡藏在桌下，让艾耳密尔约达尔杜弗单独见面。结果，奥尔贡亲眼看见了达尔杜弗对自己妻子的放肆，便怒不可遏，立即叫达尔杜弗滚蛋。达尔杜弗本性暴露，逼迫奥尔贡搬家，声称自己是奥尔贡全部家产的主人，并到国王那里告发奥尔贡窝藏叛逆者的黑匣子，欲把奥尔贡置于死地。幸好国王对达尔杜弗早有觉察，使得奥尔贡被无罪赦免，达尔杜弗锒铛入狱。

1973 年　法国
《达尔杜弗》

1973 年　巴拉圭　莫里哀

这部喜剧在艺术上充分体现了古典主义戏剧的原则。它结构严谨，矛盾集中尖锐，层次分明。按照“三一律”的要求，剧中地点安排在奥尔贡家，并利用这个环境进行巧妙的艺术构思。莫里哀塑造了伪君子达尔杜弗的形象，并逐层深入地揭露这个伪善者的本质。通过这“故作虔诚的奸徒”形象，莫里哀深刻地揭露了教会和贵族上流社会的伪善、狠毒、荒淫无耻和贪婪，突出批判了宗教的伪善、欺骗性和危害性。奥尔贡的形象也富有典型意义：这个巴黎富商是王权的支持者，但思想保守。对宗教的狂热，使他受到达尔杜弗的欺骗而变得愚蠢。剧中的女仆桃丽娜头脑

1950 年　巴黎铁塔极限片

清醒，目光敏锐，在奥尔贡家里最早识破达尔杜弗的伪装和贪图金钱、女色的本质。在与众多人物的对比中，桃丽娜的形象显示出劳动人民的优秀品质。

1944 年　法国极限片　莫里哀

《达尔杜弗》在艺术上是按照古典主义原则创作的，喜剧的结构严谨，冲突集中，层次分明。莫里哀吸收了民间戏剧和其他戏剧体裁的艺术手法，增加了作品喜剧的效果，创造了独具风格的近代喜剧。由于古典主义具有脱离历史和现实生活的特点而被后世所批判，但莫里哀的《达尔杜弗》以其高度的思想性与艺术性给人带来欢乐和启迪，并赢得了世界性的声誉。它不仅是莫里哀的代表作，而且可以说是欧洲贵族时代喜剧中成就最高的作品。

加拿大　莫里哀纪念币

冈比亚小全张　世界舞台巨匠

第五章

18 世纪的文学

18 世纪欧洲历史发展的总趋势是反封建斗争的空前激烈。这场革命的意义不仅体现于 1789 年的法国大革命，而且预示着整个欧洲的历史趋势。也就在这个时期，欧洲各国发生了继文艺复兴运动之后的第二次思想革命运动——启蒙运动。启蒙运动指当时的进步思想家提倡用近代文化“启迪”人们的理想和智慧，“照亮”愚昧、落后、黑暗的封建社会，消除教会和贵族统治的迷信和偏见。启蒙运动不仅是一场新文化运动，而且是一场反封建、反教会的思想革命运动。启蒙知识分子认为：消灭了封建制度以后，人类将建立一个理想的社会，一个自由平等、普遍幸福的王国——“理性王国”。

2010 年　西班牙小型张　古城堡

第一节 18 世纪文学概述

启蒙运动作为一个广泛的思想革命运动，也影响到文学的发展。许多启蒙思想家直接进行文学创作，把文学作为宣传启蒙思想、批判封建制度的有力工具。启蒙文学的特征：一是具有鲜明的倾向性和教诲性，强调文学的社会功能，重视文学作品在批判封建制度、批判宗教迷信与提高人们道德修养方面的意义。启蒙文学批判的锋芒明确，战斗性强，猛烈地抨击封建制度和教会，揭露社会上的种种不平等、不合理现象。二是具有民主性，着重描写平民的日常生活，反对贵族文学矫揉造作的文风，采用人民群众喜闻乐见的艺术形式和表现技巧，使作品能够为广大人民所接受。三是继承了文艺复兴以来进步文学的现实主义传统，同时又表达出自己的特点，更加强调真实性。启蒙文学不仅反映生活，具体地描绘生活，而且进行的分析和议论带有哲理性与思辨性。为了便于宣传启蒙思想，启蒙作家还创立了许多新的文学形式，如哲理小说、正剧、书信体小说、对话体小说、抒情小说和教育小说等。

2000 年　波黑　鹅毛笔及书信

一、18 世纪的英国文学

英国资产阶级革命促进了资本主义经济的发展，18 世纪中叶开始的产业革命使英国成为世界上第一个工业国。18 世纪活跃在英国文坛的作家适应新制度的需要，进行道德启蒙工作，对一些不良现象进行温和的讽刺，散文的兴盛为现实主义小说的发展开辟了道路。

2000 年　英国　伦敦桥

1. 英国小说之父笛福

丹尼尔·笛福（Daniel Defoe，1660—1731），英国现实主义小说的奠基人，出身于伦敦一个清教徒家庭，父亲营屠宰业，信奉不同于国教的长老会。他的小说创作多采用流浪汉小说的结构，通过对普通人遭遇和命运的描写，反映了 18 世纪英国资本主义发展初期的现实，表现了强烈的海外殖民扩张意识。1719 年，他的第一部小说《鲁滨孙漂流记》发表，大获成功。此后他又写了不少长篇小说和历史小说，代表作有长篇小说《辛格尔顿船长》《摩尔·弗兰德斯》《罗克萨娜》等，传记《聋哑卜人坎贝尔传》《彼得大帝纪》等。他于 1722 年撰写的《瘟疫年纪事》记录了 1665 年伦敦大瘟疫，把这场鼠疫的发生、传播，引起的恐慌和人心惶惶，以及死亡数字、逃疫写得如身临其境，引起了人们的特别关注。然而笛福的一生始终穷困，晚年还不得不离家避债。1731 年，他在贫困和悲愤中去世。

1960 年　罗马尼亚　笛福

笛福的《鲁滨孙漂流记》是受一个真实故事的启发而写成的。1704 年，苏格兰水手赛尔科克在海上叛变，被抛到智利海外荒岛度过 5 年，最后得救。小说以第一人称形式创作，主人公鲁滨孙不听父亲劝诫，出海经商贩卖黑奴，在海上遇险，流落荒岛 28 年。他在岛上与自然斗争，收留了野人星期五，救了一艘叛变船只的船长，回到英国，又去巴西经营种植园致富。第二部续集

1994 年　摩纳哥　《鲁滨孙漂流记》

描写鲁滨孙故地重游，以岛的主人自居，开化岛上居民，又视察巴西种植园，接着到世界各地冒险，包括中国和西伯利亚。第三部《鲁滨孙的沉思集》则是一部道德说教的作品。笛福的鲁滨孙形象是欧洲文学史上第一个资产阶级的正面形象，标志着英国现实主义小说的诞生。小说描写环境，细节逼真，虚构的情景使人如身临其境；语言自然，使读者感到亲切。笛福为英国现实主义小说的发展开辟了新的道路，被誉为“英国小说之父”。

小说家笛福

2. 讽刺小说家斯威夫特

斯威夫特（Jonathan Swift，1667—1745）是英国 18 世纪杰出的政论家和讽刺小说家，出身于爱尔兰都柏林的一个贫苦家庭。15 岁时就读于都柏林三一学院，获学士学位；1692 年获牛津大学硕士学位；1701 年获三一学院神学博士学位，但斯威夫特个人更偏爱文学和历史。1688 年，斯威夫特前往英国，在穆尔庄园主人威廉·邓波尔爵士家担任私人秘书和教师。在此期间，阅读了大量古典文学名著。1699 年，斯威夫特回到爱尔兰，在都柏林附近的一个教区担任牧师，后去伦敦，担任过《考察报》主编。1714 年，他回到爱尔兰，任都柏林圣帕特里克教堂主持牧师，同时着手研究爱尔兰现状，积极支持并投入争取爱尔兰独

1967 年　罗马尼亚　斯威夫特

《格列佛游记》

立自由的斗争。晚年的斯威夫特内心孤独，同时遭受疾病的折磨。他将自己的部分积蓄用于各种慈善事业，并为智力障碍者盖了一所圣帕特里克医院。1745 年 10 月，斯威夫特辞世，葬于圣帕特里克大教堂。

斯威夫特的文学才能很早就显露出来，最早扬名的是讽刺散文《一只澡盆的故事》，抨击了英国各教派的虚伪和无耻。斯威夫特的代表作是完成于 1726 年的 4 卷本长篇小说《格列佛游记》。小说以第一人称，通过主人公英国外科医生格列佛周游“小人国”“大人国”“飞岛国”的奇遇，对 18 世纪前半期的英国进行了全面的讽刺和批判，抨击了当时的议会、司法等方面的黑暗，揭露了英国统治者的殖民政策，歌颂了劳动人民的反抗精神，具有鲜明的民主主义思想特色。作品想象力丰富，手法夸张，讽刺尖刻，语言朴实，用语简洁。全书的虚构情节和细节的真实结合完美，具有深刻的批判现实主义力量，是开创英国文学史上讽刺传统的代表作品之一。

1967 年　爱尔兰
《格列佛游记》

第一卷写的是格列佛在小人国（利立普特）的遭遇。格列佛与利立普特人的大小比例为 12：1，那里的居民身高仅 6 英寸。“巨人”格列佛在熟睡中被小人们捆了起来，后小人国国王同意恢复他的自由。此时，该国正遭到另一小人国（布莱夫斯库）入侵，格列佛涉过海峡把敌国舰队的大部分船只掳来，迫使敌国遣使求和。

第二卷描述格列佛在大人国的遭遇。格列佛又一次出海时，遭遇风暴，船被刮至一片陌生的陆地大人国（布罗卜丁奈格）。那里的居民身高犹如铁塔，格列佛一到这里，由“巨人”一下子变成了侏儒，比例倒了过来，成了 1∶12。在大人国的农夫面前，格列佛像鼹鼠般大小，被农夫当作玩物带回家。为了赚钱，农夫竟把他带到市镇，让他要把戏，供人观赏。后来他被王后买去，得以与大人国的国王相处。逐渐地，格列佛思乡之情日益浓烈，有一次随国王巡视边境，去海边呼吸新鲜空气，当他在岸边钻进小木箱睡觉时，一只大鹰将木箱叼走。后来木箱落入大海，被路过的船只发现，里面的格列佛获救，终于又回到英国。

2015 年　爱尔兰
《格列佛游记》

第三卷写的是飞岛国，描写格列佛以勒皮他（飞岛）的游历为中心，兼及巴尔尼巴比、拉格奈格、格勒大锥和日本四个地方的游记。

第四卷描述了格列佛在贤马国（慧骃国）的所见所闻，这是历来最受争议的部分。

《格列佛游记》小人国

《格列佛游记》大人国

在这些虚构的国度里可以找到当时英国社会的痕迹，作品集中反映了 18 世纪前半期英国社会的种种矛盾，对英国政治制度做了辛辣的讽刺。作品生动滑稽，既有童话色彩又具有深刻的反语、夸张、对比等多种讽刺手法。1805 年，伦敦塔巴特出版社首次出版了专门的儿童版本，并附有三幅彩色铜板插画。目前的儿童版本一般只涉及格列佛在小人国和大人国的奇遇。《格列佛游记》对英国和世界儿童文学产生过重要影响，其构想手法、离奇描写在英国儿童文学史上有开拓意义。

1976 年　摩纳哥　《格列佛游记》

1969 年　匈牙利　《格列佛游记》

3. 其他小说和诗歌

18 世纪 40、50 年代，英国的小说又有了新的发展。作家们更注意描写下层人民的生活，作品题材更接近于社会现实。撒缪尔·理查逊（1689—1761）在这方面做出新的贡献，其代表作《帕美拉》《克拉丽莎》流传很广。《帕美拉》的主人公是一个女仆，她守身如玉，拒绝了主人的种种威逼利诱，终于感动主人正式向她求婚。《克拉丽莎》描写少女抗拒父母而逃婚，受到贵族的欺骗折磨最终死去的悲惨故事。托比亚斯·斯摩莱特（1721—1771）的代表作《兰登传》《克林克》，已经接近批评现实主义文学。感伤主义代表小说主要有劳伦斯·斯特恩（1713—1768）的《感伤的旅行》和奥利弗·哥尔德斯密斯（1730—1774）的《威克菲牧师传》。这些作品强调感情的力量，着力描写人们的不幸和痛苦，以引起读者的同情和怜悯。

2000 年　英国　建筑（水彩画）

2000 年　英国　建筑（水彩画）

18 世纪英国戏剧的成就不高，重要的喜剧作家及作品是查理·布林斯莱·谢立丹（1751—1816）和他的作品《造谣学校》。

1959 年　英国　彭斯

在 18 世纪的英国诗歌中，以威廉·布莱克（William Blake，1757—1827）和罗伯特·彭斯（Robert Burns，1759—1796）为代表。布莱克是诗人，也是著名的版画家。他的诗歌抨击封建专制和教会的黑暗，歌颂民主革命，同情劳动人民的悲惨遭遇，创作热情、想象丰富，是英国浪漫主义诗歌先驱。彭斯出身于苏格兰贫困佃农家庭，是个农民诗人，作品歌颂大自然和纯真的爱情，向往自由、民主、平等，诗歌风格朴实，充满乐观情绪。

二、18 世纪的法国文学

18 世纪的法国，资产阶级与封建制度的矛盾日益激化。1789 年的大革命是欧洲资产阶级反对封建制度的一次比较彻底的革命。18 世纪初的法国文坛出现了暴露封建社会

1968 年　法国　勒萨日

1963 年　苏联　孟德斯鸠

1958 年　法国极限片　狄德罗

黑暗的讽刺性写实文学，重要的作家是阿兰列内・勒萨日（Alain Rene Lesage，1668—1747）。他的长篇小说《吉尔・布拉斯》通过主人公从底层到宫廷的经历，全面揭露了当时封建社会的黑暗。从 18 世纪 20 年代开始，启蒙主义文学逐渐成为当时法国文学的主流。早期启蒙文学的作家主要是孟德斯鸠和伏尔泰，中后期主要作家有狄德罗、卢梭和博马舍等人。

1. 孟德斯鸠

1955 年　法国　孟德斯鸠

孟德斯鸠（Baron de Montesquieu 1689—1755）是法国第一个启蒙作家。他出身于贵族，在司法界工作多年，思想比较保守。他的代表作《波斯人信札》是一部书信体的哲理小说，以路易十四和奥尔良公爵摄政时期两个波斯青年与家人通信的形式，评述法国的政治、宗教、社会问题，揭露性、讽刺性强。书中通过一些零星的形象、片段的画面、短篇的故事和寓言来表现作者的思想，对法国绝对君权的黑暗统治、上层社会的骄奢淫逸和种种恶习进行了辛辣的揭露和讽刺，是 18 世纪法国启蒙文学中哲理小说的开创性作品。

2. 德尼・狄德罗

德尼・狄德罗（Denis Diderot，1713—1784）是 18 世纪法国启蒙思想家中最杰出的代表，又是法国《百科全书》的组织者兼主编。他重要的美学著作有《美之根源及性质的哲学研究》《沙龙》和《绘画论》，提出真善美统一的理论。文学方面的主要成就是三部哲理小说《修女》《宿命论者雅克》和《拉摩的侄儿》。《修女》通过少女苏珊的自述，揭露了教会修道院的黑暗、腐败和残忍。《宿命论者雅克》通过雅克与他的主人的漫游和闲谈，批判了宿命论思想。《拉摩的侄儿》是一部对话体哲理小说。主人公拉摩的侄儿是一个“怪人”，是“高傲和卑鄙，才智和愚蠢的混合物”，是具有才能却自甘堕落的时代畸形儿的典型。小说把这个落魄文人、音乐家的形象描绘得栩栩如生，揭示了正在成长中的资产阶级社会的心理特征。

1984 年　法国　狄德罗

3. 加隆・德・博马舍

博马舍（Caron de Beaumarchais 1732—1799）从小喜欢读书，喜爱文艺复兴时期人文主义作家的作品，在启蒙思想家争取自由平等的思想感染之下，从事戏剧创作活动。博马舍在创作上的成就主要是以费加罗为主人公的三部喜剧：《塞维利亚的理发师》《费加罗的婚礼》

和《戴罪的母亲》。《费加罗的婚姻》是博马舍的代表作，也是一部富有战斗性的喜剧，讲述了伯爵追求苏珊娜，并妄图恢复他自己早已宣布放弃的贵族对农奴新娘的“初夜权”，由此产生全剧的矛盾。这些作品揭露了法国大革命前夕贵族阶级的腐化堕落，赞美了第三等级的聪明才智，反映了第三等级对贵族的胜利。

1962 年　法国　博马舍

1983 年　德国　维兰德

三、18 世纪的德国文学

18 世纪德国资本主义虽然有所发展，但工商业落后，而且依赖宫廷和贵族。40 年代前，德国的启蒙文学主要内容是在古典主义原则下进行戏剧改革，代表人物是高特舍特（1700—1766）。启蒙文学高涨阶段，德国的民族文学开始走向繁荣，主要作家有克洛卜施托克（1724—1803）、维兰德（1733—1813）和莱辛等人。

1963 年　德国　莱辛

1. 高特荷德·埃夫拉姆·莱辛

1954 年　德国　莱辛

莱辛（Gotthold EphrainLessing，1729—1781）是德国启蒙主义文艺理论家，民族戏剧、文学的奠基人。他以其美学理论、戏剧理论和戏剧实践，为德国启蒙文学的发展开辟了道路。莱辛重要的美学著作是《拉奥孔》，探讨的是诗与画的界限，认为诗表现的是连续的动作，是性格的形成过程；而画、雕塑则只是性格的完成或那富有包孕性的片刻。因此，诗比画更有表现力。戏剧理论著作《汉堡剧评》由 104 篇剧评结集，主要是论述如何建立德国民族戏剧的问题。莱辛有一系列优秀的剧本，《萨拉·萨姆逊》是德国第一部“市民悲剧”，还有喜剧《明娜·封·巴尔赫姆》、悲剧《艾米丽雅·迦洛蒂》和诗剧《智者纳丹》等。《艾米丽雅·迦洛蒂》通过描写15世纪意大利宫廷内发生的以生命保全贞操的悲剧故事，对德国专制君主的荒淫暴虐进行尖锐的批判和强烈的控诉。作品结构紧凑，人物性格鲜明，在德国文学史上有划时代的意义。

2013年　德国　瓦格纳

1984年　民主德国　赫尔德

2. 德国文学中的“狂飙突进”运动

发生在18世纪七八十年代的“狂飙突进”运动是德国文学史上的第一次全国性的反封建文学运动，得名于1776年克林格尔的剧本《狂飙突进》。“狂飙突进”运动的作家们在启蒙思想的影响下，崇尚天才和叛逆，强调民间文学和民族风格，推崇自然和自我；强烈要求摆脱封建束缚，要求个性解放；他们接受卢梭“返回自然”的思想，歌颂理想化的大自然和人民群众。“狂飙突进”运动的主要作家有赫尔德（Herder，1744—1803）、歌德（1749—1832）、瓦格纳（Wagner，1747—1779）、棱茨（1751—1792）和克林格尔（1752—1831）等人，而席勒（1759—1805）在运动的后期加入文

1943年　德国　歌德

1974 年 德国
狂飙运动作家

坛。这个运动以 1770 年歌德与赫尔德在斯特拉斯堡见面为开始。赫尔德是“狂飙突进”运动的理论家和领袖，著有《论语言的起源》《莎士比亚》等著作。他的文艺理论和民间文学研究对德国文学的发展有着重要的作用。18 世纪末 19 世纪初，史称“魏玛古典主义时期”，德国古典派文学达到高峰。他们希望以个性教育、自我完成来替代政治革命，艺术上推崇古代艺术、讲究形式的和谐完整，与“狂飙突进”运动的反叛精神有着相同之处和内在的联系。这一时期德国古典派文学的代表人物是晚年的席勒和歌德。

1994 年 苏联邮资封 哥尔多尼

四、18 世纪的意大利文学

1958 年 苏联 哥尔多尼

18 世纪下半叶，意大利的经济有所发展，资产阶级的进步力量和民族意识开始觉醒，意大利文学艺术开始复兴。戏剧家哥尔多尼的创作就是这一时期意大利文学的主要成就。

卡洛尔·哥尔多尼（Carlo Goldoni，1707—1793）是威尼斯一个医生的儿子，从小爱好戏剧，立志成为一名戏剧家，11 岁开始写作；1734 年，放弃律师的职业，成为职业剧作家，并随不少剧团巡游全国各地；1762 年，受贵族作家高齐的诬陷，被迫远离祖国流亡到法国巴黎。哥尔多尼是个多产的作家，一生创作戏剧 267 部，其中大部分是喜剧，以讽刺幽默的笔调赞美下层劳动人民的正直机智、善良乐观，暴露了上层贵族、骑士及富商的贪婪、吝啬和无知。哥尔多尼是意大利现实主义喜剧的创始者，著名的代表作有《一仆二主》《女店主》。

2007 年　摩纳哥　哥尔多尼

《一仆二主》的故事发生在威尼斯，叙述了破产农民特鲁法尔金诺进城寻找职业的故事。他虽然没有文化，却十分聪明机智，为了多挣一份工作，同时做了互为邻居的两个主人的仆人。为了隐瞒“一仆二主”的真相，他随机应变、巧妙迂回于两个主人的差遣中，闹出不少误会和笑话。全剧幽默动人，妙趣横生。《女店主》的主人公米兰道琳娜是一个年轻、漂亮、聪明机智的姑娘，她继承父业操持客店成为女店主。住店的侯爵、伯爵和骑士都来向她求爱。米兰道琳娜不卑不亢，自如应对，巧妙地捉弄了他们，使他们出尽洋相。最终米兰道琳娜嫁给了与她相爱的、勤劳忠诚的小伙子法布里齐奥。剧本通过生动的戏剧情节和艺术形象，鞭挞了封建贵族阶级和上层资产阶级，赞扬了平民的优越感和独立自主精神，代表了 18 世纪意大利启蒙戏剧的较高成就。

1993 年　意大利　哥尔多尼

第二节 英国小说家亨利·菲尔丁

一、亨利·菲尔丁的生平与创作

亨利·菲尔丁（Henry Fielding，1707—1754）是 18 世纪英国启蒙运动的代表人物之一，杰出的小说家、戏剧家。他出身于英格兰的一个破落贵族家庭，最初在贵族伊顿学校接受教育，后进入荷兰莱顿大学学习语言，曾在剧院担任职业的戏剧编剧。1742 年，菲尔丁开始从事小说创作。他的小说突破了资产阶级家庭生活的狭小范围，反映了英国社会生活中的许多重要现象。他敢于反抗时代风气，对传统的道德、宗教、法律提出尖锐的批评。在艺术形式上，其作品大多采用流浪汉小说的结构，通过主人公流浪经历，描绘社会生活的方方面面。小说情节生动曲折，人物心理描写深刻。在《约瑟夫·安德鲁斯》《汤姆·琼斯》和《阿米丽亚》中，菲尔丁奠定了直到 19 世纪末一直支配着英国小说的那种全面反映当代社会的现实主义传统，被沃尔特·司各特称为“英国小说之父”，是英国第一个用完整的小说理论来从事创作的作家。他和丹尼尔·笛福、塞缪尔·理查逊并称为英国现代小说的三大奠基人。萧伯纳认为菲尔丁是除莎士比亚之外从中世纪至 19 世纪之间英国最伟大的剧作家之一。菲尔丁的戏剧作品主要属于笑剧、模仿嘲讽剧和讽刺剧。

1937 年 苏联
亨利·菲尔丁

亨利·菲尔丁

二、菲尔丁的小说《汤姆·琼斯》

《汤姆·琼斯》（又名《弃儿汤姆·琼斯的故事》）是菲尔丁的代表作，也是英国 18 世纪现实主义小说最杰出的作品之一。

小说第一部分叙述主人公汤姆·琼斯是一个弃婴，被富有、善良的乡绅奥尔华绥所收养了。汤姆真诚、善良、侠义但轻率任性。他爱上了乡绅魏斯顿的女儿苏索亚，但魏斯顿强迫女儿嫁给能继承大笔遗产的布立非。布立非也打算娶苏索亚，他竭力中伤汤姆，终使得奥尔华绥一怒之下赶走汤姆。苏索亚也因父亲逼婚而带侍女离家出走，并找寻汤姆。

小说第二部分是汤姆和苏索亚在路上的活动。本想出海的汤姆迷路去了伦敦，他与苏索亚多次近在咫尺，但始终没有遇上。他在客店遇见一伙军人，因与人争吵受伤，又遇见以前的塾师巴特里奇，二人同行。路上他们遇见隐士、乞丐、艺人、律师、吉卜赛人、劫盗、税官等人。这部分占了小说三分之一的篇幅，是小说中最有趣也是最有意义的部分，描写了社会各阶层人物，表露了对不幸者的同情。主人公在伦敦的经历构成了小说的第三部分。寻找苏索亚的汤姆遇见苏索亚的表姐贝拉斯顿夫人，受到她的诱惑。贝拉斯顿夫人还唆使费拉摩爵士占有苏索亚，幸而魏斯顿及时赶到救了女儿。汤姆因自卫伤人入了狱，最终真相得以大白。汤姆实际上是伯里琪的私生子，布立非的同母异父兄弟。布立非的种种诡计被揭穿，被无罪释放的汤姆成为奥尔华绥先生的继承人。一对历尽苦难的情侣终成眷属。

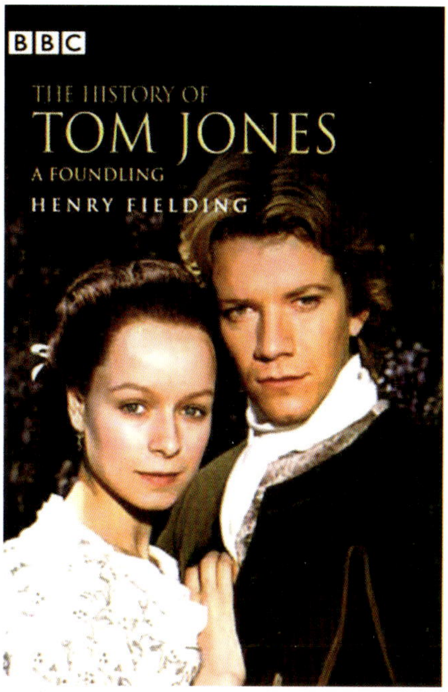

电影《汤姆·琼斯》剧照

亨利·菲尔丁

菲尔丁的小说《汤姆·琼斯》篇幅宏大，有乡村、路上、伦敦三部分，描绘乡村、城市生活的全景、各色男女人物肖像，但线索清晰、故事连续、引人入胜。汤姆的身世之谜成为小说的悬念，直到结尾才解开，虽然出人意料，但以前的伏笔又是令人信服的。小说中人物形象的塑造出色，主人公汤姆不是个理想化的青年，他性情急躁、冲动鲁莽，经不起诱惑，与女性关系不够检点。但是他天性善良，光明磊落，富有同情心，乐于助人，体现了健康、自然的人性。布立非性格与汤姆形成反差，内心诡诈，自私贪婪，是一个内心狡诈的伪君子。布立非与汤姆的对立是虚伪的清教道德和“自然道德”之间的对立。菲尔丁把英国和欧洲小说推进到一个新的发展阶段，为 19 世纪批判现实主义文学的形成做了充分准备。

2001 年　匈牙利小全张　笔荟

2001 年　匈牙利小全张　笔荟

第三节 法国哲学家伏尔泰

1950 年　法国　伏尔泰

伏尔泰（Voltaire，1694—1778），法国启蒙思想家、文学家、哲学家，18 世纪法国资产阶级启蒙运动的旗手，被誉为“法兰西思想之王”“法兰西最优秀的诗人”。他出身于巴黎一个富裕的中产阶级家庭，自小受过良好的教育。父亲是法律公证人，希望他将来做个法官，但他对文学发生兴趣。伏尔泰的作品以尖刻的语言和讽刺的笔调而闻名，且因辛辣地讽刺封建专制主义而两度被投入巴士底狱。他的书被列为禁书，本人多次被逐出国门。1725 年，他被迫流亡英国，对英国资产阶级的政治、文化发生了浓厚的兴趣。他研究英国的资产阶级君主立宪制，研究洛克的唯物主义经验论和牛顿的万有引力理论。

伏尔泰作为资产阶级思想家，虽然有他所处的那个时代和阶级的烙印，但他在反封建的启蒙运动中做出了巨大的贡献。1746 年，伏尔泰当选为法兰西学院院士。1750—1753 年他来到柏林，接近年轻一代的启蒙思想家，为《百科全书》撰稿，文稿后来收入他的《哲学词典》一书。1760 年起，伏尔泰定居法国和瑞士边境的费尔奈庄园，与欧洲各国人士保持频繁的通信联系，并且积极参与社会活动，撰写大量小册子，揭露宗教迫害和专制政体下司法部门的黑暗。

1978 年　匈牙利　伏尔泰

1994 年　捷克　伏尔泰

伏尔泰写过大量文学作品，其中著名的有史诗《亨利亚德》《奥尔良少女》，悲剧《欧第伯》，喜剧《放荡的儿子》，哲理小说《老实人》，历史著作有《路易十四时代》《论各民族的风俗与精神》等。在哲学方面，他的代表作有《哲学辞典》《形而上学论》《牛顿哲学原理》等，其中最有影响的是《哲学通信》，被人称为“投向旧制度的第一颗炸弹”。伏尔泰一生热爱戏剧，积极从事戏剧创作，写有剧本50多部，其中大部分是悲剧。他把高乃依和拉辛的悲剧作为典范，尊奉“三一律”，但又不拘泥于古典主义，在许多方面有所突破。伏尔泰一度被莎士比亚所吸引，但并不赞成莎士比亚剧中那种高贵与卑贱、悲剧与喜剧互相融合的写法，不过其创作中还是留有莎士比亚的创作痕迹。他的悲剧《扎伊尔》明显受《奥赛罗》的影响；悲剧《塞密拉密斯》中的亡魂，使人联想到《哈姆雷特》。在演出上，他采用现代舞台上的道具和布景，并把舞台作为启蒙思想的讲坛，宣传宗教宽容、政治独立，抨击宗教的狂热和野蛮的专制暴政。

1950 年　法国　伏尔泰

1978 年　法国首日封　卢梭和伏尔泰

伏尔泰的文学作品中最有价值的是哲理小说。这是他开创的一种新体裁，用戏谑的笔调讲述荒诞不经的故事，影射和讽刺现实，阐明深刻的哲理。他继承了拉伯雷的讽刺幽默的传统，又吸收了英国斯威夫特的手法，将现实的题材、辛辣的讽刺、轻松的诙谐与嬉笑怒骂结合在一起，有独到之处。《老实人》是他哲理小说中最优秀的一部。小说描写了一个神话般的理想世界——黄金国，表达了作者对人类美好未来的幻想。结尾提出了“种我们的园地要紧”的名言，表现了新兴资产阶级的进取求实精神。

1966 年　苏联极限片　伏尔泰

1994 年　摩纳哥　伏尔泰

第四节　法国理论家卢梭

1962 年　苏联　卢梭

著名的哲学家、理论家让·雅克·卢梭（Jean-Jacques Rousseau，1712—1778）出身于瑞士日内瓦一个钟表匠的家庭。他出生后不久母亲便离开了人世。卢梭 10 岁时，父亲被放逐，离开日内瓦，留下了孤苦伶仃的儿子。16 岁时，他离开日内瓦，长年做临时工。他默默无闻，到处谋生，漂泊四方。卢梭曾经和旅馆女仆泰雷兹·勒瓦瑟同居多年，生育了 5 个孩子。他把这 5 个孩子全都送进了一家育婴堂，最终到了 56 岁时才与勒瓦瑟结婚。1750 年，第戎科学院开展了一次有奖征文活动，卢梭的论文《论科学与艺术》论证了科学和艺术进展的最后结果无不益于人类而获得头等奖，使他一举成名。随后他又写出《论人类不平等的起源与基础》，确定了他在哲学史上的地位。卢梭的其他代表作有《新爱洛绮丝》《爱弥尔》《社会契约论》和《忏悔录》，所有这些著作都提高了他的声望。此外，卢梭积极参加法国的“喜歌剧之争”，创作了

1956 年　法国极限片　卢梭

《爱情之歌》和《乡村占卜师》两部歌剧。虽然起初法国启蒙运动的自由主义作家有几位是卢梭的朋友，其中包括德尼·狄德罗和达朗贝尔，但是他的思想不久就开始与其他人发生了严重的分歧。卢梭反对伏尔泰在日内瓦建立一家剧院的计划，指出剧院是所伤风败俗的学校，结果同伏尔泰反目，成了终生的仇敌。此外，卢梭基本上属于情感主义，与伏尔泰及百科全书派成员的理性主义，形成了鲜明的对照。

卢梭雕塑

卢梭的教育小说《爱弥尔》是一部讨论教育问题的哲理小说。书中种种教育主张和措施，都是以他的“返回自然”的哲学思想为出发点提出来的。晚年撰写的《忏悔录》是他人生历程的真实记录，不仅为传记文学树立了典范，而且也给教育学、心理学提供了“关于人的研究的第一份参考材料”。卢梭对文学的贡献主要体现在他的书信体小说《新爱洛绮丝》。在这本小说里，卢梭描写了美丽的田园风光、风土民情、自由的思想、浪漫的爱情……对后世浪漫主义小说的发展有很大促进。作品让读者从一封封公开的情书中得出结论：圣·普乐和尤丽的爱情是纯洁高尚的，真心诚意，志同道合。然而，冷酷的社会现实摧残了这朵爱情之花，作品充分显示了作者激进的反封建精神。从 1762 年起，卢梭由于写政论文章，与当局发生了严重的纠纷，以至于他一生的最后 20 年基本上是在悲惨痛苦中度过的。1778 年，卢梭在法国阿迈农维尔去世。

1962 年　罗马尼亚　卢梭

1956 年　法国　卢梭

第五节　德国诗人、作家歌德

约翰·沃尔夫冈·冯·歌德（Johann Wolfgang Von Goethe，1749—1832）是 18 世纪初德国的伟大诗人、作家和思想家。他的创作把德国文学推向一个前所未有的高峰，并对欧洲文学的发展做出了巨大的贡献。

1943 年　德国　歌德

一、歌德的生平和创作

歌德出生于莱茵河畔的法兰克福，家庭富裕。父亲从事法律事务，曾买得宫廷顾问的职务。在歌德小时候，父亲是严厉的、严肃的，而母亲则用不同于父亲的那种温柔、体贴的母爱安抚、保护、激励着歌德，引导他对学习的兴趣，并竭力培养歌德掌握对于文学的正确理解能力。1765 年，歌德按照父亲的意愿到莱比锡学习法学。但是他对法律不感兴趣，而热衷于文学、绘画、自然科学。在宫廷文学和古典主义文学影响下，歌德学习创作诗歌和戏剧。

1982 年　马里　歌德

1999 年　意大利　歌德

1770 年，歌德到斯特拉斯堡大学继续上学。由于斯特拉斯堡是“狂飙突进”运动的策源地，歌德在这里接受了卢梭的影响和斯宾诺莎的哲学思想，特别是结识了“狂飙突进”运动的领袖赫尔德及一批青年作家。这时期，歌德写出了一批感情真挚、韵

1982 年　德国极限片　歌德

律优美的抒情诗，如《欢会与离别》《五月之歌》《野玫瑰》等。1771 年，歌德结束了博士学位的学习，回乡当一名律师，并把主要精力放在文学创作上，创作了一批体现“狂飙突进”精神的优秀作品，如历史剧《铁手骑士葛兹·冯·伯利欣根》取材于 16 世纪宗教改革时期的德国史实，主人公葛兹是一个勇敢正直的英雄，他反抗大封建主、大主教，拥护皇帝，希望建立一个统一的德国。该作品描写了那一历史时期的复杂的社会图景。

1982 年　匈牙利小型张　歌德《少年维特之烦恼》

歌德青年时期最重要的作品是书信体小说《少年维特之烦恼》。这是他根据自己实习时的一段生活经历，又综合了其他一些见闻而写成的。主人公维特是 18 世纪德国进步青年的典型形象。他思维敏捷，才华出众，热情奔放，渴望自由，但黑暗的社会现实使他感到生命已无价值。维特与夏绿蒂的一段爱情悲剧构成了作品的情节基础，当他看到贤淑、善良、勤勉的夏绿蒂时立刻为之倾心。维特把夏绿蒂看成是质朴纯真的人性体现，寄予了自己全部的热情和无限的崇拜。然而维特的性格过于软弱，他憎恨现实却只能停留在孤独的感伤和愤慨之中，最后精神崩溃，饮弹自杀。维特的自杀是对那个令人窒息的社会所进行的消极反抗，作品与德国进步青年的情绪产生了共鸣。小说的出版受到了青年们的狂热欢迎，一时形成“维特热”，不仅在德国风行一时，而且很快影响到欧洲各国。

1984 年　中非
歌德与《浮士德》

1999 年　韩国小型张　歌德《浮士德》

1774 年，歌德接受邀请，在魏玛朝廷中任职 10 年，因忙于行政事务而很少进行文学创作，为此他感到十分痛苦。1786 年，歌德离开魏玛来到意大利。这期间，他游遍了意大利的各个城市和西西里岛。宏伟的大自然、丰富的文化遗产、淳朴的民间生活，使他仿佛重新找到了自己，同时对古代的艺术发生了浓厚的兴趣。意大利之行使歌德的创作转向“古典主义”。他以古希腊艺术为榜样，满怀热情地创作了一些重要的作品，如《伊菲格尼亚在陶里斯》和《埃格蒙特》等，也写了《塔索》和《浮士德》部分章节。历史剧《埃格蒙特》描写 16 世纪尼德兰人民的反侵略斗争起义前夕紧张的社会矛盾。《伊菲格尼亚在陶里斯》取材于古希腊的剧本，主人公是一个体现人性化力量的理想女性，用高尚的德行和真诚的感情打动国王。剧本表现了歌德以纯洁人性消除邪恶，以道德化打动统治者来完成社会改良的思想，体现了他人道主义的理想。

歌德晚年的创作极其丰富，重要的如自传性作品《诗与真》《意大利游记》、长篇小说《亲和力》和《威廉·麦斯特的漫游时代》、抒情诗集《西方和东方的合集》等；逝世前不久，又完成了《浮士德》第二部。这些作品表现了歌德重视实践、肯为人类幸福而劳动的思想，说明他思想中的积极因素比前一时期有所增长。《浮士德》第二部的完成尤其突出地表现了歌德晚年思想上、艺术上的新发展。1832 年 3 月，歌德安详地离开了人世，终年 83 岁。他是世界文学史上为数不多的长寿作家之一。

1982 年　科摩罗　歌德

歌德的才华和成就是多方面的，除戏剧、小说、诗歌外，在文艺理论、哲学、历史学、造型艺术和自然科学等许多领域也都非常突出。他总是孜孜不倦地努力创作，他的创作和研究无论在数量上还是质量上都是很可观的。

二、歌德的诗剧《浮士德》

诗剧《浮士德》是歌德的一部杰作，也是他一生进行思想与艺术探索的结晶。这部诗体剧作分上下两部，长达 12000 余行。它是与荷马史诗、但丁的《神曲》、莎士比亚的戏剧相媲美的世界名著。

1982 年　民主德国小型张　歌德与席勒

《浮士德》取材于德国 16 世纪关于浮士德博士的民间传说。1587 年，德国出版了故事书《浮士德的一生》，叙述了浮士德与魔鬼订约、将灵魂卖给魔鬼，后漫游世界、满足各种欲望、享受人间欢乐，最后惨死于魔鬼之手的故事。由于浮士德的形象表现了宗教改革时期资产阶级的思想要求，深受人们的欢迎。歌德少年时期对浮士德的故事感兴趣，整个构思过程延续了将近 60 年。歌德根据自己的生活经验，并在前人的基础上对故事进行了全面改造，一方面强调浮士德形象的特点；另一方面改变了原故事的悲剧结局，赋予浮士德传说以全新的意义。

1978 年　匈牙利
歌德

《浮士德》的基本情节可归结为：一幕序

曲、两个赌赛，终生追求、五幕悲剧。剧作从《天上序曲》开始，这是全剧的思想总纲。第一个赌赛是天帝和魔鬼关于“对世界和人的看法”——人能否实现和如何实现人生理想的问题；第二个赌赛是魔鬼梅非斯特关于“浮士德是否对生活产生满足”。终生追求、五幕悲剧：知识的追求和知识的悲剧；感官的追求和爱情的悲剧；权势的追求和从政的悲剧；美的追求和寻美的悲剧；事业的追求和事业心的悲剧。全剧结构上没有首尾相连的故事情节而以浮士德博士的思想发展为线索，写他探索人生要义的一生。它庞大、复杂的内容是靠着一种内在因素维系，而构成一个严密的整体，这种内在因素就是浮士德的精神发展史。诗剧以浮士德的思想发展为线索，写他探索人生真谛的一生经历。

1949 年　法国　歌德

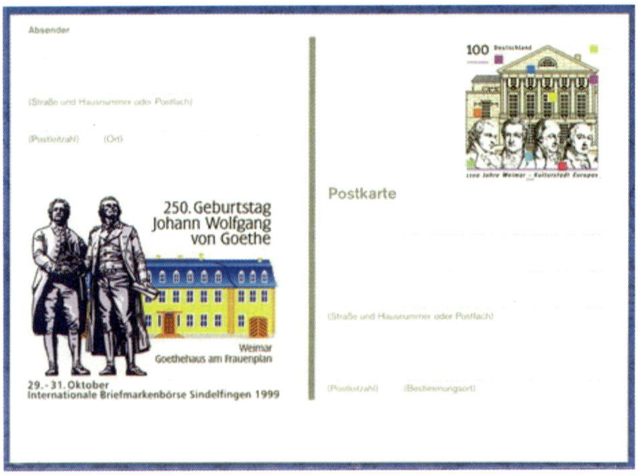

1999 年　德国邮资明信片　歌德与席勒

1999 年　德国　歌德

诗剧《浮士德》主要的思想价值和意义：一是通过浮士德的人生经历宣传自强不息的进取精神，克服中世纪的愚昧，创造资产阶级理想王国的启蒙思想；二是肯定创造和劳动，表达了作者深刻的人生体验——生活就是追求，而追求的过程又是循环前进的；三是表达了作者对人类的坚定信念：在前进的道路上，人们会遇到这样那样的阻碍，但最终会找到人生的真理。此外，诗剧还表达了一种现代意义，即人在与外界的冲突中失败和灾难无法避免，但主人公自身的行动决定自己的本质，从而奠定了现代人格的基础。

第六节　德国文学家席勒

1949 年　法国　席勒

弗里德里希·席勒（Friedrich Schiller，1759—1805），德国 18 世纪著名诗人、哲学家、历史学家和剧作家，德国启蒙文学的代表人物之一。他出身于德国符腾堡的小城马尔赫尔的贫穷市民家庭，父亲是军医，母亲是面包师的女儿。席勒童年时代就对诗歌、戏剧有浓厚的兴趣。1773 年，席勒被送往军事学校上学，其间结识了心理学教师阿尔贝，并在他的影响下接触到了莎士比亚、卢梭、歌德等人的作品。这促使席勒坚定地走上文学创作的道路。1776 年开始，席勒就在杂志上发表一些抒情诗。

2005 年　格林纳达小型张　席勒

席勒在“狂飙突进”运动时期创作了《强盗》《斐爱斯柯》《阴谋与爱情》等剧作，表达了渴望自由、维护人的尊严的思想，并对封建专制制度的丑恶与黑暗进行无情揭露。《阴谋与爱情》是席勒的重要代表作，通过斐迪南与露易丝的爱情悲剧，写出了第三等级的平民与特权贵族的矛盾和冲突。作者公开站在平民一边，维护平民尊严，谴责达官贵人。恩格斯称其为“德国第一部有政治倾向的戏剧”。

2005 年　格林纳达　席勒与贝多芬

1959 年　民主德国　席勒

2005 年　德国　席勒

诗体悲剧《唐·卡洛斯》、历史剧《华伦斯坦》三部曲以及《玛丽娅·斯图亚特》《奥尔良的姑娘》《威廉·退尔》等作品，充满对动荡不安的社会的关注和反对战争、抵御外敌、要求和平统一的愿望。此外，还有历史著作《尼德兰独立史》和《三十年战争史》等。席勒还写有许多精美的颂诗、长诗和哲理诗，如《欢乐颂》《希腊诸神》

2005 年　多米尼加小型张　席勒

《艺术家》《理想与生命》《手套》和美学论文《论悲剧艺术》《论优美与庄严》《关于人的审美教育的通讯》《论崇高》《论朴素和感伤的诗》等。他的抒情诗充满崇高的激情，而为了达到这种理想，他创立了“审美教育”的理论，作为建立公正的社会制度的指南。席勒的《欢乐颂》被贝多芬作为《第九（合唱）交响曲》的歌词，讴歌“人类消除一切分歧”，彼此“团结成兄弟”，唱出了资产阶级理想王国“自由、平等、博爱”的最强音。席勒和歌德的一系列作品和论著，促成了德国文学的繁荣，形成了 18 世纪欧洲文学的高峰。

1999 年　马达加斯加小全张　欧洲建筑

第六章
19 世纪初期文学

18 世纪末到 19 世纪初的欧洲，不仅是历史上一个重要转变时期，在文学史上也是一个重要的转折时期。古典主义流行了 200 年之久，已处于衰亡阶段，浪漫主义文学得到了新的发展，开始席卷全欧洲，并在一些国家发展成为强大的文艺运动。

1970 年　法国　巴黎圣母院

第一节 浪漫主义文学的兴起

浪漫主义文学的兴起是由 18 世纪末到 19 世纪初欧洲的社会政治状况决定的。1789 年的法国资产阶级革命，推翻了封建专制政权，建立了资产阶级的统治。许多国家也掀起了资产阶级民主运动和民族解放运动。然而在保卫和巩固这场革命成果的过程中，资产阶级的恶德败行以各种形式表现出来，启蒙运动的理想遭到破灭，人们普遍感到失望和不安。浪漫主义正是这种失望情绪在文学上的反映。

浪漫主义文学在发展过程中形成了自身的一些特点，一是强烈地不满现实，不喜欢如实描写现实生活，偏爱表现主观思想；二是反对古典主义的“枯燥”和“理性”，而注重个人的感受和体验；三是对中世纪神秘的历史和丰富多彩的民间传说、民歌民谣感兴趣，民族主义倾向鲜明。

1950 年　法国极限片　建筑

一、19 世纪初期的德国文学

德国浪漫主义运动产生于 18 世纪末，延续到 19 世纪 30 年代，是浪漫主义思潮的诞生地。德国最早的浪漫主义文学代表有奥古斯特·施莱格尔（A. Schlegel，1767—1845）、弗里德里希·施莱格尔（F. Schlegel，1772—1829）、诺瓦利斯（Novalis，1772—1801）、蒂克（Ludwig Tieck，1771—1853）等。

1973 年　德国
蒂克

施莱格尔兄弟是浪漫主义理论家，创办的《雅典娜神殿》杂志第一次提出浪漫主义这个名称，并系统阐述了他们的浪漫主义文学主张：强调想象与情感、强调文学创作的绝对自由，追求宗教的神秘感和象征感。1805 年左右，有一批作家在海德堡创办《隐士报》形成了海德堡浪漫派，重要人物有阿尔尼姆和布伦塔诺等。他们的主要功绩在于对德国民间文学的收集和整理。阿尔尼姆和布伦塔诺合编的民歌集《儿童的奇异号角》、格林兄弟收集编写的《儿童与家庭童话集》都很有名。童话作家格林兄弟为雅各·格林（Jacob Grimm，1785—1863）和威廉·格林（William Grimm，1786—1859），出身于小官吏家庭。他们共同收集德国民间故事、传说和童话，著有《德国神话》《儿童与家庭童话集》，流露出人们的正义感和劳动人民的智慧。著名的童话故事有《灰姑娘》《蓝灯》《勇敢的小裁缝》等。

1985 年　德国四联张　格林兄弟

在文学创作上受到浪漫派影响的还有霍夫曼（1776—1822）、沙尔索（1781—1838）及诗人海因利希·海涅（1797—1856），其中海涅就是在浪漫主义影响下走上创作道路的，后成为一个革命民主主义诗人，代表作有政治抒情长诗《德国——一个冬天的童话》。该作品通过诗人在祖国大地上的旅行，抒发了对德国封建制度和停滞的社会现实的仇恨与憎恶。

1949 年　法国　海涅

1972 年　德国　霍夫曼

二、19 世纪初期的英国文学

英国文学中最早出现的浪漫主义作家是所谓“湖畔派”三诗人——华兹华斯（Wordsworth，William，1770—1850）、柯勒律治（Samuel Taylor Coleridge，1773—1834）和骚塞（Robert Southey，1774—1843）。他们喜欢歌颂大自然，描写宗法制农村的生活，而且都厌恶资本主义的城市文明和冷酷的金钱关系。他们隐居在英国西北部的昆布兰湖区和格拉斯米尔湖区，由此得名“湖畔派”。“湖畔派”成就最高的是华兹华斯。华兹华斯早期代表作有长诗《黄昏漫步》，而影响巨大的是他和柯勒律治合著的

《抒情歌谣集》。华兹华斯为诗集写了一篇序言，成为英国浪漫主义的宣言。华兹华斯关于诗歌改革的主张以及他的创作，有力地推动了英国诗歌的革新和浪漫主义运动。柯勒律治的代表作有长诗《古舟子咏》《忽必烈汗》和《克里斯脱贝尔》等。骚塞的长诗代表作有《审判的幻影》等。他们的诗浪漫主义色彩浓厚，把玄妙迷离、古怪离奇的逸事写得就像来自现实生活。

1970 年　英国　华兹华斯

1988 年　苏联
拜伦

在欧洲民主主义运动和民族解放运动不断高涨的时候，英国第二代浪漫主义诗人拜伦（1788—1824）、雪莱（1792—1822）登上文坛。比他们略晚的还有济兹（1795—1821）。与“湖畔派”不同，这三位诗人忠于法国大革命思想，反对专制暴政，同情苦难人民，支持各国的民族解放运动，具有鲜明的民族主义倾向。

1995 年　英国　济兹

1995 年　英国　瓦尔特 · 司各特

瓦尔特 · 司各特（Walter Scott，1771—1832）是 19 世纪前 30 年英国文学中最重要的作家之一。出身于苏格兰爱丁堡一个律师家庭的司各特，年轻时喜爱诗歌并有所创作，后转入小说的创作，写了许多有关英国和法国历史的小说，代表作有《艾凡赫》《肯尼沃尔斯》《昆丁 · 达沃德》。1832 年，司各特的去世标志着英国浪漫主义的结束。

简 · 奥斯丁（Jane Austen，1775—1817）是 18 世纪末向 19 世纪过渡的一位现实主义女性小说家。她出身于英格兰乡村牧师家庭，从小热爱文学，16 岁开始写作，一生创作 6 部长篇小说，多数以婚姻问题为主题。著名作品有《傲慢与偏见》和《爱玛》。

1975 年　英国　简·奥斯丁《傲慢与偏见》

三、19 世纪初期的法国文学

1948 年　法国　夏多布里昂

法国文学中最早出现的浪漫主义作家是夏多布里昂（Chateaubriand，1768—1848）和斯塔尔夫人（Madame de Stael，1766—1817）。夏多布里昂思想保守，拥护波旁王朝，其创作具有反对启蒙主义的倾向。《阿达拉》和《勒内》是夏多布里昂的两部重要作品，其中中篇小说《阿达拉》的问世，标志着法国浪漫主义文学的开端。《阿达拉》讲述了一个信奉天主教的女子爱上了异教徒的故事，主人公阿达拉在爱情与宗教信仰的矛盾面前，毅然选择为宗教而献身。《勒内》描写贵族青年勒内生性孤僻、忧郁，整日在冥思遐想中排遣他的忧郁，在孤独的漂泊中消磨着年轻生命，最后勒内只身来到北美，死于部落战争。勒内是文学史上第一个“世纪病”的形象。夏多布里昂的创作建立了一整套适合贵族阶级的浪漫主义美学思想，在浪漫主义文学中最先歌颂废墟、荒凉和萧条之美，19 世纪的许多作家如雨果等人都以他为旗帜。

1966 年　法国　斯塔尔夫人

斯塔尔夫人的两部重要作品是小说《黛尔菲娜》和《柯丽娜》，是带有自传性质的小说，描写了热情、高尚、才智出众的女主人公的悲剧命运。斯塔尔夫人在《论文学》和《论德国》这两部重要的理论著作中，确立了社会学文学批评方法，提出了北方（浪漫主义）文学与南方（古典主义）文学的概念，要求用“自己的感情来感动我们自己”，从而为法国浪漫主义理论打下了基础。同时期的浪漫主义诗人阿·德·拉马丁（A de Lamartine，1790—1869）的诗作《沉思集》《新沉思集》《诗与宗教的和谐》，突出反映了没落贵族悲观绝望的思想情绪。剧作家、小说家、诗人维尼（1797—1863）的作品表现悲观厌世、孤独、对苦难和死亡的傲岸态度，构成他诗歌的基本内容。

1970 年　摩纳哥　阿·德·拉马丁

1957 年　罗马尼亚　缪塞

19 世纪 20 年代中期，一批具有进步思想倾向的浪漫主义作家开始走上文坛。他们中的重要人物是雨果（1802—1885）、缪塞（1810—1857）、大仲马（1802—

1970 年　法国极限片　大仲马

1870）和诺迪耶（1780—1844）。法国浪漫主义的美学理论直到20年代才形成，1827年雨果《〈克伦威尔〉序言》的发表，成为浪漫主义的理论纲领。1830年2月，雨果浪漫主义剧作《艾尔那尼》演出成功，标志着浪漫主义对古典主义的最后胜利。而大仲马、乔治·桑、缪塞、贝朗瑞、欧仁·苏和等一大批杰出的浪漫主义作家，以及接近浪漫主义的戏剧家梅里美的涌现，构成了浪漫主义的高峰。他们的剧作打破了古典主义戏剧的陈旧规范，有着自由的结构和狂放热情的人物性格。

1956年　法国　乔治·桑

1957年　苏联　贝朗瑞

1978年　匈牙利　拜伦

缪塞被称为“法国的莎士比亚”，其自传体小说《世纪儿的忏悔》塑造了“世纪病”患者阿克达夫的形象。乔治·桑是杰出的浪漫主义小说家，成名作《安蒂亚娜》。法国民主主义诗人和歌手贝朗瑞（Béranger，1780—1857）的歌曲创作在复辟时期达到了高峰。他继承和发扬的传统与大革命时代的现实，深受人民群众的喜爱，对社会政治斗争起了巨大的作用，成为浪漫主义和现实主义相结合的典范。

1952年　苏联　茹科夫斯基

四、19世纪初期的俄国文学

俄罗斯帝国是一个沙皇专制的农奴制国家，法国大革命后资产阶级民主思想逐渐传入俄国。1825年的十二月党人起义，对19世纪俄国人民的解放运动产生了深远的影响。19世纪以前，俄国的文学比较贫弱。茹科夫斯基（1783—1852）是俄国浪漫主义诗歌的奠基人，被誉为“俄国文学史上第一位抒情诗人”。普希金（1799—1837）和以雷列耶夫（1795—1826）为代表的十二月党人诗人的创作形成了俄国浪漫主义文学的高潮。十二月党人诗人和普希金是俄国浪漫主义文学的主力军；雷列耶夫的寓言讽刺专制暴政，揭露贵族寄生虫般的生活，歌颂人民的勤劳朴实，是俄国文学中的重要成就。19世纪20年代，一个新的文学思潮——现实主义，在格利鲍耶多夫（1794—1829）、普希金的创作中表现出来。格利鲍耶多夫的《智慧的痛苦》（又译《聪明误》）是一部现实主义的喜剧。普希金20年代中期由浪漫主义转向现实主义，重要代表作有历史剧《鲍利斯·戈多诺夫》和诗剧《叶甫盖尼·奥涅金》等，30 年代创作了《别尔金小说集》《上尉的女儿》等杰出的现实主义小说。普希金是俄国现实主义文学的奠基人，为俄国文学开辟了向世界高峰攀登的道路。

1950 年　苏联　十二月党人

1956 年　苏联　普希金

第二节　英国浪漫主义作家拜伦

乔治·戈登·拜伦（George Gordon Byron，1788—1824），是英国浪漫主义文学的杰出代表。他出身于贵族，剑桥大学毕业，曾任上议院议员。学生时代的拜伦深受启蒙思想影响，1809—1811 年游历西班牙、希腊、土耳其等国，为各国人民反侵略、反压迫斗争所鼓舞。1816 年，拜伦永远离开了英国，在意大利、瑞士居住期间，在日内瓦结识了同样流亡在外的诗人雪莱。对英国反动统治的憎恨和对诗歌的同好使他们结成了密友。拜伦在旅居国外期间陆续创作完成《恰尔德·哈罗德游记》、故事诗《锡隆的囚徒》、悲剧《曼弗雷德》、长诗《青铜世纪》等。他的诗歌塑造了一批“拜伦式英雄”。他们孤傲、狂热、浪漫，却充满了反抗精神。这些“英雄”内心充满了孤独与苦闷，却又蔑视群小。恰尔德·哈罗德是拜伦诗歌中第一个“拜伦式英雄”。巨著《唐·璜》是拜伦最重要的一组诗，半庄半谐、夹叙夹议，有现实主义的内容，又有奇突、轻松而讽刺的笔调。第一、二章匿名发表后，立即引起巨大的反响。英国维护资产阶级体面的报刊群起而攻之，但同时，它也受到作家瓦尔特·司各特、诗人歌德等的高度赞扬。当拜伦完成了《唐·璜》第 16 章后，已准备献身于希腊的民族解放运动了。1824 年，拜伦忙于战备工作时遇雨受寒，一病不起，于 4 月 19 日不幸逝世。

1988 年　摩纳哥　拜伦

《恰尔德·哈罗德游记》是一部具有强烈自传色彩的长篇叙事诗，为诗人在全欧洲赢得了声誉。主人公青年贵族哈罗德是一个孤独而忧郁的漂泊者。他去国外旅行，寻求解脱。这种姿态反映了拜伦性格和生活的某些特点，是拜伦式英雄的雏形。长诗不仅是对有关自然风光、风土人情等充满感情的个人印象的艺术记录和单纯的浪漫主义抒怀，而且是对当时许多重要历史事件做出批判概括的一种尝试。在浪漫主义的文学传统中第一次明确对政治和社会问题加以关注。整部作品以哈罗德游历欧洲各地的抒情日记形式写成，在游历的表层情节结构之下，抒发了主人公深沉的感慨和惆怅的内心世界。它们将长诗的各部分内在地连成整体，具有鲜明的浪漫主义特征。

1988 年　苏联极限片　拜伦

拜伦最具有代表性、战斗性，也是最辉煌的作品是长诗《唐·璜》。这是一部未完成的长篇讽刺叙事诗，或称诗体小说。诗中描绘了西班牙贵族子弟唐·璜的游历、恋爱及冒险等浪漫故事，揭露了社会中黑暗、丑恶、虚伪的一面，奏响了为自由、幸福和解放而斗争的战歌，体现了作者对普通人性的把握，又热切地把自由精神传达给了世界，是一部反映时代精神的史诗。主人公唐·璜英俊、骄傲、胆大，心灵和性格上没有特别出众的品质；他热情、玩世不恭，不绝望也不忧郁；他随波逐流，听天由命，没有反抗和积极进取精神，只是个普普通通的贵族青年。唐·璜的经验、智慧和生活态度，融有拜伦自己的感受和时代特征。

1924 年　英国　拜伦

1954 年　意大利　拜伦雕塑

1986 年　德国　拜伦

第三节　英国积极浪漫主义诗人雪莱

珀西·比希·雪莱（Percy Bysshe Shelley，1782—1822）出身于英国古老贵族家庭，从小热爱自由，1810 年因写《无神论的必然性》被牛津大学开除，同时也被贵族家庭断绝了经济来源。1812 年，雪莱去爱尔兰参加民族解放运动，同拜伦一样遭到反动政府的迫害。1818 年流亡意大利，与拜伦来往密切。1822 年 7 月，雪莱在渡海途中遇到风浪，不幸遇难。

英国明信片　雪莱

雪莱在文学上更注重对未来的描绘，试图在创作中描述出他对人类远景的看法，恩格斯称雪莱是“天才的预言家”，“真正的革命家”。雪莱的主要作品有长诗《伊斯兰起义》《解放了的普罗米修斯》《钦契》、政治小诗《给英国人民之歌》、抒情短诗《云雀》、诗歌理论《诗辩》。这些作品不仅描写了被压迫人民的悲惨生活，揭露了统治阶级的罪恶，还号召人们为争取自由解放而斗争，对未来充满理想和信心。《西风颂》是雪莱“三大颂”诗歌中的一首，借西风横扫落叶的威猛势力来比喻革命力量扫荡反动势力。诗的结尾发出了象征着希望的预言：“西风啊，既然冬天已经来临，春天还会遥远吗?”在《解放了的普罗米修斯》里，诗人预言人类社会最终将“再也没有暴力，没有暴君，人们彼此间，好像精灵一样地自由”。

2001 年　比利时　冬天

第四节　法国积极浪漫主义作家雨果

一、雨果的生平与创作

1942 年　法国　雨果

维克多·雨果（Victor Hugo，1802—1885）是法国浪漫主义作家的代表人物，19 世纪前期积极浪漫主义文学运动的领袖，法国文学史上卓越的资产阶级民主作家。雨果出生于法国东部的贝桑松省，父亲是拿破仑手下的一位将军，从小随父在西班牙驻军。他 10 岁回巴黎上学，中学毕业入法学院学习，但他的兴趣在于写作，15 岁时在法兰西学院的诗歌竞赛会上得奖，17 岁在“百花诗赛”上获得第一名。20 岁出版诗集《颂诗集》，因歌颂波旁王朝复辟，获路易十八赏赐，以后写了大量富有异国情调的诗歌。雨果几乎经历了 19 世纪法国的一切重大事变。1841 年被选为法兰西学院院士，1845 年任上院议员。1848 年二月革命后，任共和国议会代表。1851 年拿破仑三世称帝，雨果奋起反对而被迫流亡国外。1878 年革命推翻拿破仑三世后，他回到巴黎。雨果的创作期长达 60 年以上。贯穿他一生活动和创作的主导思想是人道主义、反对暴力、以爱治“恶”。他的作品包括 26 卷诗歌、20 卷小说、12 卷剧本、21 卷哲理论著，合计 79 卷之多，几乎涉及文学的所有领域，给法国文学

2002 年　赤道几内亚　雨果

和人类文化宝库做出巨大贡献。他的创作思想和现代思想最为接近，是影响法国的重要人物。雨果去世后，法国举国志哀。他被安葬在聚集法国名人纪念牌的“先贤祠”。

1985 年　乍得小全张　雨果

1952 年　苏联　雨果

2003 年　法国　艾斯米拉达

雨果在文艺理论论著《〈克伦威尔〉序言》中提出著名的“美丑对照原则”：一是大自然中美丑并存。“恶善并存，黑暗光明相共”，因此，艺术创作时应同时表现丑。二是肯定和强调“丑”在艺术创作中的地位和作用，提高“丑”的审美意义。三是美丑并列，可以通过否定丑达到对美的肯定。如果将夸张过的美与丑集中在一起，其对照效果会更好。雨果的小

1977 年　刚果　雨果

说主要有《巴黎圣母院》《悲惨世界》《海上劳工》《笑面人》《九三年》等，共同特点是以人道主义为主线，具有鲜明的浪漫主义风格。

2013 年　法国小型张　巴黎圣母院

1985 年　法国　雨果

《巴黎圣母院》是雨果的代表作之一。小说通过三个主要人物的悲剧，暴露了封建王权和教会势力对善良无辜者的残害，揭示了禁欲主义压抑下人性的扭曲和堕落，表明雨果反封建反教会的民主精神和资产阶级人道主义思想。女主人公艾斯米拉达是作者理想中的“美”的化身；伽西莫多是作者理想中“善”的化身。雨果根据“丑就在美的旁边，畸形靠近着优美，粗俗藏在崇高的背后，恶与善并存”的美学原则，创造出这个人物形象。小说中副主教克洛德是宗教恶势力的代表。作者通过一个以“严肃和贞洁”著称的副主教，在情欲的驱使下竟背叛上帝，甘作情欲俘虏的结局，对宗教进行了辛辣的讽刺和全面的否定。小说《巴黎圣母院》多方面运用了对照方法，既有外貌美丑的对照，也有内心善恶的对照。下层和上层两个社会、两个王朝和两个国王、两个法庭和两种审判，都有对照的意义。

2002 年　莫桑比克　雨果

1978 年　保加利亚　雨果

雨果的《笑面人》发表于 1869 年，小说有着和《巴黎圣母院》一样的美丑对比。主人公格温普兰出身于贵族，但因宫廷内的钩心斗角，小时候被毁容，后来被民间艺人“熊”（或音译“乌苏斯”）收养。所以说，格温普兰是人民的儿子。后来小说峰回路转，格温普兰命运大起大落，可是因为爱人“女神”（或音译“蒂”）的病逝，彻底绝望，投河而去。《笑面人》的创作标志着作者向现实主义迈出了一大步。雨果晚年最重要的长篇小说是《九三年》，他认为小说中的主人公朗德纳克因救小孩而被捕，共和国不应该处他死刑，所以他在小说中私自放走了朗德纳克，提出了“在绝对正确的革命之上，还有一个绝对正确的人道主义”观点。

2002 年　格恩西岛　《悲惨世界》

二、雨果的小说《悲惨世界》

1942 年　法国　雨果

雨果创作小说《悲惨世界》历时 30 余年，从 1828 年起构思，到 1845 年动笔创作，直至 1861 年才终于写完全书。这是一部最能反映雨果思想观念、创作手法的文学巨著。雨果在《悲惨世界》“作者序”中指出，他创作这部小说是为了揭露“在文明鼎盛时期人为地把人间变成地狱，使人类与生俱来的幸运遭受不可避免的灾祸”，并且明确地说，“只要 20 世纪的三个问题——贫穷使男子潦倒，饥饿使妇女堕落，黑暗使儿童羸弱”还没有得到解决，这本书就是有用的。

小说的基本情节是冉阿让的悲惨生活史。他原是一个贫农出身的工人，因收入不够家人糊口偷了面包被捕入狱，度过 19 年的牢狱和苦役生活，刑满释放后又有偷窃行为。但受仁慈的主教米里哀的感化，他转变成为一个能够舍己为人的人。冉阿让化名马德兰，当过企业家，并被推选为市长。但不久又因为暴露了过去的身份而被捕下狱，逃出后从一个坏蛋手中救出已故妓女芳汀的孤女柯赛特并前往巴黎，途中又不断遭到警探的追缉。冉阿让充满牢狱、苦役和颠沛流离的苦难一生是小说的主线。雨果还在第四、第五部中描写了 1832 年共和党人在巴黎的起义，内容十分广泛和丰富。

2002 年　格恩西岛　《悲惨世界》

2002 年　摩纳哥　雨果及其作品

《悲惨世界》的原名“受苦的人们”，清楚地说明了雨果的创作意图。冉阿让被监禁 19 年，不过是因为偷了一块面包；芳汀被公子哥儿欺骗后有了私生女而被开除，从卖头发到卖身到贫病交加而死；小柯赛特的悲惨遭遇更令人同情。小说谴责资产阶级法律的残酷，并通过对警探沙威这个人物形象的塑造，揭露了资产阶级法律暴虐、残忍的本质。小说还通过米里哀主教和冉阿让宣扬了以“仁爱”“慈善”为核心的人道主义理想。米里哀主教是雨果理想中“善”的化身，他为人清廉，生活俭朴，救济穷人，对冉阿让以德报怨。他的宽容和饶恕改变了冉阿让，在对待死敌沙威时，冉阿让也像主教一样以德报怨，终使沙威“人性”复活，最后精神崩溃而投河自杀。在雨果看来，沙威自杀是善战胜了恶。

《悲惨世界》最能代表雨果的思想艺术风格，以卓越的艺术魅力展示了资本主义社会奴役劳动人民、逼良为娼的残酷的现实。然而，作家深信唯有道德感化是医治社会灾难的良方。小说虽不乏现实主义因素，但就人物形象的塑造、环境的描写、象征和对比手法的运用等方面而言，仍然是一部浪漫主义的杰作。《巴黎圣母院》和《悲惨世界》多次被拍成电影，在世界各地广为流传，成为经典之作。

2002 年　格恩西岛小全张　《悲惨世界》

第五节　俄国浪漫主义文学家普希金

一、普希金的生平与创作

1949 年　苏联　普希金

亚历山大·普希金（Aleksandr Pushkin，1799—1837）是俄国浪漫主义文学的主要代表和俄国现实主义文学的奠基人。他出身于莫斯科一个古老的贵族家庭，1811 年进入为贵族子弟办的皇村学校，并开始其文学生涯。早期诗作有模仿浪漫派诗人巴丘什科夫和茹科夫斯基的痕迹，继承了 17、18 世纪法国诗人轻快诗的传统风格。1820 年，普希金发表浪漫主义诗歌《鲁斯兰和柳德米拉》，全诗采用了许多民间故事和传说，以叙事风格写成。由于受反拿破仑战争的爱国激情鼓舞和十二月党人思想的影响，普希金写了不少反对专制暴行、歌颂自由的政治诗和讽刺诗，如《自由颂》《童话》《致恰达耶夫》和《乡村》等。这些作品具有浪漫主义精神，反映了十二月党人的革命理想和决心。普希金的政治诗在当时进步的贵族青年中流传广泛，促进

1947 年　苏联　普希金

了民族解放运动的发展，引起了沙皇政府的恐慌。1820 年，普希金被沙皇亚历山大一世流放南俄，在那里他得到的种种印象，为他的一组浪漫主义叙事诗提供了素材。普希金的“南方组诗”包括《高加索的俘虏》《强盗兄弟》《巴赫切萨拉伊的泪泉》和《茨冈》等重要诗篇。长诗中主人公都性格强悍，感情激越，与黑暗社会势不两立，表达了诗人渴望自由的思想感情，充满着对上流社会的愤懑和对纯朴民众、茨冈人的同情。

1823 年，普希金开始创作长篇诗体小说《叶甫盖尼・奥涅金》第 1、2 两章。这部小说是第一部以现代社会为主题的俄国作品，展示了俄国生活的全貌，为 19 世纪俄国现实主义小说指明了道路。1824 年，普希金因与南俄总督发生冲突，被放逐到他父母的领地米哈伊洛夫斯克村，过了两年监禁的生活。在这期间，他钻研俄国历史，收集民歌、故事和童话，并创作了历史剧《鲍里斯・戈都诺夫》。在《鲍里斯・戈都诺夫》中，作者通过人物之口明确提出“人民的公意”是一种无法抗拒的力量。整部作品是根据莎士比亚戏剧“通俗化原则”写成的，标志着作者与法国戏剧古典主义的决裂。1829—1836 年，普希金的创作才能达到了登峰造极的地步，艺术境界也焕然一新，这一时期他所写的每一部作品几乎都在俄国文学史上掀开新的一页。代表作品有《叶甫盖尼・奥涅金》最后两章，叙事诗《科洛姆纳的小屋》《别尔金小说集》以及 4 部小悲剧和许多抒情诗。《别尔金小说集》由《射击》《暴风雪》《棺材匠》《驿站长》和《村姑小姐》等 5 个短篇组成。《驿站长》是其中最优秀的短篇，开拓了俄国文学抒写小人物命运的先河。在普希金反映农奴的苦难和农民暴动的小说中，成就最高的是 1836 年发表的长篇小说《上尉的女儿》。这是一部反映普加乔夫起义的作品。

1954 年　苏联
格林卡

1947 年　苏联　普希金

普希金的创作富有崇高的思想，强调公民的责任，充满肯定生活的气势，深信理智必能战胜偏见，光明必能战胜黑暗，人类的博爱必能战胜奴役和压迫，因而在全世界引起共鸣。他的作品被译成世界上的主要语言，不但最完满地表达了俄国人民的意识，而且具有超越民族障碍的力量和鼓舞作用。

普希金于1831 年与莫斯科 19 岁少女娜・尼・冈察罗娃结婚，后迁居彼得堡。由于法国公使馆乔治・丹特斯男爵调戏他的妻子，1837 年 2 月 8 日普希金与丹特斯决斗，因身负重伤于同年 2 月 10 日逝世。

1969 年　匈牙利小全张　普希金

1963 年　苏联　普希金雕塑

1974 年　苏联小型张　普希金

二、普希金代表作《叶甫盖尼·奥涅金》

长篇诗体小说《叶甫盖尼·奥涅金》是普希金最重要的一部作品，也是俄国现实主义文学的奠基石。主人公叶甫盖尼·奥涅金是彼得堡的一位贵族青年，贵族社会虚伪的生活和庸俗的社交使他感到空虚和无聊。为了继承叔父的财产，他来到了乡下，与当地地主的女儿达吉亚娜认识。通过一段时间的交往，达吉亚娜对奥涅金产生好感，并热情地向他表达爱情，他却冷淡地拒绝了。不久，奥涅金出于恶作剧调戏了达吉亚娜的妹妹奥丽加，导致奥丽加的未婚夫、奥涅金的好朋友连斯基要和他决斗。决斗中奥涅金杀死了连斯基。惨剧发生后，奥涅金只好离开了这个地主的庄园。经过一段时间的漂泊，奥涅金再次回到彼得堡，遇见了达吉亚娜。这时，达吉亚娜已经嫁给了一个年老的将军，成了社交界的贵妇。奥涅金对她的感情被刺激地炙热起来，不断追求她。达吉亚娜最终答复奥涅金，她虽然爱他，但不能属于他，因为她已经嫁给别人，要永远忠诚于他。

1949 年　苏联小全张　普希金

1987 年　苏联　普希金及手稿

普希金在长篇诗体小说《叶甫盖尼·奥涅金》中塑造的奥涅金，是俄国贵族革命时期开始觉醒但又找不到出路的贵族知识分子的典型形象。奥涅金虽然具有人道主义和民主主义的思想倾向，但没有明确的政治主张和社会理想，也看不到出路，看不到希望。他愤世嫉俗但又非常脆弱，他希望改变现状但又不可能与这个社会彻底决裂。因此，奥涅金的生活态度是消极的逃避。他是俄国文学史上第一个“多余人”的典型。

1999 年　俄罗斯小全张　普希金

达吉雅娜是普希金理想中的贵族妇女。她具有奥涅金的叛逆气质，又有奥涅金所没有的东西。她真诚、朴实、纯正、高贵，是普希金最喜爱的人物，作者把她称为“我可爱的理想”。但她也有和奥涅金一样的局限性，不能完全摆脱贵族阶级的传统观念，对现实的反抗是极其有限的。

1999 年　俄罗斯小全张　普希金

第七章

19 世纪中期文学

从 19 世纪 30 年代起，英、法两国的资本主义势力取得了决定性的胜利，资产阶级政权日益巩固和发展。但资产阶级和封建贵族的斗争没有结束，资本主义残酷的经济剥削和政治压迫使无产阶级与资产阶级的斗争日益激化。在工人阶级斗争实践的基础上，马克思、恩格斯创立了科学社会主义理论，1848 年出版的《共产党宣言》在人类历史上有划时代的意义。批判现实主义文学是这一特定历史时期的阶级斗争形势下的产物。

1955 年　苏联　马克思

1955 年　苏联　恩格斯

第一节　批判现实主义成为文学主流

由于浪漫主义文学对社会的抽象抗议和对未来的空洞理想已经不能满足时代的要求，欧洲各国作家开始追求真实地表现现实生活、典型地再现社会风貌、深入解剖和

1978 年　法国　城市

揭示社会矛盾的文学风格。这股现实主义文学潮流承前启后，对当时的秩序进行揭露和批判，被后人称为批判现实主义。19 世纪中期，现实主义文学开始成为主流，但浪漫主义文学仍在继续发展。无产阶级文学、象征主义文学、唯美主义文学也开始出现。批判现实主义文学具有的基本特征：一是客观、真实地描绘现实生活；二是对现实生活的批判性、暴露性、改良性；三是塑造典型环境中的典型性格。

一、19 世纪中期的法国文学

1970 年　摩纳哥　大仲马

19 世纪中期是法国文学的繁荣时期，浪漫主义文学仍在持续发展，批判现实主义文学在 30 年代初登上文坛后，迅速成为文学主流，并对欧美其他国家现实主义文学运动的形成和发展产生了积极的作用。这时期浪漫主义重要作家除雨果之外，还有大仲马、乔治·桑。大仲马（Alexandre Dumas，1803—1870）一生写了 300 多部作品和论著，但使他获得声誉的是他的通俗小说。他以丰富的想象力构思了大量曲折离奇、传奇色彩浓厚的小说，其中《三个火枪手》（又译《三剑客》）《基度山伯爵》等作品在思想上和艺术上都达到了较高的水平。《三个火枪手》以 17 世纪路易十三时红衣主教黎希留执政时期为背景，叙述阿托斯、波尔托斯和阿尔密斯等三位英雄与黎希留斗争的故事。小说情节错综复杂、引人入胜；人物性格鲜明，对话妙趣横生。《基度山伯爵》通过邓蒂斯离奇而悲惨的遭遇，暴露了复辟时期司法制度的黑暗和当时一些上层人物的罪恶发迹史。小说以描写邓蒂斯个人恩仇为主线，具有强烈的传奇色彩。

1970 年　海地
《基度山伯爵》

乔治·桑（Georges Sand，1804—1876）是法国文学史上优秀的女作家。其创作具有明显的理想主义色彩，表达了作家对和谐的人与人之间关系的向往，风格细腻抒情，充满诗意。她的重要作品有《木工小史》《安吉堡的磨工》《魔沼》和《小法岱特》等。

1830 年前后，斯丹达尔、梅里美和巴尔扎克先后步入文坛，创作了一批优秀的作品，为批判现实主义文学的蓬勃发展开拓了道路。斯丹达尔在 20 年代发表的文艺论著《拉辛与莎士比亚》阐明了他的现实主义文艺观，长篇小说《红与黑》标志着批判现实主义文学的真正开始。普罗斯佩·梅里美（Prosper Merimee，1803—1870）是 19 世纪法国极富艺术魅力的作家，其后期作品以《卡门》（又译《嘉尔曼》）最为有名，是极富浪漫色彩的爱情悲剧。梅里美从卡门这个充满野性与性感的吉卜赛女人身上发掘并放大了现代文明之外的原始的生命强力。

1970 年　海地　《三个火枪手》

2004 年　法国　乔治·桑

1970 年　法国　梅里美

1957 年　法国极限片　乔治·桑

2011 年　摩纳哥　戈蒂耶

1848 年的革命对法国文学来说是一个转折点。批判现实主义文学失去了前期的热情和锐气，强调以“科学的精神”追求更精确的描写和纯客观的分析。福楼拜是这个时期的代表作家。与此同时，唯美主义诗人泰奥菲尔·戈蒂耶（1811—1872）提出“为艺术而艺术的主张”。波德莱尔（1821—1867）创作的诗歌《恶之花》成为象征主义的先驱，对 19 世纪末文学产生了重要的影响。

二、19 世纪中期的英国文学

英国的批判现实主义文学开始出现于 19 世纪 30 年代，四五十年代达到高峰。狄更斯是英国批判现实主义的奠基人，他的笔锋几乎触及英国社会的各个领域。同时代英国出现的一批小说家也很出色，他们风格各异，深刻地揭露了英国的社会问题。威廉·梅克皮斯·萨克雷（William Makepeace Thackeray，1811—1863）是维多利亚时代“一位犀利而无情的讽刺家”。对资本主义社会人与人的金钱关系，

1963 年　罗马尼亚
萨克雷

英国　盖斯凯尔夫人《玛丽·巴顿》　夏绿蒂·勃朗特《简·爱》
爱米莉·勃朗特《呼啸山庄》　安妮·勃朗特《艾格妮丝·格雷》

以及虚伪、假仁、势利等丑恶现象进行无情的揭露和嘲讽。他称自己的代表作长篇小说《名利场》是一部“没有英雄的小说”。实际上，主人公蓓基·夏泼就是资产阶级社会中反抗和个人奋斗的英雄。小说既描绘了夏泼堕落的经历，又深刻揭露了社会环境的制约作用及其唯利是图、腐化堕落的本质。

英国　《简·爱》

这个时期英国出现了女作家的创作群体，她们的作品影响也很广泛。盖斯凯尔夫人（Elizabeth Cleghorn Gaskell，1810—1865）是欧洲文学史上最早反映劳资矛盾的作

1945 年　法国极限片　城市里昂

家。她的小说《玛丽·巴顿》首次反映了宪章运动中的劳资矛盾。夏绿蒂·勃朗特(Charlotte Brontë，1816—1855)的代表作是《简·爱》，主人公简·爱具有强烈的女性意识和叛逆精神，不愿接受以男性为中心的妇女观，对爱情有独特的理解，认为爱情是人格的平等。简·爱的形象具有伟大的人格力量，她的出现标志着欧洲文学史上新女性的诞生。爱米莉·勃朗特（Emily Brontë 1818—1848）唯一的一部长篇小说《呼啸山庄》描写的主题是爱情与复仇。小说打破了流行的“奋斗—成功”的情节模式，代之以“复仇—毁灭”的新情节；打破了流行的“绅士—淑女”型的人物模式，代之以狂野不羁的新人物；打破了流行的从容体面的风格，代之以狂热恐怖的哥特式风格，被评论家称为“一代奇书”，“文学史上的斯芬克斯之谜”。安妮·勃朗特（Anni Brontë 1820—1849）的代表作有《艾格妮丝·格雷》和《野岗庄园的房客》。爱略特（1819—1880）的代表作有《亚丹·比德》《弗洛斯河上的磨坊》和《织工塞拉斯·马南》等。

1997 年　以色列　海涅

在三四十年代宪章运动高潮中，形成了初具规模的群众文艺运动。宪章派诗歌具有鲜明的政治性、强烈的战斗性、广泛的群众性和国际主义精神，是最早的无产阶级文学，代表作家有厄内斯特·琼斯（1819—1869）、威廉·林顿（1812—1897）和杰拉尔德·梅西（1828—1907）等人。琼斯的《未来之歌》是一首无产阶级的革命战歌，梅西的《红色共和党人抒情诗》则概括了无产阶级觉醒过程，抒发了工人阶级的决心和豪情。

三、19 世纪中期的德国文学

19 世纪 30 年代开始的工业革命，给德国资产阶级带来活力。革命民主主义诗人海涅和剧作家毕格奥尔格·希纳尔（1813—1837）的作品代表着这一时期德国文学的最高成就。随着革命形势的日益高涨，在马克思、恩格斯直接影响下，先后涌现出一批革命作家，其中最杰出的是格奥尔格·维尔特（1822—1856）。维尔特的代表诗作有《兰卡郡酒店的老板》《一百个哈斯维尔男子》《刚满十八岁》《铸炮者》和《我愿作一名警察总监》等，还有一部讽刺小说《著名骑士施纳普汉斯基的生平》。

1978 年　匈牙利　裴多菲

四、19 世纪中期的东欧和北欧文学

东欧各国的民族解放运动在 19 世纪 30—60 年代蓬勃掀起，文学上的共同主题就是反对异族奴役和封建专制，争取民族的自由和独立。波兰的爱国诗人亚当·密兹凯维奇（1798—1855）是波兰文学的奠基人，为现实主义文学开辟了道路，主要作品有诗剧《先人祭》第三部和叙事诗《塔杜施先生》。保加利亚的革命诗

人赫里斯多·保特夫（1849—1876）和伊凡·伐佐夫（1850—1921）也很活跃。匈牙利民族诗人裴多菲·山陀尔（Petöfi Sándor，1823—1849）是 1848 年匈牙利革命的领导者之一。他不仅以革命诗歌为武器，而且亲自投入革命斗争，为民族解放运动献出了年轻的生命。裴多菲一生创作 800 多首短诗和 8 首长诗，代表作有《反对国王》《镣铐》《民族之歌》《自由与爱情》和长篇叙事诗《使徒》。裴多菲继承了匈牙利民歌的传统，建立了自由明快的民族诗歌体系，为匈牙利诗歌的发展开拓了新的道路。诗歌《自由与爱情》为中国读者所熟悉："生命诚可贵，爱情价更高；若为自由故，两者俱可抛。"

1949 年　匈牙利　裴多菲

1949 年　匈牙利　裴多菲

1975 年　丹麦　安徒生

北欧各国在 19 世纪 40—50 年代，资本主义经济有了飞速发展，并引起了农民的民主运动。北欧的自由资产阶级与封建贵族相勾结，激起了进步知识分子的不满。他们用作品揭露资产阶级的丑恶灵魂和伪善的面目，开始形成北欧的批判现实主义文学。丹麦作家安徒生是这一时期重要的北欧作家，他以丰富多彩、充满魅力的童话，第一次为北欧文学赢得了世界性的声誉。汉斯·克里斯蒂·安徒生（Heinz Christian Andersen，1805—1875）出身贫穷，父亲是鞋匠，母亲是洗衣工。贫穷的

2005 年　丹麦　安徒生

2005 年　阿尔巴尼亚　安徒生及其童话

童年使他对人民的痛苦有着深切的体会。他上过哥本哈根大学，广泛接触群众，为文学创作打下基础。1835 年，他发表了第一个童话集《讲给孩子们听的故事》，此后每年发表一个集子，一生共发表 168 篇童话故事，代表作品有《卖火柴的小女孩》《夜莺》《海的女儿》《野天鹅》和《丑小鸭》等。安徒生的童话大都取材于民间故事、传说、歌谣，影射当时社会现实，给人启示和教育；写作上采用拟人笔法，文字清新、朴素、流畅。作品中的许多人物、故事已经成为世界文学中的典型。

五、19 世纪中期的美国文学

1775—1781 年的美国独立战争的胜利，结束了英国的殖民统治。1783 年美利坚合众国正式成立，这是北方资本主义和南方奴隶主的联合政权。美国文学在独立之后的一段时间里没有摆脱对英国文学的依附和模仿。在英、法浪漫主义运动的影响下，美国也开始出现自己的浪漫主义文学。

1950 年　美国极限片　国会山

1969 年 苏联 库珀

爱默生纪念币

1959 年 美国
华盛顿·欧文

美国的浪漫主义文学持续了约半个多世纪，以1829 年为界分前后两期。前期浪漫主义的重要作家有欧文和库珀，他们的作品多以美国的历史传说、风土人情、自然风光为题材，以浪漫的笔调，勾画出童年美国的形象，为美国的民族文学的形成迈出第一步。华盛顿·欧文（Washington Irving，1783—1859）有“美国文学之父”的称号，代表作《见闻札记》中著名的短篇小说有《隔普·凡·温克尔》《睡谷的传说》等。詹姆斯·菲尼莫·库珀（James Fennimore Cooper，1789—1851）因创作了一批“纯粹美国式”的长篇小说而在文学史上占有地位。他开创了美国文学史上三种不同的小说形式，即以《间谍》为代表的革命历史小说、以《开拓者》为代表的边疆体裁小说、以《水手》为代表的航海生活小说。

1964 年 美国 霍桑

30 年代以超验主义为思想基础的后期浪漫主义文学出现，标志着美国文学步入成熟阶段。后期浪漫主义在理论上和创作上最早的代表是拉尔夫·华儿多·爱默生（Ralph Waldo Emerson，1803—1882），而影响最大的浪漫主义小说家是纳撒尼尔·霍桑（Nathaniat Hawthorne，1804—1864）。霍桑的思想偏于保守，常以抽象的善恶观来观察分析社会现象。他的创作想象丰富、浪漫气息浓厚，擅长描写人物内心冲突，形成独特风格。霍桑的许多短篇都得到好评，获得巨大成功的长篇小说《红字》是他的代表作。

1958 年　苏联　朗费罗

浪漫主义文学在诗歌方面取得更大的成就。亨利·华兹华斯·朗费罗（Henry Wadsworth Longfellow，1807—1882）的诗作在美国国内享有盛誉。19 世纪最杰出的民族诗人惠特曼的诗作代表了浪漫主义文学的最高成就，也使美国文学真正获得世界性的声誉。在浪漫主义文学盛行时期，现实主义文学也开始萌芽。理查·希尔德烈斯的长篇小说《白奴》是美国第一部反蓄奴制的现实主义小说。哈里叶特·比彻·斯托夫人（Harriet Beecher Stowe，1811—1896）的代表作《汤姆叔叔的小屋》被认为是“世界小说中最令人感动的事件”。“汤姆叔叔”成了美国黑奴的象征。南方作家埃德加·爱伦·坡（Edgar Allan Poe，1808—1849）是象征主义文学的先驱。他的作品大多内容颓废、形象怪异且充满悲情主义和神秘色彩。爱伦·坡的《述异集》收入 70 篇短篇小说，其中著名的有《厄舍古屋的倒塌》和长诗《乌鸦》。

2007 年　美国　斯托夫人

1978 年　匈牙利　爱伦·坡

六、19 世纪中期的俄国文学

俄国的批判现实主义文学形成于 19 世纪 30 年代，五六十年代走向繁荣，70—90 年代达到高峰，20 世纪趋于没落。米哈伊尔·尤里耶维奇·莱蒙托夫（1814—1841）充满进步贵族反对专制农奴制的思想，他的诗歌最基本的主题是对自由的渴望。《童僧》中童僧的高傲形象表现了作者对自由的热烈追求，《恶魔》代表他浪漫主义创作的最高成就。莱蒙托夫的《当代英雄》是俄国早期小说的杰作，主人公毕巧林是继奥涅金之后又一个“多余人”的典型，小说心理分析十分细腻，既否定一切，也蔑视自我，被誉为“俄国第一部社会心理小说”。

1964 年　苏联
莱蒙托夫和别林斯基

1941 年　苏联　莱蒙托夫

1961 年　苏联　别林斯基

果戈理的讽刺作品确立了俄国文学的批判倾向，加强了普希金的俄国批判现实主义。他在剧本《钦差大臣》、小说《死魂灵》等作品中，用讽刺的武器和卓越的艺术描写，揭露农奴制度的腐朽和官僚统治的罪恶。

1978 年　苏联
车尔尼雪夫斯基

文艺批评家别林斯基是俄国现实主义美学理论和文艺批评的奠基人。他肯定了以果戈理为代表的“自然派”，捍卫了现实主义原则。他撰写的文艺批评代表作有《文学的幻想》《论俄国中篇小说和果戈理的中篇小说》《智慧的痛苦》《艺术的概念》《论普希金》和《1847 年俄国文学之一瞥》等。

俄国文学从 19 世纪 50 年代起逐步繁荣。赫尔岑（1812—1870）40 年代创作的著名的“问题小说”《谁之罪》，在俄国文学史上占有特殊地位，小说中第一次使用“多余人”这一文学批评概念来论述当时俄国文学的民族性。作品风格对后来的车尔尼雪夫斯基的《怎么办》有明显的影响。“多余人”是 19 世纪俄国批判现实主义文学中贵族知识青年的一种典型。他们受启蒙思想和进步思潮影响，对上流社会不满，但又摆脱不了贵族社会的习惯和偏见，不能与上流社会决裂；他们受过良好的教育，但缺乏

1962 年　苏联
赫尔岑

勇气和毅力；他们不甘心与上流社会同流合污，但又脱离人民；他们苦闷忧郁，成为一事无成的“多余人”。普希金的《叶普盖尼·奥涅金》塑造的第一个“多余人”的形象是奥涅金。其后，莱蒙托夫在《当代英雄》中塑造了毕巧林，屠格涅夫在《罗亭》中塑造了罗亭。50 年代，冈察洛夫在《奥勃洛摩夫》中塑造的奥勃洛摩夫是最后一个“多余人”形象。他精神萎靡，思想麻木，成了一具活尸。奥勃洛摩夫的出现标志着贵族阶级知识分子的积极性已丧失殆尽，他们在俄国生活舞台上已没有任何地位。

1952 年　苏联　果戈理和别林斯基

1959 年　苏联
果戈理

这一时期出现的“自然派”是 19 世纪俄罗斯文学中的一个派别，原先的批判现实主义文学中的主人公“多余人”形象，正逐步被自然派的“小人物”取代。别林斯基赋予了自然派以新的含义，在理论上肯定了自然派文学批判现实的倾向。自然派以其领袖人物果戈理的创作为楷模，极力忠实于“自然”即现实，抨击反动腐朽的农奴制度和专制制度，同情“小人物”的悲惨命运，呼吁妇女解放。文学题材上

1956 年　苏联邮资明信片　莱蒙托夫

多以描写“小人物”即小官员、小职员、农民为主。他们地位低下，性格懦弱，成为“大人物”统治下被侮辱被损害的牺牲者。体裁上多以散文（即小说）为主。后来自然派成为俄国批判现实主义的别称。普希金短篇小说《驿站长》开俄国文学中描写“小人物”的先河。果戈理、陀思妥耶夫斯基、契诃夫等，都在自己的创作中塑造过“小人物”形象。

1943 年　苏联　屠格涅夫

《前夜》《父与子》是屠格涅夫创作的高峰。《前夜》中的叶琳娜和英沙罗夫是具有崇高理想的新人形象。《父与子》则反映革命民主主义者和贵族自由主义者之间的激烈思想斗争，是一部社会心理小说。小说情节单一，布局结构谨严，风景描写衬托人物性格，具有浓郁的抒情气氛。

车尔尼雪夫斯基（1828—1889）在《艺术对现实的审美关系》中提出了“美是生活”的唯物主义美学观。他的长篇小说《怎么办》的副标题“新人的故事”是典型的“问题文学”，通过婚姻爱情问题塑造了几个“新人”形象：薇拉、罗普霍夫、吉尔沙诺夫。小说表现了“爱一个人，这就意味着为他的幸福而高兴”的崭新的爱情观与人生观。小说的中心人物拉赫美托夫是俄国文学中第一个革命民主主义者的光辉形象，回答了反对专制农奴制度应当“怎么办”的问题，代表着社会发展的方向。

1958 年　苏联邮资封　车尔尼雪夫斯基

诗人涅克拉索夫（1821—1877）的代表作《谁在俄罗斯能过好日子》是一首叙事长诗。长诗描写了偶然相遇的7个农民为寻求“谁在俄罗斯能过好日子?”这个问题的答案，乘一块“神奇的桌布”漫游全国，暴露了沙皇统治当局的残酷和欺骗行径。全诗采用民歌形式，融讽刺、叙事、抒情于一体，艺术上有较多创新。

1946年　苏联　涅克拉索夫

奥斯特洛夫斯基（1823—1886）是俄罗斯著名的剧作家。他的代表剧作《大雷雨》被称为“生活的戏剧”，描写一个追求个性解放而被残酷环境所毁灭的妇女卡杰琳娜的悲惨遭遇。在赞扬她渴望自由和幸福的精神的同时，也鞭挞了专制社会和黑暗势力。文艺批评家杜勃罗留波夫在撰写的《黑暗王国的一线光明》一文中称卡杰琳娜代表了人民对自由和生活权利的要求，是“黑暗王国”里的一线光明。杜勃罗留波夫的文章标志着俄国文学批评史上革命民主主义战斗的文学评论的又一高峰。

1961年　苏联　杜勃罗留波夫

1959年　苏联　奥斯特洛夫斯基

第二节　法国小说家斯丹达尔

一、斯丹达尔的生平和创作

斯丹达尔（Stendhal，1783—1842）是法国批判现实主义文学的奠基人之一。他的作品深刻揭露了19世纪法国复辟时期复杂的阶级矛盾，表现出鲜明的进步思想倾向。斯丹达尔出生于格勒诺布尔城的一个资产阶级家庭，本名叫亨利·贝尔，早年丧母，父亲是一个有钱的律师，信仰宗教，思想保守。斯丹达尔在家庭中受到束缚和压抑，从小就憎恶父亲。外祖父在斯丹达尔年轻时就介绍他阅读启蒙作家和古典文学作品，对他后来的创作产生了重要影响。

1799 年，斯丹达尔中学毕业后来到巴黎。1800 年，受革命的形势所鼓舞，加入了拿破仑领导的军队，随军南下意大利，并担任第六龙骑兵少尉。之后辞去军职在米兰定居，开始练习写作。1806 年，斯丹达尔又回到巴黎随拿破仑的军队转战欧洲大陆，在 1812 年从莫斯科大撤退时，他担任后勤军官。1814 年拿破仑下台，波旁王朝复辟。斯丹达尔结束了军人生涯，离开祖国，侨居意大利的米兰专门从事写作。

1942 年　法国
斯丹达尔

1938 年　法国极限片　凯旋门

1983 年　法国
斯丹达尔

1817 年，斯丹达尔在意大利发表了他的处女作《意大利绘画史》，不久又发表了游记《罗马、那不勒斯和佛罗伦萨》。在这些谈音乐、绘画和各地风情的作品中，斯丹达尔常涉及当时的政治和社会问题，表达了对法国复辟王朝的不满。1821 年，意大利革命失败，许多爱国者身陷囹圄时，斯丹达尔被警察当局作为烧炭党人的同情者而驱逐出境，之后回到巴黎。1823 年起，斯丹达尔陆续发表了许多文论，提出艺术必然适应时代潮流，表现人民的习惯和信仰的主张——现实主义文学原则。这些文章被收录在《拉辛与莎士比亚》中，被认为是批判现实主义文学的第一部理论著作。此后，斯丹达尔开始转入小说创作，在巴黎出版了《罗西尼传》《阿尔芒斯》《罗马漫步》和《瓦尼娜·瓦尼尼》等作品。1829 年，斯丹达尔开始动笔写他的代表作《红与黑》，并于 1830 年脱稿。

1832—1842 年，是斯丹达尔最困难的时期，经济拮据，疾病缠身，环境恶劣，但这也是他最重要的创作时期：写作了长篇小说《吕西安·娄万》（又名《红与白》）、《巴马修道院》、长篇自传《亨利·勃吕拉传》，还写了十数篇短篇小说。1833 年，斯丹达尔再次来到意大利，在一个朋友家的藏书室里，发现了一批“古代的手稿”。这些手稿真实地记录了意大利 16、17 世纪的一些重大的“社会新闻”。阅读之后，斯丹达尔大感兴趣，花重金购得抄录权，请人仔细抄录了某些篇章，保留在身边，反复阅读，并以部分翻译加部分创作的手法，将这些手稿改写成短篇小说。斯丹达尔在世时，曾选出《艾蕾》《维多利娅·阿柯朗波尼》（或译作《帕利亚诺公爵夫人》）和《桑西一家》三篇结集出版。在斯丹达尔去世 12 年后，他的表弟整理了根据他改写的短篇小说，并加上描写意大利人爱情故事的《瓦妮娜·瓦尼尼》，结成一集，取名为《意大利轶事》出版。

巴马修道院

1937 年　法国极限片　法国建筑

斯丹达尔墓地

1842 年 3 月 22 日傍晚，斯丹达尔在巴黎街上行走时突发脑出血，经抢救无效，于次日凌晨 2 时去世。当时他手头还有好几部未完成的手稿。斯丹达尔的遗体被安葬在蒙马特尔公墓，墓志铭是用拉丁文刻着的斯丹达尔生前写的一段话：亨利·贝尔，米兰人，活过、爱过、写过。

2003 年　摩纳哥　斯丹达尔

二、斯丹达尔的《红与黑》

斯丹达尔的《红与黑》是以当时《司法公报》上刊登的一个家庭教师杀害女主人的社会新闻为情节基础，进行艺术加工而创作的一部具有浓厚政治色彩和时代特点的长篇小说。小说原名《于连》，后改为具有象征意义的《红与黑》，副标题是“一八三〇年纪事”。

小说的主人公于连·索累尔是维立叶尔小城一家锯木工场小业主的儿子，是一个意志坚强、精力充沛和聪明能干的青年。他崇拜拿破仑，抱有资产阶级的理想和野心，但由于出身低微，理想受阻。在市长家当家庭教师时，出于对市长的报复和冒险的心理，与市长夫人发生了暧昧的关系。市长夫人是个端庄秀丽、心地纯洁、富有同情心

《红与黑》明信片

的少妇，而丈夫却是个粗鲁鄙俗、麻木不仁的贵族官僚。于连的出现，唤醒了夫人心中沉睡的情感，产生了真正的爱情。然而他们的关系终于暴露，于连被迫离去。当于连在巴黎给保皇党的重要人物德·拉·木尔侯爵当秘书时，他出色的才能得到了侯爵的赏识和重用，同时也被侯爵的女儿看中。他们之间产生爱情，并准备结为夫妇。但正当于连要飞黄腾达时，教会设下圈套，威逼唆使市长夫人写信告发他，使他的理想毁于一旦，木尔侯爵也因此取消了女儿和他的婚约。盛怒之下的于连开枪打伤市长夫人，自己也被判死刑。小说描写出复辟时期的法国社会生活，反映了当时的政治斗争，赞美法国大革命和拿破仑建立的资产阶级秩序，否定封建王朝，批判封建等级制度对平民青年自由发展的压制，是现实主义文学中的杰作。

1942 年　法国极限片　斯丹达尔

《红与黑》的出版标志着斯丹达尔的创作达到高峰，该小说以极高的思想价值和艺术成就而成为他的代表作。斯丹达尔对社会敏锐的洞察力、准确把握时代特征的才能、鲜明的政治倾向和民主精神，以及对事件的戏剧性描写、卓越的心理分析以及高超的写作技巧，使他无愧为一位优秀的现实主义作家，在欧洲文学史上占有重要的地位。

第三节　法国批判现实主义作家巴尔扎克

一、巴尔扎克的生平与创作

奥诺雷·德·巴尔扎克（Honore de Balzac，1799—1850）是法国 19 世纪最伟大的文学家，欧洲批判现实主义文学的奠基人和杰出代表。巴尔扎克出身于法国图尔市一个中等资产阶级家庭，父亲是在大革命后致富发迹的。1814 年，巴尔扎克随父亲来到巴黎。在法科学院毕业后，他拒绝家庭为他选择的受人尊敬的法律职业，而立志当文学家。为了获得独立生活和从事创作的物质保障，他曾试笔并插足商业，从事出版印刷业，但都以破产告终。不过这一切都为他认识社会、描写社会提供了极为珍贵的第一手材料。他不断追求和探索，在哲学、经济学、历史、自然科学、神学等领域进行了深入研究，积累了极为广博的知识。

巴尔扎克

1939 年　法国　巴尔扎克

1999 年　保加利亚　巴尔扎克

1999 年　摩纳哥
巴尔扎克

1829 年，巴尔扎克完成长篇小说《舒昂党人》。这部取材于现实生活的作品为他带来巨大声誉，也为法国批判现实主义文学的确立奠定了第一块基石。巴尔扎克将《舒昂党人》和计划要写的近百部小说总命名为《人间喜剧》，并为之写了《前言》，阐述了他的现实主义创作方法和基本原则，从理论上为法国批判现实主义文学奠定了基础。巴尔扎克在艺术上取得巨大成就，特别是在小说结构方面匠心独运，多种多样，不拘一格，并善于将集中概括与精确描摹相结合，以外形反映内心本质等手法来塑造人物；他还善于以精细入微、生动逼真的环境描写再现时代风貌。

长期的辛劳严重损害了巴尔扎克的健康，刚过 50 岁，他就重病缠身了。在生命垂危时刻，他仍然沉浸在自己制造的文学世界中。他恳求医生延长他的生命，哪怕是能够延长一天，就能再写出一部作品。然而 1850 年 8 月 18 日，巴尔扎克最终闭上了他那智慧的双眼，结束了他辛勤耕耘的文学生涯。

《巴尔扎克选集》中文版

巴尔扎克一生创作的长、中、短篇小说和随笔近百部，其中《人间喜剧》是巴尔扎克用“编年史的方式”描写的 19 世纪上半叶“法国社会的全部历史”。资产阶级取代贵族阶级的发家史和贵族阶级的衰亡史构成了《人间喜剧》总集的“中心画图”。《人间喜剧》有长、中、短篇小说 96 部，采用分类整理、编目和人物再现的办法，把众多的人物和篇章连成一个整体。巴尔扎克把全部作品分为“风俗研究”“哲学研究”“分析研究”等三大类，其中“风俗研究”是小说总集的主干部分，从各个方面反映法国的当代生活。小说家根据这一部分作品的不同侧重点，又分出“私人生活场景”“外省生活场景”“巴黎生活场景”“政治生活场景”“军事生活场景”“乡村生活场景”六个部分，其中代表作有《欧也妮·葛朗台》《高老头》。100 多年来，他的作品传遍了全世界，对世界文学的发展和人类进步产生了巨大的影响。马克思、恩格斯称赞他是“超群的小说家”“现实主义大师”。

1999 年　乌克兰　巴尔扎克

1999 年　马尔代夫　巴尔扎克

二、巴尔扎克的《高老头》

《高老头》发表于 1834 年，是巴尔扎克最优秀的作品之一。小说以 1819 年底和 1820 年初为时代背景，以伏盖公寓和鲍赛昂夫人的沙龙为舞台，以高老头和拉斯蒂涅两个人物基本平行而又交叉的故事为主要情节，真实地表现出波旁王朝复辟时期的法国社会面貌。

版画《巴尔扎克》

雕塑《巴尔扎克》

1891 年冬，在巴黎拉丁区有一个叫伏盖公寓的包饭客房，是一个叫伏盖的美国老妇人开的。这里住着各种各样的人：有穷大学生拉斯蒂涅；歇业的面粉商人高里奥；外号叫“鬼上当”的伏脱冷；被大银行家赶出家门的泰伊番小姐；骨瘦如柴的老处女米旭诺等。69 岁的高老头，6 年前结束了他的面粉买卖后，住到了伏盖公寓二楼一间最好的房间，每年交 1200 法郎的膳宿费，是这所公寓里最体面的房客，人们都叫他高里奥先生。第二年年末，高老头要求换次等房间，并且整个冬天屋子里没有生火取暖，膳宿费也减为 900 法郎。第三年，高老头又要求换到最低等的房间，每月房钱降为 45 法郎，他戒了鼻烟，金刚钻、金烟匣、金链条等饰物也不见了，人也越来越瘦，看上去活像一个可怜虫。

1939 年　法国极限片　巴尔扎克

1999 年　罗马尼亚　巴尔扎克

高老头是法国大革命时期起家的面粉商人，中年丧妻，他把自己所有的爱都倾注在两个女儿身上。为了让她们挤进上流社会，从小给她们良好的教育，出嫁时给了她们每人 80 万法郎的陪嫁。他让大女儿嫁给了雷斯多伯爵，做了贵妇人；小女儿嫁给银行家纽沁根，成为金融资产阶级阔太太。他满以为女儿嫁了体面人家，自己便可以受到尊重、奉承。哪知不到两年，女婿竟把他当作要不得的下流东西赶出家门。高老头为了获得他们的好感，忍痛出卖了店铺，将钱一分为二给了两个女儿，自己便搬进了伏盖公寓。两个女儿只要爸爸的钱，并为钱吵架。当高老头没钱了，且患了初期脑出血症时，两姐妹都没来看他一次，大女儿关心的是即将参加盼望已久的鲍赛昂夫人的舞会；二女儿来过一次，但不是来看望生病的父亲的，而是要父亲给她支付欠裁缝的 1000 法郎的定金。可怜的高老头快断气了，他还盼望着两个女儿能来见他一面。拉斯蒂涅差人去请他的两个女儿，但谁都借故不来。老人眼中冒出眼泪，长叹一声，说：“唉，爱了一辈子的女儿，到头来反给女儿遗弃！”

1939 年　法国　巴黎铁塔

高老头走了，只有拉斯蒂涅张罗着高老头的丧事，两个女儿女婿只派了两驾空车跟在灵柩后面。棺木是由一个大学生向医院廉价买来的，送葬费由拉斯蒂涅卖掉金表支付的。他目睹这一幕幕悲剧，随着高老头的埋葬也埋葬了自己最后一滴同情的眼泪，他决心向这个无情的社会挑战。

巴尔扎克的《高老头》展示了《人间喜剧》的中心画图，反映了复辟时期的法国社会，塑造了一系列富有典型意义的人物形象，揭开了小说总集人物体系的序幕，是过去作品的总集、未来作品的基石，一部典型的巴尔扎克式的小说。《高老头》揭露了资本主义世界中人与人之间赤裸裸的金钱关系，并多方面触及资本主义社会的累累罪恶。高老

雕塑《巴尔扎克》

法国　巴黎街景

头的两个女儿，在高老头的培养下过着奢华的生活。然而当高老头的钱越来越少，无法满足她们时，她们仍然设法榨取他仅存的钱财；在财产面前，亲姐妹成为不共戴天的敌人，高老头之死是这场家庭丑剧的高潮。《高老头》这部作品在展示社会生活的广度和深度方面，在反映作家世界观的进步性和局限性方面，在表现《人间喜剧》的结构安排和艺术成就方面，都具有代表意义，标志着巴尔扎克现实主义艺术风格的成熟。

第四节　法国批判现实主义作家福楼拜

一、居斯塔夫·福楼拜的生平与创作

居斯塔夫·福楼拜（Gustave Flaubert，1821—1880），19 世纪中叶法国伟大的批判现实主义作家。福楼拜出生在卢昂一个著名的外科医生家庭。从小生活在医院环境中培养了福楼拜实验主义倾向，使他注意对事物的缜密观察而与宗教格格不入。上中学时，他就热心阅读浪漫主义作品，并从事文学习作。1840 年，福楼拜赴巴黎攻读法律，这期间他结识了法国大文豪雨果、女诗人路易丝·高莱。1843—1845 年，他完成了《情感教育》初稿。1846 年父亲去世后，他在卢昂附近的克罗瓦塞别墅定居，埋头于文学创作，除偶尔到巴黎拜会文艺界的朋友外，在那里独居而终其一生。

1952 年　法国　福楼拜

1849—1851 年，福楼拜去马其顿、埃及、巴勒斯坦、叙利亚、土耳其、希腊和意大利旅行，这为他日后的创作积累了丰富的素材。他在这些国家所见到的社会现象使他大为失望。种种丑恶现象，加深了他的悲观主义倾向，甚至对人类的前途失去信心。50—60 年代，福楼拜完成了三部主要作品：《包法利夫人》《萨朗波》和《情感教育》。《包法利夫人》的发表，轰动了当时的法国文坛。但是这部作品很快受到了当局的指控，罪名是败坏道德，诽谤宗教。后来福楼拜虽然免于刑事处分，但是“政府攻击、报纸谩骂、教士仇视”的局面，对他产生很大的压力，以至于使他放弃了现实题材的

福楼拜漫画

创作，转向古代题材。经过 4 年的艰苦写作，历史小说《萨朗波》终于问世。《萨朗波》描写公元前 3 世纪迦太基的雇佣军哗变起义的历史故事。起义军在首领马托的率领下，很快得到全国群众揭竿响应。迦太基统帅汉密迦的女儿萨朗波倾慕马托的勇敢，在哗变之初就对马托表示过好感，马托也爱上了她。起义军虽经过艰苦的浴血战斗，最终还是被镇压下去，马托被俘。政府当局决定在萨朗波和纳哈法举行婚礼时处决马托。萨朗波在神殿石阶上见到马托鲜血淋漓地被押解过来时，便殉情而死。《情感教育》是作者第二部以当代生活为题材的伟大作品。小说的副题是“一个青年的故事”。主人公弗雷德利克·莫罗出身于法国外省的一个中产阶级家庭，1840 年去巴黎上大学，在旅途中与画商阿尔努夫妇相识，他对阿尔努夫人一见钟情，回巴黎后想方设法跟她接近。阿尔努夫人稳重端庄，不滥用感情。莫罗由于得不到阿尔努夫人的爱情，又和交际花萝莎妮媾和，还有了一个孩子。从此他陷入双重恋爱中不能自拔。与此同时，他和具有各种政治倾向的人物交往，以至于学业荒废。后来由于家庭经济困难，只得蛰居家乡。直到 1845 年，他得到叔父的一笔遗产，才重返巴黎，做股票投机生意。1848 年二月革命爆发，他狂热了一阵，但到六月革命时，政治热情已经完全消失。为了跻身上流社会，他又去追求大银行家唐布罗士的妻子，但遭到拒绝。他不得已返回家乡，想去找过去一直迷恋着他的女子路易丝，但此时她已嫁给他的朋友戴洛立叶。小说以他和戴洛立叶在炉边一起回忆无聊虚度的一生而结束。《情感教育》是 19 世纪西方文学中一部不可多得的小说名著。

1952 年　法国　福楼拜

1871 年巴黎公社革命爆发，福楼拜对此采取了敌视和诋毁的态度。70 年代，他又一次修改了《圣安东尼的诱惑》。这部于 1874 年定稿的作品，

油画《福楼拜》

通过一系列群魔作恶的场面，描写了中世纪埃及一位圣洁隐士克服魔鬼种种诱惑的故事，表达了作者对社会贪欲的极端厌恶，也反映出作者的悲观主义和宿命论情绪。晚年的福楼拜除悉心指导莫泊桑写作外，一直在写最后一部长篇小说《布瓦尔和佩库歇》，只差一章没有完成。这部小说可以说是《情感教育》的姊妹篇，可称为“理智教育”。它描写的是1848年革命在外省的反响，与《情感教育》所描写的1848年革命时期的巴黎相呼应。革命期间外省保守势力的惶恐不安与嚣张气焰，拿破仑三世上台时教士们欢欣鼓舞的情态，以及工农

油画《情感教育》

群众的情绪和动向，在小说里都有真实的描绘。小说还写了两个抄写员有了钱，去“探索”科学和真理，但一一遭到失败，最后只好又回到抄写的老本行。作者对他们进行科学试验的漫画化的描绘，影射了资产阶级文化所面临的危机，揭露了资产阶级科学文化领域里的主观主义和经验主义。福楼拜对资本主义社会的方方面面都感到失望，他的这种情绪在他身后才出版的讽刺性作品《庸见词典》中也有所表现。

1963年　法国　邮政马车

二、长篇小说《包法利夫人》

《包法利夫人》是福楼拜的代表作之一。作者通过一个富有激情的妇女爱玛的经历，以简洁而细腻的文笔，再现了 19 世纪中期法国的社会生活。《包法利夫人》的艺术形式新颖，不仅是一部模范小说，也是一篇模范散文。虽然《包法利夫人》给作者带来了麻烦，社会上许多人对号入座，批评福楼拜这部书“破坏社会道德和宗教”，甚至使他被法院以“有伤风化”罪传唤，但仍有许多读者向福楼拜表示同情和支持。作家最终被宣告无罪。这部作品在文学界影响巨大，波德莱尔、圣勃夫、左拉等人纷纷给予这部作品极高的评价。

油画《包法利夫人》

《包法利夫人》的主人公爱玛·鲁奥是一个农庄女孩，美丽但不文静，因为父亲腿骨折受伤而认识了平凡的小镇医生夏尔·包法利。包法利被爱玛的美貌倾倒，向她求婚。在成为包法利夫人后，平淡的婚姻生活让爱玛大失所望。爱玛沉浸在追求炙热爱情的美梦中，先后结识了才华横溢的年轻人赖昂和贵族鲁道夫，并发生了越轨的行为，忽略了丈夫和新生的孩子，使她走上自我毁灭的道路。

电影《包法利夫人》剧照

1953 年　法国实寄封　福楼拜

鲁道夫只是一个逢场作戏的花花公子，在厌倦了爱玛的肉体之后，决定抛弃爱玛而到卢昂去找另一个情妇。爱玛知道后气得大病一场。病好以后，她想痛改前非，开始新生活。包法利医生带她去卢昂看戏解闷，凑巧在剧场里遇到了爱玛曾为之心动的赖昂。于是两人旧情复燃，她以学钢琴之名义，偷偷跟赖昂幽会。陷入热恋的爱玛，从服装商人勒内那儿赊购了大量的服饰打扮自己，累积大量债务，迫使爱玛瞒着丈夫用房产权抵押了债务。借债和典当，使得爱玛陷入困境，法院限定爱玛在 24 小时内，把全部 8000 法郎的借款还清。她求助于情人赖昂，暗示要他盗用公款，赖昂却对她冷漠以待。最后爱玛在绝望之际服毒自杀，痛苦地离开了这个世界。包法利先生受到严重打击，不久也死了。爱玛留下的女儿寄养在姨母家里，因姨母家穷，后来进了纱厂。

福楼拜漫画

《包法利夫人》是一部精心创作的作品，自从问世以来即成为“完美”的象征。福楼拜对语言和文体十分敏感，创作态度更是兢兢业业、一丝不苟。在《包法利夫人》这部作品中，作者并未随意处理任何一个细节和线索，力图做到尽善尽美。叙事的节奏，语言的分寸、速度和强度的安排都恰到好处。作品中的每一个人物的出场次序、在故事中占的比重、主要人物与次要人物的关系都符合特定的比例。米兰·昆德拉有一句流传很广的名言，大意是：直到福楼拜的出现，小说才终于赶上了诗歌。福楼拜的《包法利夫人》具有划时代意义，被认为是“新艺术的法典”，一部“最完美的小说”，“在文坛产生了革命性的后果”。由于这部作品的问世，福楼拜在一夜之间成为足可与斯丹达尔、巴尔扎克比肩的小说大师，举世公认的杰出的文学家。

《包法利夫人》纪念币

捷克斯洛伐克作家米兰·昆德拉

第五节　法国象征派诗人波德莱尔

夏尔·波德莱尔（Charles Baudelaire，1821—1861），法国 19 世纪最著名的现代派诗人，象征派诗歌先驱。他出生于巴黎，幼年丧父，母亲改嫁。继父欧皮克将军曾任法国驻西班牙大使。波德莱尔对母亲感情深厚，但不能接受继父的专制和压制，并直接影响诗人的思想和创作。波德莱尔在抒情诗中挣脱资产阶级的传统和道德的枷锁，以求得精神的平衡，他还参加过 1848 年巴黎工人武装起义。波德莱尔成年后继承了生父的遗产，与巴黎文人艺术家交游，过着波希米亚式的浪荡生活。他的主要诗篇都是在这种内心矛盾和苦闷的气氛中创作的。

1971 年　摩纳哥
波德莱尔

波德莱尔和《恶之花》

油画《波德莱尔》

波德莱尔的代表作是诗集《恶之花》。它奠定波德莱尔在法国文学史上的重要地位。此外，他还发表了散文诗集《巴黎的忧郁》和《人为的天堂》，文艺评论论集《美学管窥》和《浪漫主义艺术》。波德莱尔还翻译过美国诗人爱伦·坡的《奇异故事集》和《奇异故事续集》。波德莱尔对象征主义诗歌的贡献之一，是针对浪漫主义的重情感而提出重灵性，而所谓灵性，其实就是思想。

波德莱尔的诗集《恶之花》1857 年问世，此后多次重版，收入的诗歌也有所增益。《恶之花》的“恶”字，法文原意不仅指恶劣与罪恶，也指疾病与痛苦。波德莱尔在诗集的扉页上题献给诗人戈蒂耶时，称他的诗篇为“病态之花”，是一种“病态”的艺术。他对于使他遭受“病”的折磨的现实世界怀有深刻的仇恨。从题材上看，《恶之花》歌唱醇酒、美人，强调感官的陶醉，似乎诗人愤世嫉俗，对现实生活采取厌倦和逃避的态度。实质上，作者对现实生活不满，对客观世界采取了绝望的反抗态度。他揭露生活的阴暗面，歌唱丑恶事物，甚至不厌其烦地描写一具腐尸蛆虫成堆、恶臭触鼻，来表现其独特的爱情观。

1967 年　法国　波德莱尔

波德莱尔的《恶之花》曾一度被认为是淫秽的读物，遭到当时政府的禁止并被处以罚款，这使得诗人身心受到打击。但对于波德莱尔和《恶之花》历来有各种不同的评论。保守的评论家认为波德莱尔是颓废诗人，《恶之花》是毒草。资产阶级权威学者如朗松和布吕纳介等，对波德莱尔也多所贬抑，但他们不得不承认《恶之花》的艺术特色。朗松在批评波德莱尔颓废之后，又肯定他是“强有力的艺术家”。诗人雨果曾给波德莱尔去信，称赞这些诗篇“像星星一般闪耀在高空”。雨果说：“《恶之花》的作者创作了一个新的寒战。”波德莱尔不但是法国象征派诗歌的先驱，而且是现代主义的创始人之一。现代主义认为，美学上的善恶美丑，与一般世俗的美丑善恶概念不同，是诗人用最适合于表现他内心隐秘和真实情感的艺术手法，独特地完美地显示自己的精神境界，而《恶之花》正是出色地完成了这样的美学使命。

1985 年　法国
雨果和波德莱尔

第六节　英国现实主义作家狄更斯

1970 年　喀麦隆　狄更斯

查尔斯·约翰·赫芬姆·狄更斯（Charles John Huffam Dickens，1812—1870），19 世纪英国伟大的现实主义作家。他出身于贫苦的小资产阶级家庭，父亲是英国海军军需处的小职员。狄更斯 12 岁时，父亲因负债而入狱，造成家庭生活窘迫，只能断断续续入校求学，后被迫到工场做童工。由于他只上过几年学，主要靠自学和深入生活获得知识和文学素养。16 岁时，他在一家律师事务所当缮写员，走遍伦敦的大街小巷，广泛了解社会。狄更斯 20 岁开始担任报馆采访记者，熟悉议会政治中的种种弊端。狄更斯在采访之余开始文学创作，他常带着笔记本在伦敦偏僻的角落和乡村漫游，为日后的创作搜集了丰富的素材。

狄更斯生活在英国由封建社会向资本主义社会过渡时期，资本主义的发展使大批小资产者贫困、破产，无产阶级遭到残酷的剥削。当时在英国发生的宪章运动是一场无产阶级革命运动，给予狄更斯很大的影响，他的作品反映了宪章运动时代人民群众的情绪和要求。但狄更斯始终是个改良主义者，他同情劳苦人民，又害怕革命。狄更斯的创作大致可分为三个时期。

1970 年　圣卢西亚　狄更斯

2012 年　英国奥尔德尼岛首日封　狄更斯

1970 年　英属维尔京群岛
狄更斯《奥立佛·退斯特》

早期创作，狄更斯主要为伦敦的《晨报》等撰写特写，表现伦敦城乡的风俗人情和景物、对生活的爱和憎。1836 年出版了《特写集》。1837 年狄更斯第一部长篇小说《匹克威克外传》开始在报上连载，作品采用了流浪汉小说的形式，是一部《堂吉诃德》式的作品，暴露了当时英国现实生活的黑暗和作者不受封建压迫和资产阶级剥削的思想和情绪。《奥立佛·退斯特》揭露了慈善机构虐待儿童的罪恶，抨击了“新济贫法”。《老古玩店》反映对弱者的迫害，主人公耐儿是作者创作中重要的儿童形象之一。狄更斯早期的小说，气势宏伟，通俗流畅，幽默泼辣而又充满感伤情调，其中对社会的揭露批判，一般只限于局部的制度和领域。

2012 年　圣基茨和尼维斯小全张　狄更斯

中期创作是狄更斯创作的成熟阶段，代表作品有小说《董贝父子》《马丁・朱什尔维特》等。《董贝父子》中的董贝是 19 世纪 40 年代英国商业资本家的典型，他冷酷、傲慢、自负，自以为是世界的主人。作品通过董贝先生与儿子保罗、女儿弗洛伦斯的关系，探讨了财势对人类美好天性的侵蚀，体现了作家对人类社会前途的忧患感。

1970 年　英属维尔京群岛

狄更斯　《双城记》

1970 年　英属维尔京群岛

狄更斯　《伟大的期望》

后期创作是狄更斯创作的繁荣时期。由于英、法革命运动的失败，资产阶级的反动势力更加嚣张，狄更斯对社会的认识不断深化，作品反映的社会生活也更加广阔。这时期狄更斯的重要代表作品有《大卫・科波菲尔》《荒凉山庄》《艰难时世》《小杜丽》《双城记》《伟大的期望》《我们共同的朋友》等。《大卫·科波菲尔》是一部近似自传体的小说，包含着作者的一些生活体验和社会理想，是反映19世纪中叶英国中下层社会的长篇画卷。《艰难时世》反映了40—50年代英国尖锐的劳资矛盾，抨击了功利主义哲学扼杀人性的罪恶，揭露了这个繁荣盛世其实就是扼杀人性的艰难时世。《小杜丽》详尽描绘了负债人的监狱生活，同时也更为深入地揭露了英国官僚制度和机构的冗繁、腐朽。《双城记》是狄更斯创作思想和艺术表现达到成熟时期的杰作。作品生动描绘了法国大革命中巴黎人民攻打巴士底狱的情景和惩罚压迫者的历史画面，反映了法国大革命轰轰烈烈的斗争场面。小说结构复杂严谨，浪漫主义色彩与现实主义手法有机结合。《远大前程》在探讨人生道路方面更有现实性和警世性，而作者早年的乐观态度明显减少。主人公匹普是个孤儿，但经不起环境的诱惑丧失了原有的淳朴天性，经历严酷的磨难后才幡然悔悟，重新生活。《我们共同的朋友》是又一部广泛深入社会的批判小说，其中所包含的人性探索和生活哲理也更见深刻，作品运用的象征主义和侦探小说手法更增添其艺术魅力。狄更斯最后一部小说《艾德温·德鲁德之谜》虽仅完成23章，但从中也可见其精雅文笔、严谨构思以及诱人的悬念和神秘色彩。

2011年　狄更斯
《奥立佛·退斯特》邮戳

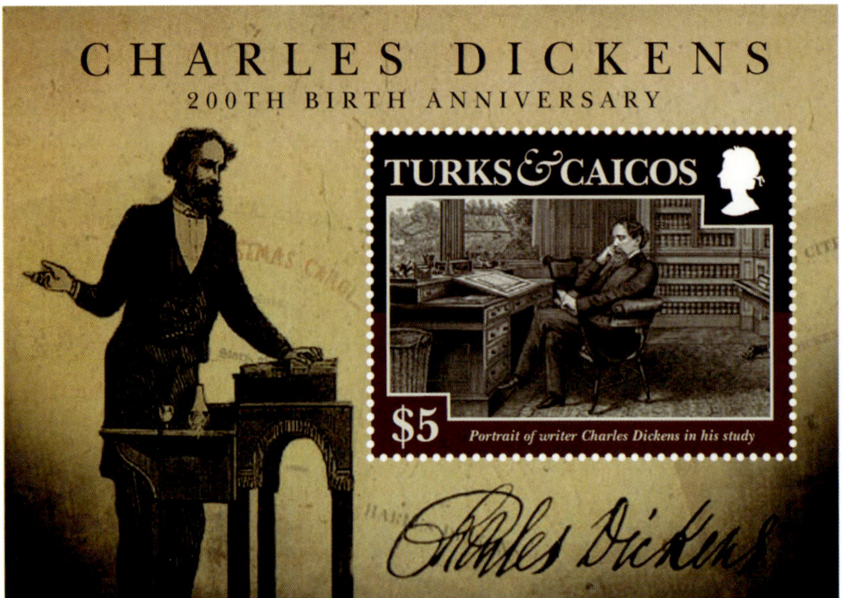

2012年　特克斯和凯科斯群岛小型张　狄更斯

狄更斯一生刻苦写作，创作了 14 部长篇小说（其中有一部未完成），以及许多中短篇小说、杂文、游记、戏剧等。他晚年常常白天写作，晚上被邀请去朗诵自己的作品，繁重的劳动、家庭和社会上的烦恼，以及对改变现实的失望，损害了他的健康。1870 年 6 月 9 日在写作小说《艾德温·德鲁德之谜》时去世。狄更斯是一位以反映现实生活见长的作家。他在自己的作品中，以高超的艺术手法，描绘了包罗万象的社会图景。作品一贯表现出揭露和批判的锋芒，贯彻惩恶扬善的人道主义精神，塑造出众多令人难忘的人物形象。他的作品在全世界盛行不衰，深受广大读者的欢迎，并对英国文学发展起到重要影响。

2012 年　英国　《奥立佛·退斯特》

第七节　德国民主主义诗人海涅

克里斯蒂安·约翰·海因里希·海涅（Christian Johann Heinrich Heine，1797—1856），19 世纪德国民主主义诗人、文艺批评家和政论家。海涅出身于莱茵河畔杜塞尔多夫一个犹太商人家庭。贫困的出身和犹太人的血统，使他饱受社会的压迫和民族歧视。童年和少年时期，他经历了拿破仑战争，开始接受法国资产阶级革命的影响，并逐步确定了一生的思想和创作方向。1819—1824 年，在伯父的资助下，海涅先后断续在波恩大学、格廷根大学、柏林大学学习法律和哲学并开始从事诗歌创作。海涅早期的主要诗作有《青春的苦恼》《抒情插曲》《还乡集》《北海集》等组诗，多以个人遭遇和爱情苦恼为主题，反映了封建专制下个性所受到的压抑以及找不到出路的苦恼。海涅的这些诗作于 1827 年收集出版时，题名为《诗歌集》。诗集表现了鲜明的浪漫主义风格，感情淳朴真挚，民歌色彩浓郁，受到广大读者欢迎，其中不少诗歌被作曲家谱上乐曲，在德国广为流传，是德国抒情诗中的重要之作。

1997 年　德国　海涅

1997 年　德国　海涅

1824—1828 年，海涅游历了德国、意大利和英国的许多地方，大大开阔了社会视野，加深了对现实生活的认识与理解，写下了 4 部散文旅游札记。《哈尔茨山游记》以幽默活泼的笔调描绘了 20 年代令人窒息的德国现状，同时又以抒情笔调描绘了祖国的壮丽景色和山区矿工的劳动生活。《观念——勒·朗格特文集》描绘了法国军队进入故乡，表现了作者对法国革命的向往和对德国封建统治的憎恶。《从慕尼黑到热那亚的旅行》描绘了意大利的风光和社会生活，揭露了贵族天主教的反动性，同时对贵族作家脱离现实的倾向进行了批判。《英国片段》描绘了富有的贵族和资产阶级与劳动人民的尖锐对立，揭露了大资产阶级的贪婪和掠夺。这 4 部札记的共同倾向是抨击德国的专制制度，

1972 年　民主德国小型张　海涅

匈牙利小型张　和平鸽

渴望资产阶级革命能为德国带来彻底的变革。这 4 部旅行札记的创作表明，海涅在思想上已成长为一个革命民主主义者；在艺术上，海涅已从青年时代对个人遭遇与感情的描写，转向对社会现实的探讨，走向现实主义道路。1830 年，法国七月革命爆发，海涅怀着对革命的向往，离开祖国迁居巴黎，开始了生活创作的新阶段。这期间，他结识了法国著名诗人、作家雨果、巴尔扎克、乔治・桑和波兰音乐家肖邦，从而接触到欧洲各种社会思潮。1933 年发表了著名的论著《论浪漫派》，从浪漫派与政治、宗教的关系中，剖析德国浪漫派文学运动的主要特征。在《论德国宗教和哲学的历史》中，他向人们揭示了德国古典哲学体系中所包含的震撼世界的革命思想。1840 年和 1842 年，海涅还发表了长篇政论《论路德维希・别尔内》和著名长诗《阿塔・特洛尔》。

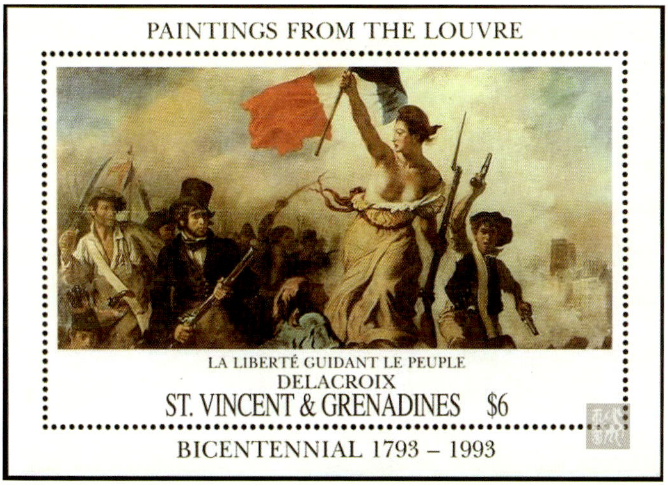

1993 年　格林纳达　法国革命

19 世纪 40 年代，马克思、恩格斯创建科学社会主义学说，为无产阶级革命奠定了思想基础。1843 年，海涅与马克思相识，海涅的创作达到顶峰，风格也更倾向于批判现实主义。《德国——一个冬天的童话》是海涅这时期最成熟的作品，表达了强烈的革命思想，有些诗作还宣传了社会主义。1845 年始，海涅患瘫痪症并开始恶化。1848 年 5 月，海涅最后一次出门，去了卢浮宫博物馆，之后在床上度过了 8 年“床褥墓穴”般的生活。在此期间，海涅仍然不断创作，于 1851 年完成了抒情诗集《罗曼采罗》。1856 年 2 月 17 日，海涅在巴黎逝世。

2004 年　罗马尼亚　乔治・桑

1956 年　民主德国　海涅

2010 年　葡萄牙　肖邦

海涅既是浪漫主义诗人，也是浪漫主义的超越者。他为了使日常语言诗意化，将报刊上的文艺专栏和游记提升为一种艺术形式，赋予了德语一种鲜为人知的风格上的轻松与优雅。海涅是作品被翻译得最多的德国诗人之一。他最广为人知的一首诗可能是由门德尔松为之作曲的通过音乐传播的《乘着歌声的翅膀》。长诗《德国——一个冬天的童话》以极其尖锐的讽刺形式，暴露宗教和教会的残酷腐朽，讽刺德国资产阶级的怯懦、平庸以及对封建势力的妥协。海涅成功地运用不同色调的讽刺手法，大大地增强了这部作品的批判力量。

第八节　俄国批判现实主义文学家果戈理

尼古拉·瓦西里耶维奇·果戈理（Nikolai，Vasilievich Gogol，1809—1852），19 世纪前半叶俄国伟大的作家、俄国象征主义文学流派的源头、批判现实主义文学的奠基人。他生于乌克兰的一个地主家庭，自幼爱好文学，深受启蒙运动的影响。父亲是当地有名望的乡绅，曾尝试写作，是一名诗人和民间喜剧作家。父亲经常在朋友家的家庭舞台上上演自己写的喜剧，还在其中扮演主要角色。这一切给早年间的果戈理留下了

1952 年　苏联　果戈理

1957 年　波兰　果戈理

2009 年　俄罗斯小全张　果戈理及其作品

深刻的印象，激发了他对戏剧乃至文学的爱好。他的母亲是一名虔诚的东正教徒，这对后来果戈理对东正教的狂热崇拜打下了一定的基础。

2008 年　乌克兰　果戈理

果戈理于 1821 年就读于波尔塔瓦省涅仁高级科学中学，毕业后前往圣彼得堡。1831 年遇到普希金，成为他的朋友并在普希金的帮助下走上写作的道路。1834 年起在圣彼得堡大学教授历史，其间创作了一系列的短篇小说。第一篇小说《狄康卡近乡夜话》描写迂回曲折，充满幻想，具有民间风格。1836 年，他的《钦差大臣》出版，引起当局不满，果戈理被迫离开俄国前往罗马。

果戈理的《狄康卡近乡夜话》受到了普希金的赞誉。此后果戈理在意大利和德国生活了近 5 年时间，其间创作的《死魂灵》于 1842 年出版，主题是受普希金的启发产生的。果戈理认为，上帝赋予他写作的天才，要让他向俄国指明在一个罪恶的世界中

2009 年　乌克兰小型张　果戈理

如何正确地生活，因此他不满意自己的作品，于 1845 年 6 月将已经写出的第一部《死魂灵》书稿烧毁，重新写作。由于果戈理沉迷于东正教的信仰中，1847 年出版了《与友人书简选》，歌颂官方教会和曾经被他谴责过的势力，受到曾经敬仰他的人们的批评。1848 年，果戈理前往耶路撒冷朝圣，回来后神父马修斯·康斯坦丁诺夫斯基认为他的作品在上帝的眼中是一种罪恶，要求他烧掉第二部《死魂灵》书稿。果戈理的其他作品还有《婚事》（两幕

1952 年　德国　果戈理

2009 年　俄罗斯小型张　果戈理

1952 年　苏联　果戈理

喜剧）、《汉斯・丘赫尔加坚》（田园诗）以及《五月的傍晚》《阿拉伯风格》《狂人日记》《告别剧场》《两个伊凡吵架的故事》《神圣礼拜的思考》《我的老情人》《内维斯基的前程》《外套》《索罗庆采市场》《童山之夜》《塔拉斯・布尔巴》《卡拉施马车》《幔帐》《神秘的画像》《肖像》《鼻子》《马车》《肖像》《狄康卡近乡夜话》《罗马》和《摩尔格罗德和狄康卡附近村庄的傍晚》《彼得堡的故事》等。1852 年 2 月，果戈理烧掉几近完成的书稿，然后就病倒了，后于 3 月 4 日辞世。

1952 年　苏联邮资明信片　果戈理

果戈理最著名的作品是五幕喜剧《钦差大臣》和长篇小说《死魂灵》。《钦差大臣》是一部讽刺喜剧，剧中外省官僚代表、市长安东・安东诺维奇是一个反动官僚的典型，通过他，作者突出表现了沙皇专制政府的腐朽性和反动性。同时，作者以犀利的笔锋批判和讽刺了整个腐败的沙俄官僚集团，无情地揭开了他们的丑恶面目，显示了黑暗王国的真实图景，描绘出一幅群魔乱舞的百丑图。

2009 年　马尔代夫　果戈理

长篇小说《死魂灵》描写的是俄国农奴制度崩溃时期农奴主阶级衰亡的历史。其价值不仅在于它通过对百病缠身的封建贵族农奴主形象的描写，揭示了专制农奴制不可避免的崩溃的趋势，还在于它形象地描写了带着血腥味走上社会舞台的新兴资产阶级，并且对这个阶级的与生俱来的掠夺性和对金钱的崇拜进行了深刻的批判和嘲讽。小说的中心人物乞乞科夫是俄国新兴资产阶级的代表，在他的身上体现了新兴资产阶级的冷酷和贪婪。小说《死魂灵》在艺术上具有突出成就，是一种含泪的讽刺。鲁迅先生把果戈理的讽刺称为“含泪的微笑”。《死魂灵》一出版，就“震撼了整个俄罗斯”，成为俄罗斯文学走向独创性和民族性的重要标志。别林斯基称他为继普希金之后的“文坛盟主”“诗人的魁首”。

第九节 俄国批判现实主义作家屠格涅夫

伊凡·谢尔盖耶维奇·屠格涅夫（Ivan Sergeevich Turgenev，1818—1883），俄国批判现实主义作家、诗人和剧作家，是19世纪俄国享有世界声誉的现实主义艺术大师。他出身于世袭贵族之家，母亲是个大农奴主，屠格涅夫的童年就是在母亲的大庄园里度过的。1827年，全家迁居莫斯科。1833年，屠格涅夫进莫斯科大学文学系，一年后转入彼得堡大学哲学系，毕业后到德国柏林大学攻读哲学、历史、希腊文与拉丁文。在大学时代，屠格涅夫就开始写作抒情诗、叙事诗和诗剧，翻译莎士比亚、拜伦和歌德等人的诗歌作品。他曾经有机会见过普希金，非常崇拜他的诗才，诗歌创作也深受普希金的影响。1843年春，屠格涅夫发表叙事长诗《巴拉莎》受到别林斯基的好评，二人建立深厚友谊。1847—1851年，屠格涅夫在进步刊物《现代人》上发表第一部现实主义作品《猎人笔记》，以一个猎人在狩猎时所写的随笔形式出现，包括25个短篇故事。全书在描写乡村山川风貌、生活习俗、刻画农民形象的同时，深刻揭露了地主表面上文明仁慈，实际上丑恶残暴的本性，充满了对劳动人民的同情，写出了他们的聪明智慧和良好品德。由于作品反农奴制的倾向触怒了当局，沙皇政府以屠格涅夫发

1968年　苏联　屠格涅夫

2007年　俄罗斯　草原

表追悼果戈理文章违反了审查条例为由，将其拘捕、放逐。屠格涅夫在拘留所中写出了著名的反农奴制的短篇小说《木木》。

19 世纪 50—70 年代是屠格涅夫创作的旺盛时期。他陆续发表了 6 部长篇小说：《罗亭》《贵族之家》《前夜》《父与子》《烟》和《处女地》。其中《罗亭》是他的第一部长篇小说，反映了 40 年代贵族知识分子在思想上的探索，塑造了罗亭脱离实际、意志软弱、缺乏实践能力的形象，是继奥涅金、皮却林之后又一个“多余的人”形象。所不同的是，罗亭最后死于 1848 年 6 月的巴黎巷战中，表现了贵族知识分子参与解放运动的英勇形象。《父与子》是屠格涅夫创作的最高成就。作品反映了代表不同社会阶级力量的“父与子”的关系，描写亲英派自由主义贵族代表基尔沙诺夫的“老朽”和平民知识分子巴札罗夫的性

1943 年　苏联　屠格涅夫

屠格涅夫墓地

格。主人公巴扎罗夫狂傲，重视行动，重视科学实验，是作者假想的新人形象，但是遭到民主派的抨击。但巴扎罗夫身上也充满矛盾，他是旧制度的叛逆者，一个“虚无主义者”，否认一切旧传统、旧观念；他宣称要战斗，但却没有行动。作品充分体现了屠格涅夫艺术风格，塑造了典型的人物形象，忠于现实，超越了自己世界观的局限，小说问世后在文学界引起剧烈争论。1852 年秋天，少年时期的列夫·托尔斯泰撰写的小说《童年》得到了屠格涅夫的欣赏和鼓励，给了他很大信心，为他日后成为具有世界声誉的文学家奠定了基础。

1943 年　苏联　屠格涅夫

1968 年　苏联首日封　屠格涅夫

1978 年　保加利亚　屠格涅夫

从 19 世纪 60 年代起，屠格涅夫大部分时间在西欧度过，结交了许多著名作家、艺术家，如左拉、莫泊桑、都德、龚古尔等，参加了在巴黎举行的“国际文学大会”，被选为副主席（主席为维克多·雨果）。屠格涅夫晚年的代表作《散文诗》抒发了远离祖国、身患重病的苦闷情绪。这是他的感怀之作，多数篇章流露出前途渺茫、消极悲观的情调，但又表现出一些格调高昂的革命理想，如《门槛》通过富有诗意的梦想，描写了一位光辉女革命者的形象。1883 年 9 月 3 日，屠格涅夫在巴黎逝世，遵照他的遗嘱，遗体被运回俄国彼得堡安葬。

屠格涅夫的作品真实地反映了俄国当时的时代变革。他高度的现实主义精神和矛盾的世界观也在作品中有所表现。他同情衰亡中的贵族阶级，而他的理智却又使他展示了平民的胜利。屠格涅夫不仅是一位多产的伟大作家，并且在文学理论和文学批评方面也有所贡献，对俄罗斯文学和欧洲文学的沟通、交流起到了桥梁作用。屠格涅夫是一位有独特艺术风格的作家，他既擅长细腻的心理描写，又长于抒情。小说结构严整，情节紧凑，人物形象生动，尤其善于细致雕琢女性艺术形象，而他对旖旎的大自然的描写也充满诗情画意。他的语言简洁、朴质、精确、优美，为俄罗斯语言的规范化做出了重要贡献。

第十节　俄国著名文学家陀思妥耶夫斯基

费奥多尔·米哈伊洛维奇·陀思妥耶夫斯基（Fyodor Dostoyevsky，1821—1881）是 19 世纪群星灿烂的俄国文坛上一颗耀眼的明星，与列夫·托尔斯泰、屠格涅夫等人齐名，是俄国文学的卓越代表。陀思妥耶夫斯基出身于一个医生家庭，童年是在父亲的庄园里度过的，因而接触到了农奴的实际生活。1834 年，他进入莫斯科契尔马克寄宿中学，毕业后入彼得堡军事工程学校。在这期间陀思妥耶夫斯基数学成绩优秀，并接受了在该校工程部制图局的工作。与此同时，他还涉猎了莎士比亚、帕斯卡尔、维克多·雨果的文学作品。一年后，他主动离职，专门从事文学创作。40 年代，陀思妥耶夫斯基结识了涅克拉索夫，在他的鼓励下，1845 年陀思妥耶夫斯基写出他的处女作《穷人》。据说涅克拉索夫看完之后万分激动，直奔别林斯基住宅，别林斯基看过后流泪拥抱陀思妥耶夫斯基，称其为“俄罗斯文学的天才”。1846 年 1 月，小说《穷人》出版即轰动文坛，受到读者的普遍赞扬，别林斯基称之为“社会小说的第一次尝试”。之后，他又先后写出了《双重人格》《女房东》《白昼》和《脆弱的心》等几个中篇小说。

1978 年　保加利亚
陀思妥耶夫斯基

1956 年　苏联
陀思妥耶夫斯基

1847 年，陀思妥耶夫斯基对空想社会主义开始感兴趣，参加了彼得堡拉舍夫斯基小组的革命活动。同年果戈理发表《与友人书信选》，别林斯基撰写《给果戈理的一封信》对其观点给予驳斥。陀思妥耶夫斯基非常喜欢别林斯基这篇文章，并寻找到手抄本在小组上朗读。1849 年 4 月

23 日，陀思妥耶夫斯基因牵涉反对沙皇的革命活动而被捕，并被判处死刑，计划于 11 月 16 日执行；在行刑之前的一刻又改判为流放西伯利亚。在西伯利亚他的思想发生了巨变，同时所患的癫痫症也发作得愈发频繁。1854 年，他被释放，但是要求必须在西伯利亚服役。1858 年，他升为少尉，从此可以有自己的时间来思考与写作。从假处决事件到西伯利亚服刑这 10 年时间是他人生重要的转折点，思想中沮丧和悲观成分加强，从早年的空想社会主义滑到“性恶论”，形成了一套以唯心主义和宗教反对唯物主义和无神论，以及温顺妥协、反对向专制制度进行革命斗争的矛盾世界观。

陀思妥耶夫斯基

1971 年　苏联　陀思妥耶夫斯基

陀思妥耶夫斯基

1860 年，陀思妥耶夫斯基流放回来后居住在圣彼得堡，创作重点逐渐转向心理悲剧。次年发表了第一部长篇小说《被侮辱与被损害的》，继承了普希金、果戈理写“小人物”的传统，描写彼得堡小官吏杰武什金和孤女杜勃洛谢洛娃的交往，对被侮辱与被损害的小人物表示深切同情。这部作品可以被看作是他创作前、后期的过渡作品，既有前期的对社会苦难人民的描写，又带有后期的宗教与哲学探讨。《穷人》里偶尔还能发出抗议的善良的人，已成了听任命运摆布的驯良的人；人道主义为宗教的感伤主义所代替。另外，小说《死屋手记》记载了作者对苦役生活的切身感受，描写了苦役犯的优秀道德品质，控诉了苦役制对犯人肉体的、精神的惨无人道的摧残，无情地揭露了沙皇俄国的黑暗统治，表露了作者倾向宗教性的人类和解的思想。1866 年，陀思妥耶夫斯基的代表作《罪与罚》出版，其可视作近代世界推理小说鼻祖。小说中的拉斯科尔尼科夫是一个纯洁、善良的优秀青年，极富同情心，同时又很有理想，对社会认识深刻。他勇于探索，并能勇敢地采取行动，以此来表示对罪恶现实的强烈不满。在他身上，我们可以看到当时俄国许多身处不幸的优秀青年知识分子的特征。《罪与罚》解析了一个人灵魂的挣扎与救赎，在艺术上情节结构完整，戏剧性强，心理描写深刻，是一部使作者获得世界声誉的重要作品。1868 年，他发表的小说《白痴》发展了“被侮辱与被损害的”主题，女主人公娜斯塔西亚强烈的叛逆性格和作为正面人物的梅什金公爵的善良与纯洁品质，使小说透出光明的色调。但一些用以攻击革命者的“虚无主义者”形象，削弱了小说的揭露力量。而等到了小说《群魔》中时，已没有“被侮辱与被损害者”的形象，而只有对革命者的攻击了。

1971 年　苏联　陀思妥耶夫斯基

《罪与罚》中文版封面

陀思妥耶夫斯基的最后一部作品《卡拉玛佐夫兄弟》是作者一生哲学思考的总结。小说中老卡拉玛佐夫、伊凡和斯麦尔佳科夫是人性恶的代表。他们放弃信仰，自食恶果。德米特里是现实人性的代表，他因为没有放弃信仰而得救。阿辽沙是人性善的代表，他所指引的是人类的出路：忍耐、顺从、皈依上帝，具有理想的暖意和强度。老卡拉玛佐夫贪婪、淫逸、暴戾、狠毒，是个虐待狂，正是"卡拉玛佐夫气质"的代表。作者以巨大的艺术力量描写了无耻、卑鄙的卡拉玛佐夫家族的堕落崩溃，对颠沛流离、生活在水深火热之中的人们表示深厚同情，但也流露出消极的一面，认为只有皈依宗教才能保全道德的价值，只有宽恕和仁慈才能拯救人类社会等。1881 年，陀思妥耶夫斯基准备写作《卡拉玛佐夫兄弟》第二部。2 月 9 日，他的笔筒掉到地上，滚到柜子底下。他在搬柜子过程中用力过大，结果导致血管破裂，当天去世，弥留之际妻子为他朗诵《圣经》。陀思妥耶夫斯基死后被葬于圣彼得堡。

1971 年　苏联　教堂

陀思妥耶夫斯基

1971 年　苏联极限片　陀思妥耶夫斯基

陀思妥耶夫斯基的文学创作所走过的是一条极为艰辛、复杂之路。他是俄国文学史上最复杂、最矛盾的作家之一。有人说："托尔斯泰代表了俄罗斯文学的广度，陀思妥耶夫斯基则代表了俄罗斯文学的深度。"他和托尔斯泰、屠格涅夫并称为俄罗斯文学"三巨头"。陀思妥耶夫斯基的《群魔》被西方公认为和《罪与罚》《白痴》《卡拉玛佐夫兄弟》并称的陀氏四大代表作之一。他的许多世界性文学杰作都是先发表于报章文艺副刊，受到俄国人普遍欢迎后再由出版社出版。陀思妥耶夫斯基常以口述说话方式，同时说不同的三篇小说的故事给三位秘书写，堪称文学特技。陀思妥耶夫斯基的文学创作影响了 20 世纪很多作家，包括福克纳、加缪、卡夫卡，以及日本知名大导演黑泽明等，但是也有人对他不屑一顾，比如纳博科夫、亨利·詹姆斯和戴维·赫伯特·劳伦斯。高尔基在评论陀思妥耶夫斯基时说过："就表现力来说，他的才能只有莎士比亚可以同他媲美。"但他的颓废又让托尔斯泰叹息"不能奉为后世楷模"。虽然陀思妥耶夫斯基并非开创心理叙事的鼻祖，但他绝对是发展心理和意识描写的一代宗师，对西方的众多作家都产生了巨大的影响。

2000 年 俄罗斯 高尔基

第十一节 波兰革命诗人密茨凯维奇

1981 年 捷克斯洛伐克
密茨凯维奇

亚当·密茨凯维奇（Adam Mickiewicz，1798—1855），波兰诗人，革命家，出生于立陶宛诺伏格罗德克附近的查阿西村，父亲是一个没落的小贵族，在本城当律师，比较关心时政和国家命运。密茨凯维奇生活在国家多难时期，从小目睹祖国的不幸和人民的苦难，在家庭的熏陶下，培养了爱国主义的思想。1815 年，密茨凯维奇考入维尔诺大学。在大学期间，他积极参加爱国学生活动，并开始发表文学作品，大学毕业后在科甫诺中学担任古典语言文学教师。

1820 年，密茨凯维奇创作的《青春颂》是一首著名的浪漫主义抒情诗，诗中不仅表达了作者青春、欢乐的情绪，而且还是一篇号召青年们团结战斗、推翻旧世界、迎接新曙光的宣言。作品的诞生，标志着波兰浪漫主义文学的兴起。1822 年，密茨凯维奇的第一部诗集《歌谣和传奇》出版，诗集题材选自民间故事、传说、歌谣，反映了劳动人民的生活情趣和道德观念，风格朴实、语言通俗。1823 年，《歌谣和传奇》第二部出版，包括叙事诗《格拉席娜》和诗剧《先人祭》第二、第四部。《格拉席娜》取材于 14 世纪立陶宛人反抗日耳曼十字军骑士团的故事，主人公格拉席娜是一位深明大义、聪明勇敢的女英雄。《先人祭》第二部通过古老民间祭祀仪式，反映了农民对恶霸地主的复仇和民间的道德准则；第四部描写青年古斯塔夫失恋后的痛苦，具有强烈的感情色彩和抒情特点。同年，密茨凯维奇因参加爱国青年运动被捕入狱，后被流放到俄国内地，在那里和俄国十二月党人相识。

1955 年　波兰
密茨凯维奇

1998 年　波兰　密茨凯维奇

1958 年　苏联　莫斯科红场

1826—1828 年，密茨凯维奇出版《十四行诗集》和长诗《康拉德·华伦洛德》。《十四行诗集》包括爱情十四行诗和克里米亚十四行诗。这些诗歌语言优美、感情充沛，富有东方浪漫主义色彩，是波兰抒情诗中的代表。《康拉德·华伦洛德》是一部以复仇为主题的英雄史诗，引起沙俄统治集团的密切注意，密茨凯维奇不得不离开俄国。1829 年，他到达罗马，途经德国时，曾去魏玛拜访歌德。1830 年 11 月，华沙爆发的反俄起义失败后，他写出《先人祭》第三部，热情歌颂波兰爱国青年的英勇斗争精神，揭露沙俄统治的残暴、伪善和波兰民族败类的为虎作伥行为。

1955 年　苏联
普希金和密茨凯维奇

1832 年起，密茨凯维奇定居巴黎，积极从事各种爱国文化活动，先后主编了《波兰巡礼者》和《人民论坛报》。1834 年，完成他最重要的作品《塔杜施先生》。这部长诗以 1811 年和 1812 年的历史事件为背景，通过立陶宛地区两大仇家的年轻一代塔杜施和佐霞的恋情，以及这两大家族的结仇与和解，广泛反映了波兰贵族的生活和争斗，以及波兰爱国志士反抗沙俄侵略的团结战斗精神。长诗洋溢着爱国激情，对人物性格和自然景色做了动人的描绘。

笔荟

19 世纪 40 年代，密茨凯维奇任瑞士洛桑大学和法国法兰西大学的文学教授。1848 年，他组织波兰志愿兵团参加意大利抗击奥地利的斗争。1855 年，密茨凯维奇到君士坦丁堡，想组织一支波兰军队参与土耳其的反俄战争，但因不幸染上瘟疫客死异乡。

1999 年　白俄罗斯　普希金和密兹凯维奇

密茨凯维奇是一位忠贞勇敢的战士，为波兰民族解放事业贡献出毕生的精力。他是波兰人民争取自由解放的热情歌手。他的诗歌唱出了人民的心声，洋溢着火热的爱国主义激情。在诗歌艺术上，他吸取波兰文学的精华，继承和发扬欧洲浪漫主义文学的优秀传统，为波兰浪漫主义文学奠定了基础，为波兰现实主义文学的发展开辟了道路。

第十二节　美国诗人沃尔特·惠特曼

沃尔特·惠特曼（Walter Whitman，1819—1892），美国诗人、散文家、新闻工作者及人文主义者，出身于美国纽约长岛一个贫穷的农民家庭。惠特曼在 9 个兄弟姐妹中排行第二。1823 年，惠特曼一家移居到纽约布鲁克林区，在那里他只上了 6 年小学。为了谋求生计，惠特曼先后从事过排字工人、小学教师、新闻工作者、地方报纸编辑、木工、泥水匠等各种工作。在文学上，惠特曼基本上是自学的，他特别喜欢读霍默、但丁和莎士比亚的作品。从 1839 年起，惠特曼开始文学创作，写一些短诗，

1949 年　美国
惠特曼

1955 年　罗马尼亚　惠特曼

同时参加当地的政治活动，并先后担任《纽约曙光》《布洛克林每日鹰报》《自由民报》的编辑、主编，终因政见不合而于 1840 年离开新闻界。

1841 年，他在纽约当了一名记者，同时在一些主流杂志上担任自由撰稿人，也发表一些政治演讲。1841—1859 年，他先后编辑过新奥尔良 1 份报纸、纽约的 2 份报纸和长岛的 4 份报纸。在新奥尔良的时候，他目睹了奴隶拍卖——当时很普遍的事情。这时，惠特曼开始着力写诗。

19 世纪 40 年代是惠特曼长期工作的第一个收获期：1841 年他出版了一些短篇故事，一年后他在纽约出版了小说《富兰克林·埃文斯》。1855 年，惠特曼的《草叶集》第一版出版，这版诗集由 12 篇长篇无标题的诗组成，由于内容上含有民主思想和形式上自由创新，受到当时美国文学界保守分子的指责和诋毁。1856 年，惠特曼发表演说辞《论第 18 届总统选举》，提出消灭奴隶制。1861 年美国内战爆发，惠特曼不仅志愿去华盛顿陆军医院服务，而且创作了诗歌号召人民反对南方奴隶主。内战结束，美国开始由资本主义向帝国主义过渡，惠特曼仍然坚持自由民主的理想，在创作中抨击资本主义的罪恶，渴望理想社会的到来。当时，惠特曼在华盛顿内政部门当职员，内政部长詹姆士·哈兰发现惠特曼是《草叶集》的作者而把他解雇，后他又到最高检察署工作。这个时期惠特曼的作品在美国出版，并受到了欧洲大陆读者的欢迎，先后被译为德、法和丹麦等国文字。1873 年，惠特曼因患中风半身不遂，迁居新泽西州卡姆登养病。1892 年，惠特曼病重去世，被安葬在哈利公墓。

1970 年　达荷美共和国　惠特曼

1981 年　捷克斯洛伐克
惠特曼

《草叶集》是惠特曼的诗歌总集，题目得名于诗集中的诗句：“哪里有土，哪里有水，哪里就长着草。”诗篇正如其名，展现了美国土地之上长满的芳草，生机勃勃地迸发出诱人的清香之息。

诗集第一版只有 12 首诗，薄薄一本，不足百页。以后每出一版，诗歌的数量都有增加，到 1892 年惠特曼临终前的最后一版，诗集已近 400 页。《草叶集》中的诗大致可以分属内战以前、内战期间和内战以后三个阶段。内战以前的作品有 150 多首，是一些组诗和长诗。惠特曼在这些诗中赞美和歌颂人们的创造性劳动，赞美大自然；歌颂民主和自由，同情黑人和印第安人，反对奴隶制度，讴歌民族民主革命。美国内战对惠特曼的诗歌创作起着决定性的作用。惠特曼在美国内战时所写的诗分别编成《桴鼓集》和《林肯总统纪念集》，后作为单独的组诗收进《草叶集》。这些诗歌有些是号召人们起来参加战斗的，也有讲述战争给人们带来痛苦的故事。内战结束后，忠于民主自由理想的惠特曼，日益感到资产阶级民主的虚伪，理想和现实之间矛盾日益加深。这一时期的作品表达出作者反对暴政、支持革命的思想情绪，描绘出一个自由的未来的世界。

1955 年　保加利亚　惠特曼及其《草叶集》

惠特曼及其《草叶集》

1977 年　哥伦比亚　打字机

《草叶集》记录着诗人一生的思想和探索历程，也反映出他所处的时代和国家的面貌。这不仅是他的个人史诗，也是19世纪美国的史诗。惠特曼诗歌的艺术风格和传统的诗体大不相同，开创了美国民族诗歌的新时代。惠特曼创造了独具一格的“自由体诗”。这种风格的诗以民主的内容、革新的形式极大地影响了美国乃至世界诗坛，惠特曼因此被誉为“现代美国诗歌之父”。

塞拉利昂小型张　世界著名作家

第八章

19 世纪后期文学

19 世纪的最后 30 年，资本垄断化进一步加强，欧美各主要资本主义国家正从自由资本主义向垄断资本主义过渡，进入帝国主义阶段。1871 年的巴黎公社革命震撼了全世界，各国工人阶级相继建立了自己的政党，马克思主义在工人群众中进一步得到传播，工人运动进入了新的时期。这个时期出现了各种资产阶级的社会哲学思潮，如德国尼采（Nietzsche，1844—1900）的超人哲学和权力意志论，法国柏格森（Henri Bergson，1859—1941）的直觉主义哲学，奥地利弗洛伊德（Sigmund Freud，1856—1939）的精神分析学，等等。尼采认为，人类进化的原则在于优先发展最强的人，即“超人”。他的超人哲学和权力意志论为垄断资产阶级服务，后来又成为法西斯专政的理论依据。弗洛伊德认为，“潜意识”特别是人的“性本能”决定人的意识和一切社会活动。同时，法国泰纳（Taine，1828—1893）的决定论，以及德国叔本华（Arthur Schopenhauer，1788—1860）的悲观主义哲学、英国达尔文（Charles Robert Darwin，1809—1882）的进化论、法国克罗德·贝尔纳（1813—1878）的遗传学说，对当时欧美国家的许多作家都产生了很大的影响。

2009 年　德国　尼采

1960 年　德国　叔本华

1978 年　法国　泰纳

1943 年　法国　贝尔纳

这个时期的欧美文学流派呈现出多元化的格局，相互影响、并存发展。批判现实主义文学进入新的发展阶段，自然主义文学流行各国，唯美主义和象征主义文学开始泛滥，而无产阶级文学则在斗争中发展壮大。80 年代后，西欧还出现一些宣扬帝国主义、沙文主义和军国主义的作家，代表人物和作品有法国的莫里斯·巴莱斯（1862—1923）的《民族精力小说》三部曲、彼埃尔·洛蒂（1850—1923）的《北京的末日》、德国的德特列夫·冯·李林克隆（1844—1909）和英国的约瑟夫·鲁德亚德·吉卜林（1865—1936）的诗歌等。

1982 年　英国　达尔文

1967 年　瑞士　贝尔纳

第一节　19 世纪后期文学概述

一、批判现实主义文学

批判现实主义文学是这一时期的主要流派。法国批判现实主义作家在巴黎公社革命后，进一步看清了资本主义制度的腐朽没落，同时又感到无产阶级壮大所带来的威胁，创作思想上呈现出深刻矛盾。左拉在巴尔扎克《人间喜剧》之后，创作了包含 20 部长篇小说的《卢贡·马卡尔家族》，从各个侧面反映了法国第二帝国时期的社会生活，其中的优秀作品达到批判现实主义的高度。阿尔封斯·都德（Alphonse Daudet，1840—1897）的创作以批判现实主义为主导。他一生创作了 13 部长篇小说、4 部短篇小说集，此外还有剧本与诗作；代表作是半自传体长篇小说《小东西》，表现了贫困少年爱沙特在资本主义社会环境中的孤独感，烘托出那个社会人与人之间的冷漠关系；短篇小说《最后一课》《柏林之围》以普法战争为背景，具有深刻的爱国主义内容和卓越的艺术技巧。法国散文家法朗士（Anatole France，1844—1924）以典雅精炼的文笔著称。他的短篇和长篇小说以“谑而不虐”的讽刺笔调，揭露第三共和国时期的政治、教会和社会中的不合理现象。他的长篇小说《波纳尔之罪》描写了一位厌恶尔虞我诈、正直无私的学者因助人而获“罪”的故事；《当代史话》4 卷，通过拉丁文教授贝日莱在外省和巴黎的见闻，揭露第三共和时期充满市侩的社会风尚和官场的政治黑幕；此外还有短篇小说《克兰比尔》《企鹅岛》《天使的反叛》等。

1949 年　法国　风车

1997 年　乍得　都德

1964 年　乍得

法朗士

1971 年　巴拉圭

萧伯纳

1960 年　苏联邮资片　捷尔·丽莲·伏尼契

这个时期英国的批判现实主义作家在揭露社会广度方面不及前期，但在心理描写的深度、精确度和多面性上超过了前期。哈代是这一时期最重要的批判现实主义作家。他的一组“威塞克斯小说”描写资本主义侵入英国农村后社会各方面的变化，真实地反映了贫苦农民破产的过程，但也流露出悲观的宿命论的思想。剧作家萧伯纳的剧本尖锐地提出社会问题，发表新颖的思想，给观众带来高尚的艺术享受。他的剧作《不愉快的戏剧集》包括《鳏夫的房产》《好逑者》《华伦夫人的职业》3 个剧本，对改革英国现代戏剧做出了贡献。苏格兰女作家捷尔·丽莲·伏尼契（1864—1960）创作了《牛虻》和《中断的友谊》等作品，其中《牛虻》歌颂 19 世纪为祖国统一的爱国主义精神，塑造了革命者“牛虻”的感人形象。

1962 年　民主德国
盖尔哈特·霍普特曼

德国的批判现实主义出现较晚，泰奥多尔·冯达诺（1819—1898）共创作 20 多部作品，开创了德国批判现实主义的道路。他的代表作《艾菲·布利斯特》通过艾菲的婚姻悲剧，批判普鲁士贵族社会道德习俗的虚伪，表明其已丧失对人心的指导作用。盖尔哈特·霍普特曼（1862—1946）写过 40 多部剧本，还有小说和诗歌。他的批判现实主义代表作是剧本《织工》，这部作品以 1844 年西里西亚织工起义为背景，赞

2006 年　罗马尼亚　易卜生

扬了工人们的英勇斗争精神，揭露了资产阶级的狰狞面目。意大利作家法拉埃洛·乔万尼奥里（1838—1915）在这一时期创作了长篇历史小说《斯巴达克斯》，热情歌颂奴隶起义的伟大业绩。

1970 年　挪威　比昂逊

北欧的资本主义发展落后于西欧，批判现实主义在这个时期才出现。挪威的批判现实主义剧作家亨利克·易卜生创作了一系列“社会问题剧”，在剧中尖锐地提出关于妇女、道德、法律等社会问题，引起社会巨大的反响，对欧洲乃至全世界做出重要贡献。挪威另一位剧作家、小说家、诗人比昂斯藤·马丁纽斯·比昂逊（Bjørnson，1832—1910）在 70 年代走上批判现实主义的创作道路，大胆揭露资产阶级的丑恶行为和虚伪、自私、贪婪的本质。他的著名的社会问题剧《破产》描写了商人梯尔德一家的经济破产和悔悟，把商业资本家尔虞我诈的贪婪本性揭露得淋漓尽致。剧本《挑战的手套》以极大的同情描写资本主义社会妇女的屈辱地位。

1949 年　瑞典
奥古斯特·斯特林堡

瑞典作家奥古斯特·斯特林堡（1849—1912）一生创作 60 多部剧本和大量的小说，此外还有诗歌和散文。自传体小说《一个女仆的儿子》是他青年时期生活的真实写照，也是瑞典文学史上的一部杰作。剧本《通向大马士革之路》写一个渴望得到内心安宁的陌生人，并通过陌生人的独白和幻觉，表达作者的个人感情、思想和怨愤。剧中的陌生人、作家、乞丐、狂人都是作者各个方面的化身。

1946 年　波兰　显克微支

在中欧和东南欧，批判现实主义文学随着各国反封建斗争和民族解放运动的高涨开始兴起并得到发展。波兰作家亨利克·显克微支（1846—1916）的三部曲《火与剑》《洪流》和《伏沃迪约夫斯基先生》，以及《你往何处去》《十字军骑士》等历史小说，热情讴歌波兰、立陶宛人民抗击外来侵略者的斗争，其中《你往何处去》获 1905 年诺贝尔文学奖；鲍列斯瓦夫·普鲁斯（1847—1912）的《前哨》《傀儡》《解放了的女性》等作品反映了波兰农民反对德国侵略者和本国贵族集团的斗争，揭露了资产阶级宣扬“教育救国”的虚伪面目；捷克作家阿洛伊斯·伊拉塞克（1851—1930）的小说《斯卡拉齐的人们》《狗头军》，反映了农民起义的内容；匈牙利作家米克沙特·沙尔曼（1847—1910）的《可敬的老爷们》《圣彼

1946 年　波兰邮资明信片　显克微支

得的伞》《奇婚记》，揭露和讽刺贵族地主腐朽和资产阶级的卑鄙无耻；罗马尼亚作家伊昂·卢卡·卡拉迦列（1852—1912）的喜剧《一封遗失的信》，揭露资产阶级虚伪政治和党派之争；保加利亚作家伊凡·伐佐夫的长篇小说《轭下》，表现和歌颂保加利亚人们反抗土耳其侵略者的斗争；阿尔巴尼亚作家纳伊姆·弗拉齐里创作了著名长诗《畜群与大地》《斯坎德培史》。

2012 年　罗马尼亚　卡拉迦列

1976 年　苏联　谢德林

俄国农奴制改革以后，社会矛盾更趋尖锐，农民的苦难更加深重，俄国的批判现实主义作家对贵族地主和资产阶级提出更为强烈的批判。谢德林（1826—1889）的代表作《戈罗夫略夫的一家》展示了地主阶级必然灭亡的趋势。列夫·托尔斯泰在 70 年代末 80 年代初发生了世界观的改变，接连创作了《安娜·卡列尼娜》《复活》等著名巨作，达到了批判现实主义前所未有的激烈和深刻的程度。契诃夫于 80 年代开始文学创作，作品反映19 世纪末资产阶级民主革命前夕俄国的社会生活，在题材、体裁、艺术风格上都独具一格。

美国的批判现实主义文学在80 年代开始出现马克·吐温、欧·亨利（O. Henry，1862—1910）、杰克·伦敦（Jack London，1876—1916）等作家。马克·吐温继承斯托夫人、惠特曼的现实主义传统，在更加广阔的社会背景上描写美国的社会现实，是美国批判现实主义

1978 年　匈牙利　列夫·托尔斯泰

2012 年　美国　欧·亨利

1960 年　苏联　马克·吐温

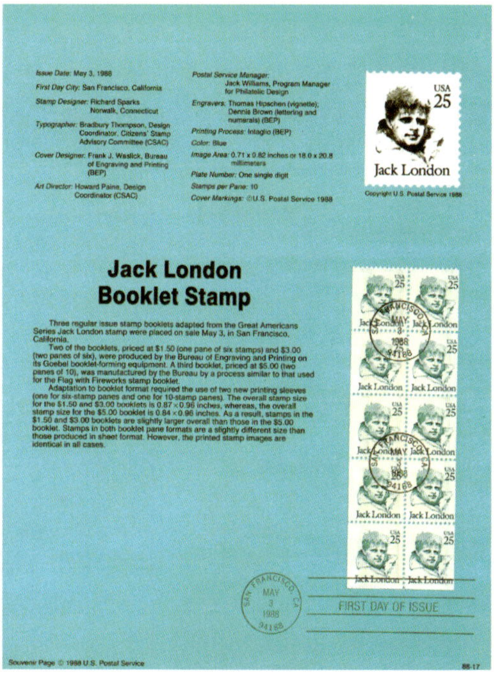

1988 年　美国纪念邮票　杰克·伦敦

文学最杰出的代表之一。欧·亨利是著名的短篇小说家，一生写有短篇小说 300 多篇。他的作品以轻松幽默的笔调，描写大城市中的小人物，揭露资本主义社会的虚伪无耻、司法制度的腐败昏庸，对穷人及弱女的命运表示同情，代表作有《麦琪的礼物》《最后一片藤叶》《黄雀在后》《我们选择的道路》和《没有完的故事》等。杰克·伦敦是一位来自下层的作家，他的作品对资本主义社会进行了有力的揭露和批判，对劳动人民的生活做真切的描写，表现出强烈的自然气息和鲜明的美国民族特色。早期代表作有短篇小说《热爱生命》、寓言式小说《野性的呼唤》《白牙》，政治幻想小说《铁蹄》；中期代表作有小说《马丁·伊登》，前半部分带有自传性

质，但主要情节是虚构的，小说通过生动的形象批判了资产阶级社会的腐朽堕落，同时也真实地描写了一位在这个社会忠实于生活的作家的命运；晚期杰克·伦敦还发表过一些优秀的短篇小说，有《一块牛排》《墨西哥人》和《在甲板的天篷下面》等。

二、自然主义文学

1970年　摩纳哥　龚古尔兄弟

自然主义文学是这个时期具有广泛影响的一个文学流派，最先产生于法国。自然主义文学滥觞于福楼拜，至19世纪70年代后才形成高潮。法国的莫泊桑等人集体发表的《梅塘之夜》是这一运动的宣言书，成就最大的是法国的左拉。80年代，法国作家左拉在他的论文《实验小说论》《自然主义小说家》中系统地阐述了自然主义创作理论。但左拉的创作并没有完全遵循自然主义原则，而具有自然主义创作的典型代表是龚古尔·爱德蒙（Edmond de Goncourt，1822—1896）和龚古尔·于勒（Jules de Goncourt，1830—1870）兄弟。他们合作写的小说《日尔米尼·拉塞德》是一部典型的自然主义作品。小说作者根本不触及造成拉塞德悲苦一生的社会原因，而是用医生解剖病人的态度研究她的堕落，把悲剧归因于酗酒和纵欲。自然主义对当时的欧美文学产生了广泛的影响，80年代末德国还掀起了“彻底的自然主义”文学运动，主张把每秒钟发生的事毫无保留地记录下来，哪怕是咳嗽、打嗝等，把自然主义理论推向极端。英国的自然主义虽然没有形成流派，但出现了“贫民窟文学”，赤裸裸地描写伦敦东区工人们生活中最龌龊、最可怕的场景，如阿

自然主义作家

瑟·莫里逊（1863—1945）的《陋巷的故事》《查格之子》等。自然主义对当时的批判现实主义作家的创作也产生了一定的影响。

三、唯美主义和象征主义文学

19 世纪后叶，一些资产阶级作家对资本主义社会不满但又无力反对，对无产阶级革命不理解却又无比恐惧，于是对现实感到幻灭，对前途丧失信心，从而产生了苦闷、彷徨、悲观的思想情绪。唯美主义和象征主义文学就是这种“世纪末”情绪的反映。

2000 年　爱尔兰　王尔德

唯美主义最初由法国 60 年代的巴那斯派所提倡，后来英国一些作家积极响应，其后影响到德、俄等国。唯美主义一味追求艺术技巧和形式美，宣扬“艺术至上”，注重文字的雕琢、润色，代表作家有法国诗人泰奥菲勒·戈蒂耶（1811—1872）、沙尔·波德莱尔（1821—1867），巴那斯派诗人勒孔特·德·李勒（1818—1894）、泰奥台儿·德·邦维尔（1823—1891），英国诗人奥斯卡·王尔德（1856—1900），俄国的阿法纳西·阿法纳西维奇·费特（1820—1892）等人。戈蒂耶反对艺术从属于道德和功利的目的，代表作《珐琅和宝石》只写景咏物，对自然美、人体美和艺术美的反复赞叹，而没有时代的影子。王尔德憎恨英国市侩哲学和虚伪的道德，他要用艺术的“象牙塔”来和鄙俗的资产阶级世界相对立。他的代表作长篇小说《道林·格雷的画像》通过怪诞的情节描写主人公格雷的堕落过程，而格雷的烦躁不安、精神混乱、道德败坏正是颓废主义者的典型写照；童话故事《快乐王子》对受欺凌者

2000 年　爱尔兰　王尔德

2006 年　爱尔兰　王尔德

充满同情，赞美他们的纯朴、善良的心灵。王尔德的剧本多为讽刺性社会喜剧，较重要的有《温德米尔夫人的扇子》《莎乐美》《一个无足轻重的女人》和《理想丈夫》等。英国“前拉斐尔派”诗歌的主要代表但丁·迦百列·罗塞蒂（1828—1882）、亚尔杰农·查理·史文朋（1837—1909）的作品也有明显的唯美主义倾向。

象征主义 40、50 年代在法国出现，80、90 年代传到英、德、俄、西班牙等国。象征主义反对描写客观世界，把客观世界视为主观世界的“象征”，主张诗歌应当表现超现实的“理想世界”。象征主义重主观幻觉而轻客观描写，重艺术想象而轻现实再现，重暗示启发而轻明确表达；创作上采用象征、暗示、启发等手法，表现半明半暗、扑朔迷离的形象，充满神秘主义色彩。象征主义的先驱是美国的艾德加·爱伦·坡（1809—1849），法国的沙尔·波德莱尔（1821—1867），代表作家有法国的斯特法纳·马拉梅（1842—1898）、保尔·魏尔兰（1844—1896）、阿尔杜尔·兰波（1854—1891），比利时的莫里斯·梅特林克（1862—1949），俄国的梅列日科夫斯基（1865—1911）、巴尔蒙特（1867—1942）等。第一次世界大战后的象征主义称为后象征主义，是现代文学中的一个重要流派，20 世纪 20—40 年代盛极一时。

1999 年　德国　《莎乐美》

19 世纪的唯美主义和象征主义文学在表现对资

1944 年　法国　保尔·魏尔兰

1962 年　比利时　莫里斯·梅特林克

本主义现实极度失望和不满的同时，宣扬了个人主义、悲观主义、颓废主义和神秘主义，它们的作用是消极的。但另一方面，它们在艺术上扩大了文学表现的范围，开拓了一些新的表现方法，扩充了诗歌的领域，也加大了文学和诗歌的表现力。

1998 年　法国　马拉梅

1957 年　苏联　蔡特金

四、无产阶级的文学

随着无产阶级革命运动的发展，继法国工人诗歌、英国宪章派文学和德国维尔特的创作之后，19 世纪后期产生了以欧仁·鲍狄埃为代表的巴黎公社文学和其他国家的无产阶级文学。马克思文学理论建立之后，法国的保尔·拉法格（1842—1911），德国的弗朗茨·梅林（1846—1919）、蔡特金（1857—1933）、卢森堡（1870—1919）和俄国的格奥尔基·瓦连廷诺维奇·普列汉诺夫（1856—1918）等革命活动家成为无产阶级文艺理论评论家。

1966 年　苏联
欧仁·鲍狄埃

巴黎公社文学主要内容包括宣传爱国主义和国际主义思想，揭露反动派镇压革命的罪行，总结巴黎公社的经验，号召人们继续为公社的理想奋斗等。主要作家有欧仁·鲍狄埃（1816—1887）、路易斯·米歇尔（1830—1905）、让·巴蒂斯特·欧仁·格莱蒙（1836—1906）、茹尔·瓦莱斯（1832—1885）和列昂·克拉代尔（1835—1892）等人。鲍狄埃是巴黎公社文学最杰出的代表，出身于巴黎的一个工人家庭，曾当过学徒工和技工，后投身工人运动，参加过 1848 年的巴黎工人六月起义和 1871 的巴黎公社革

1991 年　法国　路易斯·米歇尔

命，并当选为公社委员。巴黎公社失败后，鲍狄埃被迫流亡国外 9 年，1880 年回国，1887 年在巴黎病逝。鲍狄埃一生写过许多歌颂无产阶级革命斗争、宣传无产阶级革命思想的优秀诗篇，重要的有《巴黎公社走过这条路》《巴黎公社社员纪念碑》《起义者》《美国工人致法国工人》等。他最著名的作品是诗歌《国际歌》。这首作品以马克思主义的立场、观点总结了巴黎公社的历史经验，指出无产阶级的历史任务和斗争目标，表达了无产阶级解放全人类的革命精神和英雄气概，号召全世界无产阶级为实现共产主义伟大理想英勇奋斗。

1971 年　中国
纪念巴黎公社 100 周年

1971 年　波兰　巴黎公社

1961 年　民主德国　欧仁·鲍狄埃

第二节　法国作家爱弥尔·左拉

一、爱弥尔·左拉的生平和创作

1967 年　法国　左拉

爱弥尔·左拉（E. Zola，1840—1902）是 19 世纪后期法国著名作家，法国自然主义文学的创始人。他出生于巴黎，在法国南部埃克斯城度过童年，7 岁丧父后生活贫困，18 岁时随外祖父来到巴黎，因生活所需不得不独自谋生，备受冷遇。左拉曾在阿歇特出版社当打包工人，因写的诗受到老板赏识而提升为广告部主任，从此开始为报刊撰文，并发表了《给妮侬的故事》等富有浪漫主义色彩的小说。1865 年，因第一部长篇小说《克洛德的忏悔》被警方认为“有伤风化”而遭解雇，此后成为职业作家。

1980 年　卢旺达　左拉

2002 年　法国　左拉

左拉深受泰纳关于运用自然科学研究文艺问题的理论的影响，在 19 世纪下半叶科学技术迅速发展的条件下，利用生物学、生理学、遗传学等的科学实验方法来指导写作。1868 年发表了小说《黛莱丝·拉甘》和《玛德莱纳·菲拉》，同年开始构思系列小说《鲁贡玛卡一家人的自然史和社会史》，为这个家族制定了世系分支图表即谱系树，在每部小说中出现的这个家族的人物都有亲缘关系和遗传因素的影响。从第一部《鲁贡家族的命运》到最后一部《帕斯卡医生》，左拉共花 25 年时间完成了 20 部小说，其中最有名的有《小酒店》《娜娜》《萌芽》《土地》和《金钱》等，被称为是“第二帝国时代一个家族的自然史和社会史”。这些小说从政治、军事、金融、宗教、商业、工人、农民、科学艺术和日常生活等各个角度构成了一幅反映第二帝国时期社会现实的大型历史画卷。左拉的文学成就以及他在《实验小说论》和《自然主义小说家》等文集中阐述的文学理论，使他成为自然主义文学流派公认的领袖。莫泊桑、于斯曼等追随他的文学青年常在他的梅塘别墅里聚会。他们以普法战争为题材联合写作出版的中短篇小说集《梅塘之夜》，

2002 年　乌拉圭　左拉

1967 年　法国极限片　左拉

使这个文学流派以梅塘集团闻名于世。继《鲁贡玛卡一家人的自然史和社会史》之后，左拉写作了三部曲《三名城》，即《卢尔德》《罗马》和《巴黎》。1894 年后，犹太籍法国军官德雷福斯被诬陷为叛徒的冤案引起轰动，法国为此分成了两派。左拉为了伸张正义，全力投入了为德雷福斯鸣冤的斗争，并于 1898 年 1 月发表了致共和国总统的公开信《我控诉》，结果被法庭处以罚款和一年徒刑。他于宣判当天逃亡英国，在流亡期间写作《四福音书》。次年 7 月，德雷福斯案件真相大白，他回到法国，两个月后，因煤气中毒去世。左拉的《四福音书》只完成了前三部《繁殖》《劳动》和《真理》。1908 年，法兰西共和国政府以左拉生前对法国文学的卓越贡献，为他补行国葬，并使之进入伟人祠。

2002 年　法国极限片　左拉

左拉是公认的法国自然主义文学流派的领袖。作家的文学观点及大量的小说作品表明，他的自然主义实际上是现实主义在新的历史和社会条件下的一个发展阶段。他强调运用自然科学的手段和细节翔实的资料来客观地描绘社会现象，从而发展和丰富了传统的现实主义创作方法，使其远远超出了自然主义小说的规范，极大地发展了现实主义的传统。

1990 年　英国　矿工

二、左拉的小说《萌芽》

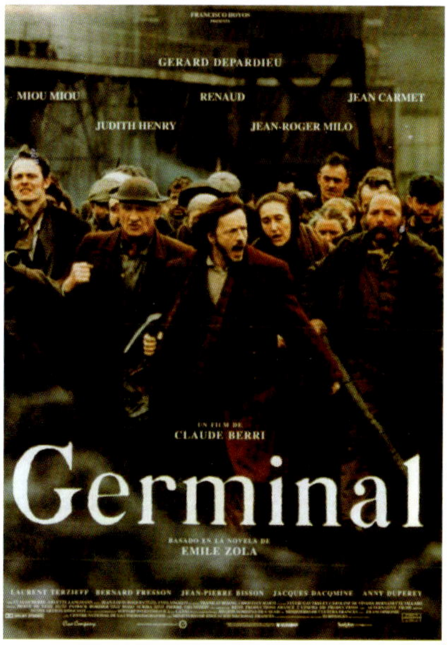

电影《萌芽》海报

《萌芽》是爱弥尔·左拉的代表作。小说以煤矿工人罢工为背景，描写了矿工的悲惨生活。故事发生在法国蒙苏煤矿，主人公艾蒂安·郎蒂埃本是一个铁路工厂的机械师，但由于打了工头一个耳光被开除了。后经蒙苏煤矿工人马赫介绍，他来到了该煤矿，很快就成了蒙苏煤矿的一员。在那儿，他看到了矿工艰难的生活状态，看到了公司老板的残酷剥削和压榨，真正尝到了非人类的生活，但除了这里，他别无选择，只好忍受着。当时的马赫一家 10 口已经到了只能靠喝汤来充饥的地步，而公司经理埃博纳却过着面包牛奶的生活。就在此情况下，苛刻的经理埃纳博却又发出了降低工资的通知。思想觉悟高的艾蒂安忍无可忍，终于联合工人发动了第一次罢工，但他意识到只靠工人的力量是不够的，所以他想到了参加“国际协会”并以此来做后盾，从此罢工斗争愈演愈烈。蒙苏煤矿忍受不了公司的长期停产，于是就发动了大批的军队和宪兵进行逮捕镇压，马赫就在这样的一场屠杀中被枪毙。罢工失败了，艾蒂安也在一次矿难中负伤，在医院住了 6 个星期，但他没有向公司要一分钱。出院后的他虽然离开了蒙苏煤矿，但他知道今后路还很长很远。

1967 年　法国首日封　左拉

《萌芽》是世界文学史上第一部正面而又准确地描写现代工人罢工运动的长篇小说。在《萌芽》中，左拉把工人群众作为一个集体形象加以描写，其中对一些工人和工人领袖则进行了突出的刻画。主人公马赫一家是一个工人世家。这一家人祖祖辈辈都在煤矿劳动，其中有 6 人在矿井里丧了命。马赫是一个正直的矿工，在罢工斗争中觉悟逐渐提高，带领工人去请愿，在同军警进行面对面的斗争中献出了自己的生命。马赫的妻子曾是一位推煤车的女工，结婚后维持家中生活和抚养众多孩子的繁重劳动，都压在她的身上，损害了她的健康。丈夫牺牲、儿女也相继葬身矿井后，马赫的妻子表现出坚强的意志，从一个普通的家庭妇女成长为一个有觉悟的无产阶级战士。她对未来充满信心，相信事情终有一天会改变的，复仇的日子一定会到来。

第三节 法国批判现实主义作家莫泊桑

1993 年　法国　莫泊桑

居伊·德·莫泊桑（Guy de Maupassan，1850—1893），19 世纪后半期法国优秀的批判现实主义作家。他出生于诺曼底滨海塞纳省，13 岁前一直和母亲一起生活，在诺曼底的乡间与城镇度过了童年。莫泊桑的母亲洛尔具有深厚的文学修养，莫泊桑从小就深受她的熏陶。故乡的生活与优美的大自然给莫泊桑的影响很深，成为他后来文学创作的一个重要源泉。洛尔的哥哥阿尔弗莱德颇有文名，青年时期曾是福楼拜以及帕纳斯派诗人路易·布耶的同窗。莫泊桑在昂城高乃依中学念书时就结识了舅舅的这两位老友，这时他早已是一个喜爱文学并已开始习作诗歌的青年。1869 年，莫泊桑来到巴黎大学修法律，不久普法战争爆发，莫泊桑被征入伍，在军队里担任过文书与通讯工作。在这场灾难中，他耳闻目睹了法军可耻的溃败、当权者与有产者的卑劣，以及普通人民的爱国主义热情与英勇抗敌的事例，成为他后来文学创作的又一个重要来源。

战后退伍，莫泊桑在海军部任小职员，后又转入公共教育部，1881 年完全退职。在小职员空虚无聊的生活中，莫泊桑染上恶习，私生活放荡。但与此同时他又勤奋写作，并且以福楼拜为师，在他的具体指导下刻苦磨砺达 10 年之久。在此期间，他于 1876 年又结识了阿莱克西、瑟阿尔、于斯曼等作家。他们都共同以左拉为崇拜对象，经常在左拉位于巴黎郊区的梅塘别墅聚会，被称为“梅塘集团”。1880 年，“梅塘集团”六作家以普法战争为题材的合集《梅塘之夜》问世，其中以莫泊桑的《羊脂球》最为出色。这个中篇的辉煌成功，使莫泊桑一夜之间即蜚声巴黎文坛。

1993 年　法国极限片　莫泊桑

1993 年　法国邮票联张　莫泊桑

小说《项链》中文版封面

莫泊桑一生创作了 6 部长篇小说和 359 篇中短篇小说，以及 3 部游记，代表作品有长篇小说《一生》《漂亮的朋友》等，中短篇小说《一家人》《小狗皮埃罗》《月光》《遗嘱》《米隆老爹》《我的叔叔于勒》《项链》《幸福》《遗产》《衣柜》和《隆多利姊妹》《橄榄园》等。他的短篇小说构思别具匠心，情节变化多端，描写生动细致，刻画人情世态惟妙惟肖，读后令人回味无穷。他的作品深受叔本华的影响，渗透着浓厚的悲观主义色彩。莫泊桑早年患有神经痛和强烈的偏头痛，巨大的劳动强度与未曾收敛的放荡生活，使他逐渐病入膏肓，不能再进行写作。在遭受疾病残酷地折磨两年后，莫泊桑于 1893 年 7 月 6 日逝世，年仅 43 岁。

1993 年　法国首日封　莫泊桑

小说《羊脂球》写于 1879 年，是莫泊桑经过长期写作锻炼之后达到完全成熟的标志。作品讲述了 1870 年普法战争期间，一辆法国马车在离开敌占区时，被一名普鲁士军官扣留。军官一定要车上一个绰号叫羊脂球的妓女陪他过夜，否则马车就不能通过。羊脂球出于爱国心断然拒绝，可是和她同车的有身份的乘客为了各自私利，逼她为了大家而牺牲自己，羊脂球无奈做了让步。可当第二天早上马车出发时，那些昨天还苦苦哀求的乘客们却突然换了一副嘴脸，个个疏远她，不屑再与她讲话。无论是前面的羊脂球的食物被掏空，还是后面她被推去跟敌方军官睡觉换取贵族们的继续逃亡，羊脂球都被牺牲了。贵族们始终看紧他们腰包里的金子，就算是自己的恩人，当威胁到自己的利益时，他们都会变成嗜血的恶狼。作品揭露

小说《羊脂球》中文版封面

了资本主义统治下的富人，虽然拥有权力、金钱、地位，但都是血腥堆积出来的。他们就像是血吸虫，以丑恶的灵魂不择手段地吞噬、聚敛着财富。这部小说结构严谨，层次清楚，描写简练而集中，故事的叙述、人物的刻画、时代的气氛，集中在短短的 5 天旅程中，语言朴实、凝练、细腻而且个性化，寥寥数语就能把人物的内心世界表露无遗。小说的结尾，作者用最强音写出羊脂球内心深处泛起的巨大而复杂的感情波澜，为全篇高潮所在。

1940 年 苏联 契诃夫

1957 年 英国 马车

1962 年 苏联 欧·亨利

莫泊桑是 19 世纪后期自然主义文学潮流中仅次于左拉的大作家。他继承了法国现实主义文学的传统，又接受了左拉的影响，带有明显的自然主义倾向。在相当短暂的一生里，他取得了令人瞩目的文学成就。他数量巨大的短篇小说所达到的艺术水平，不仅在法国文学中，而且在世界文坛上，都是卓越超群的，具有典范的作用。他和俄国的契诃夫和美国的欧·亨利三人被誉为世界文坛三大“短篇小说之王”。

第四节 英国诗人、小说家哈代

托马斯·哈代（Thomas Hardy，1840—1928），英国诗人、小说家，出身于英国西南部多塞特郡农村的一个没落贵族家庭，父母亲爱好音乐，重视对哈代的文化教育。1856 年，哈代离开学校，给一名建筑师当学徒。1861 年，去伦敦学建筑工程，并在伦敦大学进修语言，后致力于文学创作。1867 年，哈代因健康问题返回故乡，最初写作诗歌，后改为小说创作。他创作的第一部小说是《穷人与贵妇》（未出版），后发表小说《计出无奈》《绿林荫下》《一双湛蓝的眼睛》，成名作是他于 1874 年创作的小说《远离尘嚣》。在这之后，哈代开始了以威塞克斯为背景的一系列乡土小说的写作。

1878年发表《还乡》，描写游苔莎嫁给在巴黎当过钻石店经理的青年姚伯，幻想丈夫能带她离开荒原，后因种种误会和不幸夜间出走，失足落水而亡，最后姚伯因得不到乡亲的谅解和支持而事业难成，当了传教士。一些评论家认为《还乡》是他最出色的作品。

1886年创作的《卡斯特桥市长》是他唯一一部不以农村为背景的小说，写失业的打草工亨查德酒醉后卖掉了妻女，醒后悔恨，从此发奋，成了粮商，当了市长，妻子携女归来。但不久他因与合伙人吵翻，妻子去世，卖妻丑史被揭发而事业失败，女儿被生父领走，他孑然死于荒原草棚。

1990年　美国　乡村小屋

1990年　英国　哈代

1983年　泽西　哈代

《德伯家的苔丝》和《无名的裘德》是哈代的两部具有代表性的长篇小说。他的作品对人民贫穷不幸的生活充满同情，对工业文明和道德做了深刻的揭露和批判，但他的作品也带有一些悲观情绪和宿命论色彩。《德伯家的苔丝》描写出身贫苦的少女苔丝被本家恶少亚雷·德伯奸污，后在牛奶场当了挤奶工，不久与牧师之子克莱相爱、结婚，新婚夜坦诚地向克莱讲了往事，结果遭弃，最后她杀死亚雷，被判绞刑。苔丝的毁灭不仅是她个人的悲剧，也是时代的悲剧。哈代在小说中更强调环境所产生的悲剧因素，从而把批判的矛头直接指向了不合理的社会制度。《德伯家的苔丝》艺术上的特点：一是人物形象鲜明，女主人公苔丝的形象是全书的中心；二是

1990 年　英国首日封　哈代

小说情节集中，条理清楚，全书结构布局清晰；三是自然景色的描写往往和人物的命运描写密切配合，既达到了情景交融的境界，又具有烘托、反衬、象征作用；四是小说出色地运用了对比的手法。《德伯家的苔丝》问世后，副标题“一个纯洁女子的真实写照”引起某些人的强烈不满。哈代通过美丽、纯洁、勤劳、善良的农村姑娘苔丝的悲惨遭遇，揭露和批判了资产阶级伦理道德的虚伪性和顽固性，抨击了资产阶级法律的残酷。

小说《无名的裘德》是哈代最后一部长篇小说，对社会的批判最为强烈有力。孤儿裘德原想上大学、做牧师，后与表妹相爱同居，触犯了礼俗，为世俗不容。表妹最终回到丈夫身边，他则酗酒而死。小说发表后被当时社会指责有违道德，甚至遭到强烈的攻击。批评者说书中男、女主人公都已结婚，却都离弃其配偶且同居并生儿育女，但作者却似乎对他们抱有同情心。哈代通过裘德的悲惨命运控诉了不合理的教育制度与婚姻制度，他的“未能如愿以偿的悲剧”是英国整个一代劳动人民的社会悲剧。之后哈代不再写小说而全力作诗，发表了《威塞克斯诗集》《今昔诗篇》等 8 个诗集。

电影《苔丝》海报

1990 年　英国邮品　哈代

1984 年　挪威邮资片　建筑

哈代是 19 世纪后期英国杰出的现实主义小说家和诗人。他以浓烈的悲观主义情绪开创了英国文学的哈代时代。他把自己的小说分为三类：一是人物性格和环境小说，二是罗曼司和幻想小说，三是机敏和经验小说。哈代最重要的长篇小说都属于“性格和环境”小说这一类，包括《绿荫下》《还乡》《卡斯特桥市长》《德伯家的苔丝》以及《无名的裘德》等。他对家乡一带语言、习俗和生活方式的熟稔和生动表现使他的小说充满活力。作品往往带有宿命论的悲剧色彩，反映了资本主义经济侵入英国农村城镇后所引起的社会经济、政治、道德、风俗等方面的深刻变化以及人民（尤其是妇女）的悲惨命运，揭露了资产阶级道德、法律和宗教的虚伪性。

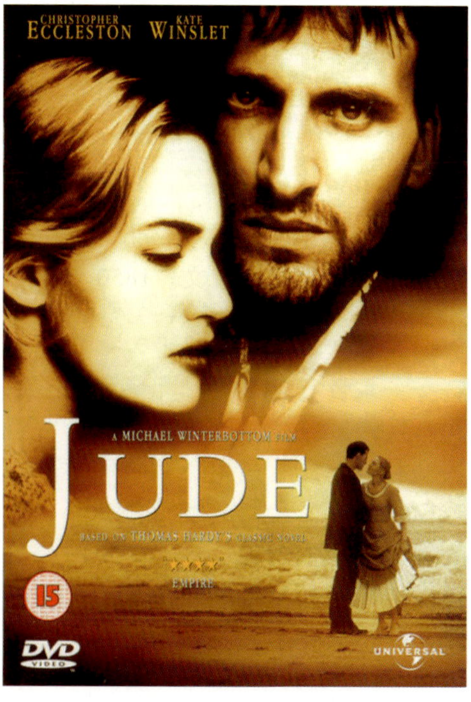

电影《裘德》海报

他的小说对人类命运常常做出富有悲剧性的暗示，充分地表现为人类生活中的主观与客观、自由与限制、理想与现实之间的矛盾冲突以及人们在选择中处于的无可奈何的状态，使他的小说中的人物性格带有强烈的悲剧特色。哈代是横跨两个世纪的作家，他的“威塞克斯小说”承上启下，既继承了英国批判现实主义的优秀传统，也为 20 世纪的英国文学开辟了道路，在英国和世界各国具有相当大的影响。

油画《哈代》

第五节　挪威戏剧家易卜生

一、易卜生的生平与创作

1928 年　挪威
易卜生

亨利克·约翰·易卜生（Henrik Johan Ibsen，1828—1906），挪威剧作家、诗人，现代现实主义戏剧的创始人，出身于挪威南部希恩镇的一个木材商人家庭，16 岁在格里姆斯塔镇上的一家药材店当学徒。工作之余，易卜生经常阅读莎士比亚、歌德、拜伦的作品，随后自己尝试写诗，并学习拉丁文。1850 年，易卜生前往首都克里斯蒂安尼亚（今奥斯陆）。在欧洲各国的资产阶级革命洪流的激荡下，他结交了文艺界的一些有进步思想倾向的朋友，积极地为进步刊物撰稿，参加了挪威社会主义者马尔库斯·特兰内所领导的工人运动。1851—1862 年，易卜生先后在卑尔根和克里斯蒂安剧院担任编剧和剧场指导，写出了一批取材于历史传说的浪漫主义诗剧。1862 年剧院破产，易卜生不得不借债度日，但仍孜孜不倦地进行创作。他在这一时期先后写出了《海尔格兰的海盗》《爱的喜剧》《觊觎王位的人》等

1978 年　挪威
易卜生

剧本。其中提倡自由恋爱、反对旧式婚姻的《爱的喜剧》，遭到社会上保守势力的恶毒攻击，他为此感到痛心。

1864 年，丹麦和普鲁士之间的战争，引起易卜生对整个半岛的独立前途的忧虑，于是他离开祖国，侨居意大利和德国达 27 年。其间，他耳闻目睹国际重大事件，如意大利的统一、普法战争、巴黎公社的建立与失败等，促使他对挪威资产阶级的庸俗和虚伪有了进一步的认识。这一时期，易卜生的创作以浪漫主义诗剧为代表。诗剧《布朗特》描写了一个牧师为理想而牺牲自己的悲剧，批判了资产阶级的享乐主义和自私自利的人生哲学，提出人要有理想，遵从崇高的道德标准。《培尔·金特》叙述了一个市侩的冒险故事，在思想上与《布朗特》密切相关，主人公培尔·金特这一艺术典型概括了资产阶级代表人物的市侩心理和生活欲望。这两部诗剧剧本都表现了易卜生"个人精神反叛"的主题，在批判极端个人主义的同时，希望人类社会跨越"自我"，得到精神净化。

1978 年　挪威
《培尔·金特》

诗剧创作之后，易卜生的创作转向"社会问题剧"，连续写出 9 部现实主义的"社会问题剧"：《青年同盟》《社会支柱》《玩偶之家》《群鬼》《人民公敌》《野鸭》《罗斯默庄》《海上夫人》和《海达·家布勒》，标志着他思想和艺术上的高度成熟。这些作品大胆地揭露资产阶级道德堕落、思想庸俗、生活虚伪以及婚姻的不合理，塑造了一批具有独立完整的人格和个性的正面人物来与资产阶级社会制度、道德和人物相对立。这些剧本的相继出版和演出，极大地震动了当时沉闷保守的西欧剧坛和社会。

1956 年　苏联
易卜生

1891 年，易卜生载誉归国，定居首都奥斯陆，又完成了《建筑师》《小艾友夫》《约翰·盖勃吕尔·博克曼》和《我们死人醒来的时候》4 个剧本。在这些剧本里，对社会问题讨论转变为对知识分子心理的描写，悲观主义色彩加重，象征主义手法突出。作品的抒情性加强，表现手法比较细腻，从而削弱了现实主义的批判力量。1900 年，易卜生患中风久治不愈，于 1906 年去世，挪威为他举行了隆重的国葬。

易卜生

油画《易卜生》

二、易卜生的社会问题剧《玩偶之家》

易卜生的《玩偶之家》，又译《娜拉》或《傀儡家庭》，讲述的是海尔茂夫妇的家庭关系由和睦转为决裂的故事。海尔茂的妻子娜拉是一位活泼热情、天真可爱的少妇，她爱她的丈夫。海尔茂一次得了重病，无钱疗养，为了治好丈夫的病，娜拉不惜假冒父亲的笔迹，以父亲的名义暗中向别人借钱。海尔茂病好之后了解了原委，生怕因此影响自己的名誉地位，对娜拉大发脾气，怒斥妻子下贱无耻，甚至要剥夺她教育儿女的权利。当债主在娜拉的女友感化下主动退回借据时，海尔茂又对妻子装出一副笑脸。娜拉如梦初醒，看透了丈夫的自私和夫妻间的不平等，不甘心做丈夫的玩偶，愤然出走。

话剧《玩偶之家》海报

《玩偶之家》中的娜拉是一位具有自由意志与独立精神的“挪威的小资产阶级妇女”的代表。作品通过娜拉逐渐觉醒的过程，深刻揭露了资产阶级社会法律、宗教、道德、爱情、婚姻等的虚伪和不合理，并通过娜拉最后的出走，提出了妇女从男人的奴役下解放出来的问题。在《玩偶之家》中，易卜生善于把复杂的生活矛盾集中为精炼的情节，不仅主题思想突出、人物形象鲜明，而且结构严密，艺术上有很高的成就。《玩偶之家》演出后引起了强烈的反响。娜拉要求个性解放、不做“贤妻良母”的坚决态度遭到上流社会的责难和非议。但易卜生并没有在责难面前退却，他继续创作问题剧，揭露社会问题。

1956 年　罗马尼亚
易卜生

话剧《玩偶之家》剧照

易卜生雕塑

易卜生是挪威文学和“社会问题剧”的创造者。作为一位戏剧艺术的革新者，他把戏剧用作表现当代社会生活的工具，把舞台用作讨论当代政治问题的讲坛，把 19 世纪末欧洲戏剧从形式主义拉回到现实主义。易卜生的戏剧主题突出、人物鲜明、结构严密、情节集中、语言精练，对后来的戏剧发展产生了重要影响。易卜生的剧作是继莎士比亚、莫里哀之后的第三个戏剧高峰，有“现代戏剧之父”之称。

第六节 俄国小说家列夫·托尔斯泰

一、托尔斯泰的生平与创作

列夫·尼古拉耶维奇·托尔斯泰（Lev Nikolayevich Tolstoy，1828—1910），俄国著名小说家、评论家、剧作家、哲学家和教育改革家，生于图拉省一个名门贵族家庭，父亲曾参加过 1812 年卫国战争，母亲是公爵的女儿。托尔斯泰 1 岁半丧母，9 岁丧父，由姑妈抚养成长。托尔斯泰自幼就开始接受典型的贵族家庭教育。1844 年考入喀山大学，对哲学、道德等产生浓厚的兴趣，并广泛阅读文学作品。1849 年 4 月到彼得堡参加法学士考试，次年在图拉省行政管理局任职，并周旋于亲友和莫斯科上流社会之间。但他渐渐对这种生活和环境感到厌倦，1851 年 4 月底随同服军役的长兄赴高加索，后加入多瑙河部队。在各次战役中，他看到平民出身的军官和士兵的英勇精神和优秀品质，加深了他对普通人民的同情和对农奴制的批判态度。托尔斯泰在高加索时开始创作，在《现代人》杂志上陆续发表小说“自传三部曲”，由《童年》《少年》和《青年》组成，描写了尼古连卡从童年到青年的成长过程及其种种内心感受。这是托尔斯泰创作中贵族青年精神探索主题的开端。《一个地主的早晨》首次表现了托尔斯泰对农民问题的探索。著名短篇小说《琉森》则痛斥了资本主义社会文明的虚伪。

1935 年　苏联
托尔斯泰

1960 年　捷克斯洛伐克
托尔斯泰

1935 年　苏联
托尔斯泰

1960 年　罗马尼亚
托尔斯泰

1978 年　印度　托尔斯泰

1958 年　苏联极限片　托尔斯泰

1978 年　法国　托尔斯泰

1855 年 11 月，托尔斯泰来到圣彼得堡，受到屠格涅夫和涅克拉索夫等人的欢迎，并逐渐结识了冈察洛夫、费特、奥斯特洛夫斯基、德鲁日宁、安年科夫、鲍特金、车尔尼雪夫斯基等作家和批评家。1856 年，托尔斯泰退役，次年年初到法国、瑞士、意大利和德国游历。出国扩大了他的文学艺术的视野，增强了他对落后的俄国社会的清晰认识。托尔斯泰先后在亚斯纳亚·波利亚纳和附近举办了 20 多所农民子弟学校，为研究俄国和西欧的教育制度，还去德国、法国、意大利、英国和比利时等国考察。在农奴制改革中，他常常因为同情农民招致贵族农奴主的敌视。1862 年，托尔斯泰与索菲亚·安德烈耶芙娜·托尔斯塔娅结婚，婚后他们生育了 13 个孩子，过着俭朴、宁静、和睦而幸福的生活。1863 年，他发表中篇小说《哥萨克》，体现了作者在高加索服役时的生活感受、对平民生活的向往和对贵族生活的反感。这时托尔斯泰的妻子帮助他管理占地 380 公顷的庄园，那里树木成荫，风景优美，使托尔斯泰可以将全部时间用于文学作品的创作。在这里，托尔斯泰给人类留下了《战争与和平》《安娜·卡列尼娜》等传世之作。他每一部作品都要修改很多次，他的妻子也进行誊清和保存文稿的工作。

2010 年　梵蒂冈
《战争与和平》

然而，托尔斯泰心灵的宁静与和谐没有保持多久。1869 年 9 月，他因事途经阿尔扎马斯，深夜在旅馆里突然产生一种忧愁和恐怖，这就是所谓“阿尔扎马斯的恐怖”。在这前后，他在致友人的书信里谈到自己近来等待死亡的阴郁心情。1868 年秋至 1869 年夏，他对叔本华哲学发生兴趣，一度受到影响。他研读各种哲学和宗教书籍，不能找到答案。他甚至藏起绳子，不带猎枪，生怕为了求得解脱而自杀。这些思想情绪在当时创作的《安娜·卡列尼娜》中得到鲜明的反映。在 70—80 年代之交新的革命形势和全国性大饥荒的强烈影响下，托尔斯泰的世界观转到宗法制农民的立场上，写下了《忏悔录》等论文，从此托尔斯泰厌弃自己及周围的贵族生活，不时从事体力劳动，摒绝奢侈，持斋吃素。这一时期他的创作重点转移到论文和政论上，宣传自己的社会、哲学、宗教观点，揭露地主资产阶级社会的各种罪恶。他还写了不少民间故事和“人民戏剧”，也写出了一些优秀的小说，其中著名的有长篇小说《复活》、剧本《黑暗的势力》《教

1960 年　苏联　托尔斯泰

1968 年　苏联实寄封　建筑

育的果实》和《活尸》、中篇小说《霍尔斯托麦尔》《伊凡·伊里奇之死》和《克莱采奏鸣曲》等。从 19 世纪 90 年代中期开始，托尔斯泰增强了对社会现实的批判态度，对自己宣传的博爱和不抗恶思想感到怀疑。当时沙皇政府因他的《论饥荒》而企图将他监禁或流放，但慑于他的声望和社会舆论而中止。后又因《复活》的发表，指责他反对上帝，于 1901 年以俄国东正教至圣宗教院的名义革除他的教籍。这个决定引起举世的抗议，托尔斯泰却处之泰然。

1978 年　苏联　托尔斯泰

2008 年　马尔代夫　托尔斯泰

1960 年　苏联　托尔斯泰

电影《战争与和平》剧照

1953 年　捷克斯洛伐克邮资片　托尔斯泰

晚年的托尔斯泰经过世界观激变后，于 1910 年 10 月 28 日从亚斯纳亚·波利亚纳秘密出走。在途中患肺炎，11 月 7 日在阿斯塔波沃车站逝世。遵照托尔斯泰的遗言，他的遗体安葬在亚斯纳亚·波利亚纳的森林中，坟上没有竖立墓碑和十字架。

1960 年　苏联
托尔斯泰

二、托尔斯泰的三大巨著

长篇小说《战争与和平》《安娜·卡列尼娜》和《复活》被誉为托尔斯泰的三大巨著。

《战争与和平》的中心主题是通过对1812年卫国战争的描写，来关注俄国贵族的前途和命运。贯穿全书的主要人物可分为两类：一类以库拉金为代表，他们自私贪婪、虚伪堕落，在国难当头的时刻仍争权夺利、寻欢作乐。小说中的库拉金是一个官痞，儿子阿纳托利是恶少，女儿艾伦则是荡妇。另一类是彼埃尔·别朱霍夫、安德烈·鲍尔康斯基和娜塔莎·罗斯托娃，他们接近人民，厌恶上流社会，经过长期的精神探索，成为社会的精华。安德烈和彼埃尔是探索型的青年贵族知识分子，两人在性格和生活道路上形成鲜明对比。安德烈性格内向，意志坚强，有很强的社会活动能力。他后来投身军界，在严酷的生活面前认识到上层统治阶级的腐败和人民的力量，最后在卫国战争中献身。彼埃尔性格直爽，感情冲动，缺少实际活动能力。他更重视对道德理想的追求，在与人民的接触中精神得到升华，最后成为进步革命团体的主要成员。女主人公娜塔莎个性鲜明，生机勃勃。她与人民和大自然接近，具有强烈和丰富的情感。由于长期的亲身体验和同人民的接近，托尔斯泰深深感到人民在民族历史上的作用。作品对这几个正面人物充满诗情的艺术描写，具有强烈的艺术感染力。通过作者特有的心理描写，这些人物的形象性格特别鲜明生动，具有很高的认识价值和审美价值，从而使小说成为一部波澜壮阔的人民战争的史诗。

2012 年　苏联　油画《贵妇人》

2003 年　俄罗斯　托尔斯泰

1986 年　苏联　马车

《安娜·卡列尼娜》中女主人公安娜，年轻时和丈夫亚历山大·卡列宁结合，婚姻美满，育有一子。卡列宁在仕途上成功，安娜亦于交际场上光芒四射。故事始于奥布朗斯基公爵和英国家庭女教师恋爱，与妻子道丽闹翻，求助于其妹安娜。安娜从圣彼得堡来到莫斯科替二人调解，在车站认识了年轻军官佛伦斯基，并在莫斯科一次舞会中和佛伦斯基发生恋情且不能自拔。佛伦斯基追随安娜至圣彼得堡，两人陷入热恋，频频幽会，安娜怀孕后向丈夫承认了私情。卡列宁一度想与妻子分居，但为保留面子，拒绝离婚并要求妻子终止恋情。后来安娜分娩时难产，在死亡面前，得到卡列宁的原谅。病后安娜无法压抑自己对佛伦斯基的爱，终于离家出走。佛伦斯基带着安娜前往意大利旅行，这时安娜感到无比的幸福。回到俄罗斯后，安娜在儿子生日时，按捺不住去会见自己的儿子。上流社会把安娜看作堕落的女人，断绝和她的往来。安娜只得移居乡下，靠写作打发时间。佛伦斯基和安娜共同生活一段时间后感情日益淡薄。安娜认为情人为前途名誉离她而去，沮丧失望之下，在火车驶近时跳下月台自杀。葬礼之后，卡列宁带走她的女儿，佛伦斯基受到良心的谴责。托尔斯泰揭示了造成安娜悲剧的社会原因，愤怒地谴责了压抑她惨死的社会政治、法律、道德、宗教势力。整部作品描绘了俄国从莫斯科到外省乡村广阔而丰富多彩的图景，先后描写了 150 多个人物，是一部社会百科全书式的作品。

《安娜·卡列尼娜》剧照

《复活》是托尔斯泰晚年的代表作，情节来自一个真实的案件。作品女主人公玛丝洛娃是一个被侮辱与被损害的下层妇女典型。贵族青年聂赫留朵夫在姑母家中诱奸了养女、农家姑娘卡秋莎·玛斯洛娃，导致她后来沦为妓女。而当玛斯洛娃被诬谋财害命时，聂赫留朵夫却以陪审员身份出席法庭审判她。玛斯洛娃由一个天真无邪的少女沦为心灵麻木、卖弄风情的妓女。她对聂赫留朵夫的怒斥，表达了受尽侮辱的妇女对贵族社会的控诉和抗议。后来在西蒙的帮助下，她走向新生，完成了从精神和道德上的复活。这看似巧合的事件，在当时社会却有典型意义。小说通过聂赫留朵夫的经历和见闻，展示了从城市到农村的社会阴暗面，对政府、法庭、监狱、教会、土地私有制和资本主义制度做了深刻的批判，同时表现了作者晚年代表性主题——精神觉醒和离家出走。作品的后面部分，突出了托尔斯泰不以暴力抗恶和自我修身的说教，集中并鲜明地表现了他的力量和弱点。《复活》是托尔斯泰长期思想、艺术探索的总结，也是对俄国社会批判最全面、深刻、有力的一部著作，成为世界文学不朽名著之一。

托尔斯泰是19世纪伟大的批判现实主义的杰出代表，俄国最伟大的作家之一。他以自己有力的笔触和卓越的艺术技巧辛勤创作了“世界文学中第一流的作品”，因此被列宁称颂为具有“最清醒的现实主义”的“天才艺术家”。托尔斯泰思想中充满着矛盾。这种矛盾正是俄国社会错综复杂的矛盾的反映，是一个富有正义感的贵族知识分子在寻求新生活中，清醒与软弱、奋斗与彷徨、呼喊与苦闷的生动写照。托尔斯泰已被公认是全世界的文学泰斗。

1978年　苏联极限片　托尔斯泰

小说《复活》中文版封面

1953年　苏联　托尔斯泰

第七节　俄国批判现实主义作家契诃夫

安东·巴甫洛维奇·契诃夫（Anton Pavlovich Chekhov，1860—1904），19 世纪末期俄国批判现实主义作家、戏剧家，出身于罗斯托夫省塔甘罗格市一个小商人家庭，童年生活困苦。1880 年，他进入莫斯科医科大学医学系，1884 年毕业后在兹威尼哥罗德等地行医并开始进行文学创作。由于他广泛接触平民和了解生活，这对此后的文学创作有良好影响。

1954 年　苏联　契诃夫

1959 年　苏联　契诃夫

1983 年　苏联邮资明信片　契诃夫

2010 年　摩纳哥　契诃夫

契诃夫早期作品大多是短篇小说，如《胖子和瘦子》《小公务员之死》《苦恼》《万卡》等，再现了社会“小人物”的不幸和软弱、劳动人民的悲惨生活和小市民的庸俗猥琐。在《变色龙》及《普里希别叶夫中士》中，他鞭挞了忠实维护专制暴政的奴才及其专横跋扈、暴戾恣睢的丑恶嘴脸，揭示出黑暗时代的反动精神特征。1890 年，他到政治犯流放地库页岛考察后，创作出表现重大社会课题的作品，如《第六病室》猛烈抨击沙皇专制暴政，使列宁阅读后受到很大震动。

《带阁楼的房子》揭露了沙俄社会对人的青春、才能、幸福的毁灭，讽刺了自由派地方自治会改良主义的荒唐。《农民》极其真实地描述了当时农民极度贫困的生活现状，表现了作者对农民悲惨命运的关心同情。《在峡谷里》则揭露富农穷凶极恶的剥削，反映了资本主义渗透农村的现状，体现作者把俄国社会阶级斗争列入创作主题的转变。在《新娘》中，他相信旧制度一定灭亡，对新生活充满信心。

2010 年　俄罗斯小全张　契诃夫

契诃夫后期转向戏剧创作，主要作品有《伊凡诺夫》《海鸥》《万尼亚舅舅》《三姊妹》和《樱桃园》，都曲折反映了俄国 1905 年大革命前夕部分小资产阶级知识分子的苦闷和追求。剧本故事虽取材于日常生活，情节朴素，进展平稳，但却富有深刻象征意义。《樱桃园》是契诃夫最后一部剧作，通过一个破落的地主家庭拍卖祖传樱桃园的故事，表现了贵族阶级的没落、资产阶级的兴起、社会的动荡和作家对新生活的向往。

契诃夫是一位具有资产阶级民主主义思想的作家，他痛恨沙皇专制制度，反对黑暗反动势力。他的创作情趣隽永、文笔犀利，是一位幽默讽刺大师。他的名言“简洁是天才的姊妹”成为后世文学作家追求的目标。契诃夫对中国人民怀有美好的感情，曾约高尔基一同访问中国，但因久病不治而未遂心愿。1904 年 7 月 15 日，契诃夫因肺病恶化而辞世。

1960 年　苏联邮资明信片　契诃夫

契诃夫的小说短小精悍，简练朴素，结构紧凑，情节生动，笔调幽默，语言明快，富于音乐节奏感，寓意深刻。他善于从日常生活中发现具有典型意义的人和事，通过幽默可笑的情节进行艺术概括，塑造出完整的典型形象，以此来反映当时的俄国社会。《变色龙》《套中人》等作品堪称俄国文学史上精湛、完美的艺术珍品。其中，“变色龙”已经成为见风使舵、善于变相、投机钻营者的代名词；而“套中人”则成为因循守旧、畏首畏尾、害怕变革者的符号象征。契诃夫以卓越的讽刺幽默才华为世界文学人物画廊中增添了两个不朽的艺术形象。

第八节　美国现实主义作家马克·吐温

马克·吐温（Mark Twain，1835—1910）是 19 世纪后期美国杰出的现实主义幽默大师、小说家、作家，也是著名演说家，原名塞姆·朗赫恩·克雷门斯（Samuel Langhorne Clemens），“马克·吐温”是其最常使用的笔名。他生于密苏里州的乡村，12 岁时父亲去世，开始了独立的劳动生活，先后做过印刷所学徒、送报人、排字工、船上的领港员，后来又去西部探过矿。1862 年，他来到弗吉尼亚，被聘为州《企业报》记者，并开始写通讯报道和幽默小品。1864 年，他又到旧金山，在《晨报》当记者，继续写作并走上创作道路。

1935 年　美国　马克·吐温

马克·吐温来到西部的时候，当时那里的幽默文学十分流行。这是一种植根于民间口头创作的文学，对马克·吐温的创作产生了很大的影响。1865 年，马克·吐温发表了根据一个传说改写的幽默故事《卡拉维拉斯县驰名的跳蛙》，语言生动诙谐，具有西部幽默文学的特有风格，很受欢迎。此后又发表了散文诗《傻子国外旅行记》、小说《竞选州长》等作品，风格以幽默与讽刺为主，既富于独特的个人机智与妙语，又不乏深刻的社会洞察与剖析。美国南北战争之后，资本主义发展较快，同时社会上不择手段地追求发财、投机冒险的风气横行。70 年代，报纸上屡屡披露政府贪污盗窃、收受贿赂的腐败现象，马克·吐温和查·沃纳为此合写了长篇小说《镀金时代》。小说围绕着新建城市、铺设铁路和开辟航道等事业中出现的投机、诈骗和盗窃国家财产展开，突出地揭示了资本主义社会投机思想对人们的毒害，对美国资产阶级标榜的“黄金时代”予以讽刺。此后马克·吐温又发表了一些重要的代表作品，有《哈克贝利·费恩历险记》《汤姆·索亚历险记》（长篇）和《百万英镑》（短篇）等。在《汤姆·索亚历险记》小说中，马克·吐温通过小主人公汤姆·索亚和哈克的故事，揭露了美国内地生活的庸俗停滞，教会和学校教育的陈腐呆板以及对人的自然感情的束缚，作

1978 年　匈牙利　马克·吐温

2012 年　圣马力诺　马克·吐温

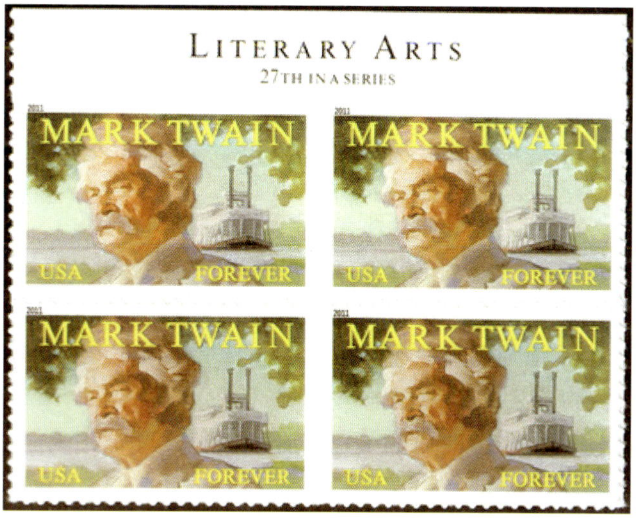

2011 年　美国四方连　马克·吐温

品以生动风趣的情节描绘和幽默朴实的语言风格奠定了马克·吐温创作的最基本特色。姊妹篇《哈克贝利·费恩历险记》是一部独具特色的作品，其中心主题则是反对种族压迫。作者一反模仿英国文学的“优雅矫饰”的文风，成功地运用了地道的美国英语描写真正的美国生活，对以后的美国文学产生了深远的影响。美国英语以其鲜明的特点登上了文学舞台。

1985 年　中非　《镀金时代》

1990 年　美国
《汤姆·索亚历险记》

1960 年　罗马尼亚
马克·吐温

19 世纪 80 年代，马克·吐温还写了两部历史题材的作品《王子与贫儿》《在亚瑟王朝廷里的康涅狄克州美国人》，反映了不同时代英国封建专制的暴政。1894 年后，马克·吐温发表了揭露种族歧视的小说《傻瓜威尔逊》以及中篇小说《败坏了哈德莱堡的人》，还有一些杂文、争论和游记，对资本主义社会进行了揭露和批判。晚年的马克·吐温由于看不到人民的力量和人类光明的前途，在对资本主义现实极度失望的情况下，出现了严重的悲观主义情绪和神秘主义思想，所有这些在他晚年的杂文中有所表现和流露。1910 年马克·吐温去世，葬于纽约州艾玛拉。

1995 年　美国

《哈克贝利·费恩历险记》

1995 年　毛里求斯　马克·吐温

马克·吐温的个人财富虽然不多，但由于他幽默、机智与名扬四海，堪称美国最知名人士之一。他擅长写作具有讽刺意味的小说，曾被推崇为“美国文坛巨子”、美国文学史上的林肯。威廉·福克纳称他为“第一位真正的美国作家，我们都是继承他而来”。他是美国乡土文学的集大成者，海明威曾经说过，“一切当代美国文学都起源于马克·吐温一本叫《哈克贝里·费恩历险记》的书”。

2011 年　美国首日封　马克·吐温

第九章

20 世纪现实主义、社会主义现实主义文学

进入 20 世纪，批判现实主义文学已经渐渐失去了在欧美各国的统治地位，但仍然保持强劲的生命力，涌现出一批影响较大的优秀作家和作品。随着时代的发展，批判现实主义文学在思想内容和艺术形式上也不断发展变化。特别是十月革命后的苏联，诞生了一种名为社会主义现实主义的新文学，成为社会主义国家的主流文学，对欧美左翼作家产生了不同程度的影响。20 世纪欧美文学的重要特征是思潮迭起、流派众多，学术界一般把它们统称为现代主义、后现代主义文学。现实主义与现代主义、后现代主义既有本质的区别，又相互联系、相互影响，共同构成 20 世纪欧美文学的主要潮流。

2008 年　奥兰群岛　书信

第一节　20 世纪的现实主义文学概述

20 世纪的批判现实主义文学在思想上、艺术上不断有新的发展。它们一方面继续坚持民主主义和人道主义，对资本主义进行不懈的揭露和批判；另一方面怀着对人类前途的担忧和对美好未来的追求，进行艰苦的思想、艺术探索。它们遵循按照生活本来面目再现现实生活的原则，重视作品结构的完整性与故事情节的逻辑性，具有较为浓厚的传统色彩。

2005 年　德国　书籍

一、现实主义文学

英国著名戏剧家萧伯纳以辛辣讽刺的笔锋无情地揭露了资产阶级巧取豪夺的丑恶本性，并幻想通过改良的手段实现“百万富翁的社会主义”。法国作家罗曼·罗兰是批判现实主义文学的重要代表人物。他在揭露和批判资产阶级政治腐败和文化堕落的过程中，表现了对自由、民主、光明、正义的强烈追求和献身精神。美国小说家德莱塞以触目惊心的艺术形象揭露了在物质文明掩盖下的美国社会悲剧，无情地撕破资本主义的虚假面目。德国作家托马斯·曼以史诗的形式展现了德国自由资本主义向垄断资本主义转变的过程，反映了资本主义走向衰败没落的历史趋势。类似的作家还有英国作家约翰·高尔斯华绥（John Galsworthy，1867—1933）和爱·摩·福斯特（Edward Morgan Forster，1879—1970），德国的亨利希·曼（Heinrich Mann，1871—1950）、法国的马丁·杜·迦尔（Roger Martin du Gard，1881—1958），美国的尤普顿·辛克莱（Upton Sinclair，1878—1968）等人。约翰·高尔斯华绥的创作传统色彩浓厚，一生写作大量的小说和剧本，成就很高，著名作品有《福赛特世家》三部曲：《有产业的人》《骑虎》《出租》；《现代喜剧》三部曲：《白猿》《银匙》《天鹅之歌》；《尾声》三部曲：《女侍》《开花的荒野》《河那边》。这些作品集中体现了资产阶级疯狂

1950 年　捷克斯洛伐克
萧伯纳

1944 年　捷克斯洛伐克
罗曼·罗兰

1955 年　德国　托马斯·曼

掠夺和贪婪自私的本性，以及与此相联系的精神崩溃和道德堕落，具有鲜明的时代特征和阶级本质。德国作家托马斯·曼和他的哥哥亨利希·曼的思想、创作及文学成就相似。亨利希·曼一生勤奋多产，创作了大量的小说、剧本、散文和政论。代表作长篇小说《臣仆》《穷人》《首脑》合称《帝国三部曲》，全面描写帝国主义时代德国社会尖锐复杂的矛盾冲突，揭示了垄断资本主义和帝国主义战争爆发的根源。

1967 年　英国明信片　高尔斯华绥

第一次世界大战前后，一批新的作家涌现出来。他们完全遵循批判现实主义文学的原则，或在现实主义的框架内采用某些现代主义的创作技巧。这些作家虽然世界观、政治倾向、作品风格各有不同，但都能从自我感受出发，揭露和批判社会现实的不公，谴责帝国主义战争，同情人民的疾苦，探索人类的前途和命运。美国作家海明威这一时期的作品基本属于现实主义文学范畴。他的长篇小说《太阳照常升起》《永别了，武器》揭露了第一次世界大战给人类造成的灾难，表现了战争暴力对一代青年精神和肉体上的残害。玛格丽特·米切尔（Margaret Mitchell，1900—1949），美国现代著名女作家，生于亚特兰大市，曾获文学博

1955 年　德国极限片　城堡

2000 年　加拿大　书籍

1980 年　美国
玛格丽特·米切尔

士学位，担任过《亚特兰大新闻报》的记者。1937 年，她获得普利策奖。1939 年，获纽约南方协会金质奖章。1949 年，她不幸车祸去世。她短暂的一生并未留下太多的作品，但只一部《飘》足以奠定她在世界文学史中不可动摇的地位。法国作家巴比塞（1873—1935）的长篇小说《火线》《光明》采用写实手法描写下层士兵在第一次世界大战中的苦难、牺牲以及他们的觉醒。德国作家埃里希·马里亚·雷马克（Erich Maria Remarque，1898—1970）对帝国主义和法西斯主义的祸害有着惨痛的感受，他的作品大都描写德国人民在两次战争中的经历和厄运。早期小说《西线无战事》是一部有世界影响力的优秀反战作品，描写第一次世界大战中 8 个普通士兵的战壕生活。书中以赤裸裸的白描手法逼真地描写出战争的残酷和恐怖，以及给人们精神上、肉体上造成的巨大伤害。《生死存亡》《凯旋门》《里斯本之战》取材于第二次世界大战，具有鲜明的反法西斯倾向，无论在思想上、艺术上都更为成熟。美国的斯坦培克（John Steinbeck，1902—1968）是在革命思潮和“左”翼运动中崛起的作家。他的作品主要描写生活中资本主义压迫下人们的悲惨遭遇和他们的反抗斗争，代表作有《胜负未决的战争》《人鼠之间》《珍珠》和《愤怒的葡萄》等。

1980 年　美国　《飘》

《西线无战事》中文版封面

20 世纪欧美各国的科学技术与工农业生产的飞速发展，不仅没有消除资本主义的痼疾，反而加剧了人类的生存危机，面临着前所未有的困境。新一代的现实主义作家对西方传统文明、人性本质与人类命运感到沉重和担忧。他们在新的历史条件下大胆探索、勇于创新，创作具有鲜明时代特征的作品，把现实主义文学推向一个新的高潮。如罗曼·罗兰《约翰·克利斯朵夫》、纪德《伪币制造者》、马丁·杜·伽尔《蒂博一家》、高尔斯华绥《福尔赛世家》、托马斯·曼《布登勃洛克一家》、海尔曼·黑塞《荒原狼》、伯尔《莱尼和他们》、辛克莱·刘易斯《巴比特》、斯坦贝克《人鼠之间》、赛珍珠《大地上的房子》等。

1982 年　美国　斯坦培克

英国作家劳伦斯（David Herbert Lawrence，1885—1930）在现实主义基础上，大量地融入象征主义的技巧，代表作有《虹》《恋爱中的女人》《查泰莱夫人的情人》等。他的作品从两性关系入手，描写资本主义工业文明对人性的压抑和摧残，深刻揭示了现代人悲剧性的生存状况，表达了对理想社会的向往。作家毛姆（William Somerset Maugham，1874—1965）的主要成就在小说方面，代表作品有长篇小说《人生的枷锁》《月亮和六便士》《刀锋》等，这些作品贯穿着作家艰苦的思想探索历程，在西方知识分子中很有代表性。法国作家莫里亚克（François Mauriac，1885—1970）的小说大都以爱情、婚姻和家庭生活为题材，代表作品有《给麻风病人的吻》《爱的荒原》《苔蕾丝·德斯盖鲁》和《蝮蛇结》等。其中，《苔蕾丝·德斯盖鲁》描写女主人公生活在一个“爱的荒漠”家庭，不堪精神的折磨，企图毒死丈夫而事情败露，最终被囚禁失去自由的故事。莫里亚克的小说基本上是现实主义的，但又大量使用象征主义和意识流手法，具有现代主义的艺术技巧。

1965 年　法国　纪德

奥地利作家茨威格（Stefan Zweig，1881—1942）以人物传记和中篇小说在欧美各国享有很高的声誉。他擅长心理描写、精于灵魂挖掘，人物性格极为鲜明生动，代表作品有《马来狂人》《一个陌生女人的来信》《看不见的珍藏》和《象棋的故事》等。《一个陌生女人的来信》通过书信形式，倾诉一位多情女子对薄情男子强烈的追求和痴情。《象棋的故事》情节简单、构思精巧，茨威格的这部小说深受弗洛伊德精神分析学的影响，对畸形人格精神分裂描写细致深刻，并对资本主义、法西斯主义扭曲人格、摧残人性的罪恶进行揭露和控诉。

英国戏剧家　毛姆

1985 年　法国　莫里亚克

1980 年　美国　辛克莱 · 刘易斯

1992 年　美国邮资片　赛珍珠

1009 年　英国　《福尔摩斯》

这个时期英国出现了一批冒险、侦探、科学幻想小说作家和作品。早期的冒险小说作家有斯蒂文生、柯林斯等人。斯蒂文生（Robet Louis Stevensan，1850—1894）出生于苏格兰的爱丁堡，从小喜欢文学写作，1882 年起写了许多故事曲折离奇、情节紧张动人的中长篇冒险小说，代表作有《宝岛》《诱惑》《黑箭》和《菲利沙海滩》等。柯林斯（William Wilkie Collins，1824—1889）出生于伦敦，父亲是一位风景画家。1847 年开始尝试写作，第一部小说是记述其父亲生平的《威廉·柯林斯的一生》。他一生共写小说十几部，著名的有《白衣女人》《新济良所》和《月亮宝石》等。侦探小说作家柯南道尔（Arthur Conan Doyle，1859—1930）生于苏格兰的爱丁堡，曾学医获得医学博士，并在伦敦行医。后由于医学上的失败而从事写作。1887 年，柯南道尔写出第一篇以私人侦探福尔摩斯为主人公的小说《血字的研究》，获得普遍欢迎。以后柯南道尔又写了几十篇福尔摩斯侦探案，塑造的侦探专家福尔摩斯及其助手华生医生成为各国读者熟悉的文学形象，柯南道尔因此成为世界著名的侦探小说作家。科幻小说作家威尔斯（Herbert George Wells，1866—1946）出身于伦敦西区一个贫寒的家庭，1895 年出版《时间机器》一举成名，随后又发表了《莫洛博士岛》《隐身人》《星际战争》等多部科幻小说。他还是一位社会改革家和预言家，曾是费边社的重要成员，会晤过罗斯福和斯大林，撰写了《基普斯》《托诺·邦盖》《波里先生和他的历史》《勃列林先生看穿了他》《恩惠》《预测》《世界史纲》等大量关注现实、思考未来的作品，内容涉及科学、文学、历史、社会、政治等各个领域，是现

1981 年　奥地利　茨威格

英国作家柯林斯

1996 年　英国　《时间机器》

1958 年　喀麦隆　柯南道尔

代最多产的作家之一。

法国的科幻小说作家儒勒·加布里埃尔·凡尔纳（Jules Gabriel Verne，1828—1905）一生创作了大量优秀的文学作品，是现代科幻小说的重要开创者之一，代表作有《海底两万里》《格兰特船长的儿女》《地心游记》《八十天环游地球》等，其中《格兰特船长的儿女》《海底两万里》和《神秘岛》被称为“凡尔纳三部曲”。

2005 年　圭亚那小型张　凡尔纳

1978 年　法国　凡尔纳

1968 年　民主德国　高尔基

二、社会主义现实主义文学

社会主义现实主义文学是在继承传统现实主义的基础上发展起来的新型文学。俄国伟大的无产阶级作家高尔基是社会主义现实主义文学的奠基人。他的著名长篇小说《母亲》真实地描写了工人阶级反对资产阶级专制统治的斗争，塑造了具有社会主义觉悟的无产阶级战士形象，是第一部社会主义现实主义的典范作品。高尔基的文学理论与文学创作为社会主义现实主义文学的确立和发展做出了重要贡献。

1967 年　苏联　雕塑

1954 年　苏联　奥斯特洛夫斯基

1951 年　苏联　富尔曼诺夫

十月革命后的苏联，为社会主义现实主义文学的繁荣创造了良好的环境。哥萨克作家肖洛霍夫（1905—1984）的作品深刻反映革命年代尖锐复杂的阶级矛盾和斗争，代表作长篇小说《静静的顿河》是世界文学中不朽的杰作。法捷耶夫（1901—1956）、奥斯特洛夫斯基（1904—1936）、伊萨科夫斯基（1900—1973）、特瓦尔多夫斯基（1910—1971）、列昂诺夫（1899—1994）和巴乌斯托夫斯基（1892—1968）等人都是十月革命后成长起来的新一代作家。法捷耶夫的成名作《毁灭》和绥拉菲莫维奇（1863—1949）的《铁流》、富尔曼诺夫（1891—1926）的《恰巴耶夫》，构成这个时期的三部里程碑式的作品。这些作品不仅歌颂了红军战士不屈不挠的革命精神，同时对人物性格和内心活动都有细致的刻画，艺术成就较高。此外，法捷耶夫的代表作《青年近卫军》取材于卫国战争时期乌克兰某地区的爱国青年组成“青年近卫军”反抗德国法西斯侵略者的英勇斗争故事。作者通过艺术加工，歌颂了一代青年可歌可泣的爱国主义精神和英雄气概，进一步显示了法捷耶夫的创作特点和艺术风格。奥斯特洛夫斯基的《钢铁是怎样炼成的》揭示了新一代革命者的成长。

1971 年　苏联　法捷耶夫

1958 年　苏联　阿・托尔斯泰

19 世纪末 20 世纪初的俄国文坛除了批判现实主义、自然主义和浪漫主义文学外，还有象征主义、未来主义、唯美主义文学。相当一部分作家在十月革命的感召下逐渐转向为新政权、为社会主义服务。青年诗人马雅可夫斯基（1883—1930）毅然摆脱未来主义的影响，满怀激情地为无产阶级革命和社会主义事业“呐喊”。作家阿・托尔斯泰（1881—1945）出身于贵族家庭，大学期间开始写诗，后转向小说创作，长篇小说《怪人》《跛老人》以讽刺的笔调批判了俄国贵族地主的腐朽与衰败，基本属于批判现实主义作品。1917年十月革命爆发，阿·托尔斯泰曾流亡国外并于1923年带着未完成的长篇小说《苦难历程》回到了祖国。这部小说包括《两姐妹》《一九一八》和《阴暗的早晨》三部曲，通过卡嘉、达莎、罗欣、捷列金四位非劳动家庭出身的知识分子在十月革命前后曲折的生活历程，描写了知识分子走向革命的“苦难的历程”，是社会主义现实主义的典范作品之一。阿·托尔斯泰的重要作品还有长篇小说《加林工程师的双曲线体》《彼得大帝》和戏剧《伊凡雷帝》等。

1990年　苏联　帕斯捷尔纳克

十月革命后流亡国外的重要作家还有蒲宁（1870—1953）、库普林（1870—1938）、梅列日科夫斯基（1866—1941）、巴尔蒙特（1867—1941）等。一部分留在国内从事文学创作的作家如阿赫玛托娃（1889—1966）、帕斯捷尔纳克（1890—1960）、布尔加科夫（1891—1940）、左琴科（1895—1958）等人，由于他们的作品不符合社会主义现实主义的规范，从而受到了排斥和批判。随着苏联无产阶级政权的巩固和发展，苏联政府加强了对文学艺术的领导和管理，公布了一系列政策和决议，并于1934年召开了苏联作家第一次代表大会，制定了《苏联作家协会章程》。这些措施对当时各种文艺思潮和文学社团进行了规范，对无产阶级新文学的发展、社会主义现实主义创作方法的确立起到了重要的作用。

1990年　苏联　蒲宁

1975年　古巴　二战胜利

1962 年　苏联　1812 年莫斯科保卫战

1939 年第二次世界大战爆发，德国法西斯在欧洲大陆疯狂肆虐，苏联军民奋勇还击，赢得了卫国战争的伟大胜利。与此同时，苏联文学取得了巨大的成就，创造出许多具有强烈时代色彩的优秀作品。列昂诺夫（1899—1994）在 1942 年发表的著名戏剧《侵略》，描写了一个刑满释放人员与德国占领者的英勇斗争，选材独特、人物内心活动表现充分。特瓦尔多夫斯基在卫国战争期间发表了脍炙人口的著名长诗《瓦西里·焦尔金》，塑造了一位勇敢顽强、乐观豁达的红军战士形象。正是这些平凡普通的战士，以他们的血肉之躯抗击侵略、保家卫国，才取得战争的伟大胜利。长诗《路旁人家》真实地描写了侵略战争给广大人民群众造成的痛苦和灾难。瓦西里耶夫（1924—2013）的《这里的黎明静悄悄》也是一部反映战争题材的小说，充满了人性美和爱国主义精神。

1988 年　苏联　列宁

社会主义现实主义文学创作对苏联文学的繁荣产生过积极的作用，但随着斯大林个人迷信的逐渐形成，教条主义和庸俗社会学的日益泛滥，社会主义现实主义文学成为当时苏联文学的唯一创作方法，并逐渐走向狭隘、僵化的境地。同时，苏共中央对文艺的一系列决议，对西方现实主义文学采取全盘否定和敌视的态度，并对一些作家进行了严厉的批判。这些粗暴的形象措施与政策失误，给苏联文学造成严重的消极影响。20 世纪 50 年代以后，社会主义现实主义文学逐渐失去在苏联文学中的主导地位，文学思潮、文学创作日益趋向多元化与多样化。

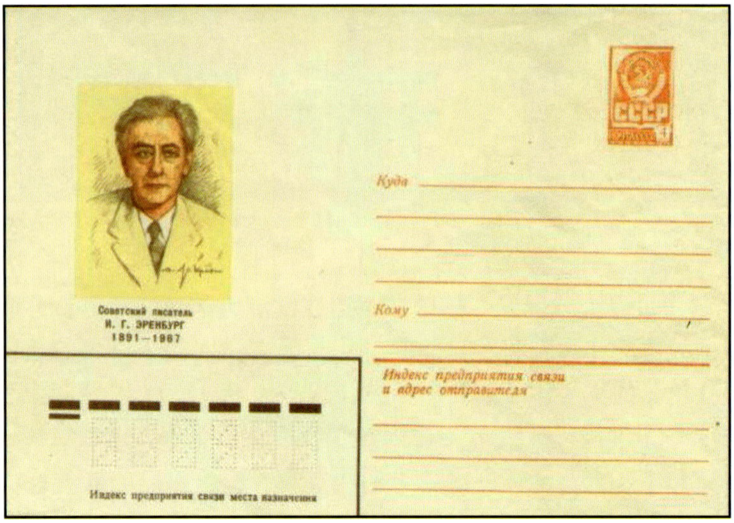

1967 年　苏联邮资封　爱伦堡

2015 年　俄罗斯　西蒙诺夫

苏联作家爱伦堡（Ilya Grigoryevich Ehrenburg，1891—1967）于 1954—1956 年分两部发表的长篇小说《解冻》大胆突破禁区，揭露了当时苏联政治经济体制的僵化，提出应当对个人生存权益给予关怀。小说发表后反响强烈，被视为苏联文学的“解冻”。以军事作家著称的西蒙诺夫（Konstantin Mikhailovich Simonov，1915—1979）于 1959—1971 年发表了《生者与死者》三部曲：《生者与死者》《军人不是天生的》和《最后一个夏天》。小说不仅对苏联卫国战争做了史诗式的多角度、多层次的全景描写，而且批评了斯大林在战争前的肃反扩大化和战争中的指挥失当。作品发表后引起激烈的争论。索尔仁尼琴（Aleksandr Isayevich Solzhenitsyn，1918—2008）的代表作有《伊凡杰尼维奇的一天》《第一圈》《癌症病房》和《古拉格群岛》等，1970 年曾被授予诺贝尔文学奖。他的作品以劳改营的生活为题材，采用自然主义的写实手法，揭露骇人听闻的冤假错案。索尔仁尼琴因此于 1974 年被驱逐出境，1994 年苏联解体后才返回俄罗斯，是苏联“回归文学”的代表。

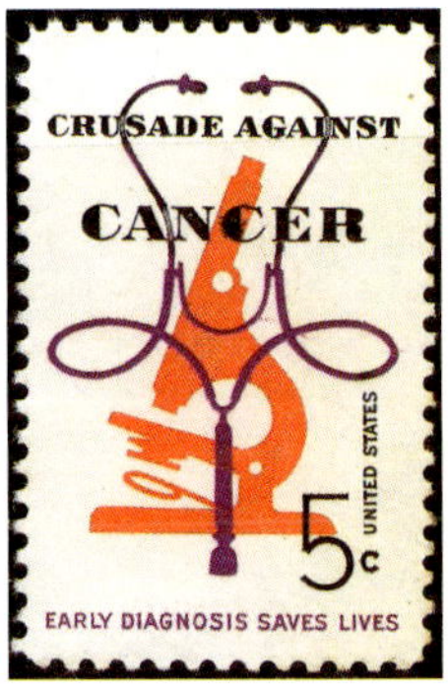

1980 年　美国　《癌症病房》

2009 年　圣文森特和格林纳丁斯　索尔仁尼琴

作家艾特玛托夫

艾特玛托夫（1928—2008）是一位吉尔吉斯族作家，重要作品有《白轮船》《一日长于百年》和《断头台》等。他的小说大多是在写实的基础上融入神话传说、寓言故事，并通过象征、隐喻等艺术手法解析深刻的人生哲理与严肃的社会问题。安德烈·沃兹涅先斯基（1933—2010）被认为是现代主义先锋派诗人，常采用象征、比喻、联想等艺术手法表达深奥的思想内涵；有时会采用生造词语和外来语，使作品晦涩难懂，代表作有诗集《长诗（三角梨）里的三十首抒情离题诗》《玻璃镂花匠》。

1998 年　德国　布莱希特

1960 年　民主德国　布莱希特

与此同时，社会主义现实主义文学在欧美各国也取得了一定的成就。30 年代，西方的“左”翼文学大力提倡社会主义现实主义，影响较大的作家、理论家有德国的布莱希特（1898—1965）、丹麦的尼克索（1969—1954）、英国的奥凯西（1884—1964）、法国的瓦扬·古久里（1892—1937）、美国的马儿兹（1908—1985）和赖特（1908—1960）等人。第二次世界大战后，社会主义现实主义文学在东欧社会主义国家中盛行，南斯拉夫的安德里奇（1892—1975）、德国的安娜·西格斯（1890—1962）、保加利亚的瓦普察洛夫（1909—1942）、波兰的克鲁奇科夫斯基（1900—1962）、捷克斯洛伐克的奥勃拉赫特（1882—1952）等人，都为社会主义现实主义文学做出过重要的贡献。

1952 年　捷克斯洛伐克
奥勃拉赫特

第二节　俄国无产阶级作家马克西姆·高尔基

一、马克西姆·高尔基的生平与创作

马克西姆·高尔基（Maxim Gorky，1868—1936），原名阿列克谢·马克西莫维奇·彼什科夫，高尔基是他的笔名。他出生于俄国下诺夫哥罗，3岁时父亲去世，后随母亲寄居外祖父家。高尔基从小就有强烈的读书愿望，然而贫穷使他只上了两年学。为了养家糊口，他四处奔波，干过各种工作，但他始终没忘记读书。高尔基发奋自学，达到了很高的文化水平，为他的文学创作打下了坚实的基础。

1952 年　苏联　《我的大学》

1978 年　匈牙利　高尔基

1956 年　苏联　高尔基

1952 年　苏联　《母亲》

1943 年　苏联　高尔基《海燕》

高尔基早期的创作中浪漫主义作品与现实主义作品并存，一方面反映了作家尚处于艺术创作的摸索阶段，另一方面也与他当时对文艺使命的理解分不开。高尔基认为，时代要求文学应像“警钟”一样唤醒和推动人们去追求光明和理想。他的浪漫主义作品主要有《少女与死神》《伊则吉尔的老婆子》《鹰之歌》及散文诗《海燕之歌》等。这些作品既反映了人民群众对革命、自由的渴望，也表达了作者对光明未来的憧憬，特别是 1901 年创作的海燕形象，被认为是即将来临的革命风暴的象征，给人们极大鼓舞。此外，现实主义作品还有《奥尔洛夫夫妇》《柯诺瓦洛夫》《沦落的人们》《草原上》《二十六个和一个》以及《切尔卡什》等。这些作品多取材于他在底层生活的见闻和感

1968 年　苏联邮资封　高尔基

1952 年　苏联　高尔基《我的大学》

受，批判资产阶级社会的凄惨和市侩的卑鄙龌龊，同时也表现了人民群众在政治上的觉醒，表达了他们对剥削制度的愤怒和抗议。例如小说《切尔卡什》生动地描写了老流浪汉切尔卡什勇敢、独立不羁、不屈从于金钱和保持人的尊严的高贵品质；在艺术上，则充分显示了高尔基表现现实主义的卓越技巧。

高尔基思想和创作的第二个阶段是1905年革命前后。由于他积极参加革命运动、与列宁结识和加入布尔什维克党，他的世界观发生变化，创作上更加自觉地为无产阶级革命事业服务，力求创造新的英雄人物。此时创作的社会政治剧本《小市民》《底层》《避暑客》《太阳的孩子们》《野蛮人》等，有的反映挣扎在死亡线上的贫苦人民的生活，有的揭露知识分子和资产阶级市侩的精神空虚。在《小市民》一剧里，作者第一次描写了先进工人尼尔的光辉形象。这些剧本的上演，受到革命人民的热烈欢迎，引起沙皇政府的惶恐不安。

1956年　苏联极限片　高尔基

1910年革命后，高尔基的创作达到了成熟阶段。剧本《敌人》第一次描写了向资产阶级正面进攻的工人阶级的战斗集体，塑造了共产党人辛佐夫的典型形象。同时期创作的长篇小说《母亲》在世界文学史上具有划时代的意义。这两部作品同为俄国无产阶级文学的奠基作。十月革命前后，高尔基还写了许多重要作品：《夏天》《三人》《马特维·克日米亚金的一生》《俄罗斯童话》以及自传体三部曲《童年》《在人间》《我的大学》等。

1958年　苏联　高尔基

1922年，高尔基出国养病，病中完成长篇小说《阿尔达莫诺夫家的事业》。1928年回国后，目睹社会主义建设的蓬勃景象，热情高涨。晚年除写了许多热情洋溢的特写、政论、评论文章外，还著有史诗型长篇小说《克里姆·萨姆金的一生》。1934年，高尔基主持召开苏联作家第一次代表大会，并当选为大会主席。1936年6月，高尔基离开人世，享年68岁。高尔基的一生创作了大量的文学作品，在马克思主义文艺理论、文学批评和政论方面也做出了重大贡献，被誉为“无产阶级艺术最伟大的代表者”“社会主义现实主义文学奠基人”“无产阶级革命文学导师”。

二、高尔基的长篇小说《母亲》

《母亲》是高尔基最重要的作品，展现了俄国工人运动的整个历史进程——马克思主义的传播、工人小组的成长、人民群众的觉醒。这是一部反映 19 世纪末至 20 世纪初俄国无产阶级革命斗争的全景式的作品。主人公母亲尼洛芙娜是作者着力刻画的人物形象之一。她身受政权、夫权、神权的三重压迫，从胆小怕事、逆来顺受的家庭妇女到自觉工作、坚定无畏的革命工作者，她的变化是广大人民群众革命意识觉醒的具体体现，显示了革命理论和运动在教育人、改造人方面的巨大威力。《母亲》中另一重要人物是巴威尔，这是一个从普通工人成长为无产阶级革命家的典型，是无产阶级文学中第一个用革命理论武装起来的工人革命家形象。巴威尔是世界无产阶级文学史上第一个优秀的共产党员的光辉典型，概括了俄国无产阶级的觉醒和无产阶级革命战士成长的过程，体现了无产阶级革命者的优秀品质。

2000 年　俄罗斯　高尔基

1943 年　苏联　高尔基

长篇小说《母亲》塑造了世界文学史上第一批自觉为实现社会主义理想而斗争的无产阶级革命者的英雄形象，是高尔基长期探索无产阶级革命文学创作方法即“社会主义现实主义”创作方法的具体实践，体现了在革命的发展中表现现实的创作原则，是一部以现实主义为主又结合浪漫主义的作品，也是社会主义现实主义文学的奠基之作。

第三节　俄国无产阶级诗人马雅可夫斯基

马雅可夫斯基（1893—1930）是苏联优秀的无产阶级诗人，出生于格鲁吉亚，父亲是个林务官。1906 年父亲去世后，全家移居莫斯科。1908 年，他参加俄国社会民主工党，成为党的宣传员。他积极从事地下活动，曾三次被捕，在狱中阅读了大量的文学作品，同时尝试写诗。1911 年，他进入绘画雕刻建筑学校学习，结识了一大批未来派的诗人、画家。1912 年底，马雅可夫斯基与大卫·布尔柳克等人共同发表《未来主义宣言》，出版俄国未来派的第一本诗集《给社会趣味一记耳光》。收在这本诗集里的马雅可夫斯基两首短诗《夜》《早晨》，以及后来陆续发表的一些诗作如《码头》《城市大地狱》等，都有着鲜明的未来主义烙印。这些作品在艺术上抛弃了传统的现实主义手法，追求标新立异，强调诗歌意境的音响、色彩和运动的效果，其思想倾向则是资产阶级的虚无主义和无政府主义。

1960 年　苏联
马雅可夫斯基

1943 年　苏联
马雅可夫斯基

1943 年　苏联
马雅可夫斯基

1950 年　捷克斯洛伐克首日封　马雅可夫斯基

1914 年，第一次世界大战爆发后，马雅可夫斯基在革命形势和布尔什维克党的影响下，写作了不少揭露、批判资本主义制度和帝国主义战争的作品。长诗《穿裤子的云》反映了马雅可夫斯基对资本主义的全面否定和不妥协的抗争精神；而在长诗《战争与世界》里，诗人控诉了帝国主义战争给人民群众带来的痛苦和灾难，发出了反对战争的悲愤呼声。1917 年十月革命期间，马雅可夫斯基从艺术之宫走上战斗的街垒，同革命人民一道参加埋葬旧世界的斗争。他那脍炙人口的诗句："你吃吃凤梨，嚼嚼松鸡，你的末日到了，资产阶级！"以轻蔑的口吻宣判资产阶级反动政权的死刑。这首短诗成了革命队伍攻打冬宫时的战歌。十月革命后，马雅可夫斯基明确宣布站在苏维埃政权的一边。他到广场去，到工厂去，在群众集会上发表演说，朗诵诗歌，进行革命的宣传鼓动工作。面对资产阶级庸夫俗子对无产阶级革命的诅咒，马雅可夫斯基愤然挥笔，写下了震撼人心的《革命颂》。1919—1922 年，马雅可夫斯基参加俄罗斯电讯社工作，和一些诗人、画家合作出版了一种配有短诗的宣传招贴画“罗斯塔之窗”，用人民群众喜闻乐见的形式，及时反映社会生活和革命斗争中的重大问题。

1965 年　苏联极限片　马雅可夫斯基

在十月革命以后的几年时间里，马雅可夫斯基的诗歌创作数量众多，题材广泛，形式多样，是诗人的艺术才华蓬勃发展的时期。诗剧《宗教滑稽剧》，通过《圣经》中洪水淹没大地的神话传说，反映十月革命的内容；长诗《一亿五千万》用夸张和抽象的手法，表现新旧世界的斗争，歌颂一亿五千万苏联人民的伟大胜利；著名短诗《开会迷》以辛辣尖锐的语言，讽刺嘲笑苏维埃政府中那些整天泡在会议室里的官僚主义者。

1990 年　苏联极限片　俄罗斯建筑

1954 年　苏联　列宁

十月革命促进了马雅可夫斯基政治和艺术思想的转变。他创办《列夫》（即《左翼艺术阵线》）杂志，担任主编。在一系列关于文艺问题的诗篇中，如《给艺术大军的命令》《给艺术大军的第二号命令》《魏尔伦和塞尚》等，马雅可夫斯基对未来主义者们、想象主义者们、阿克梅主义者们提出批评，大声疾呼文学艺术要为无产阶级革命事业服务、为现实斗争服务、为未来的共产主义服务。1925 年，马雅可夫斯基发表著名长诗《列宁》，标志着其创作进入了成熟时期。这首长诗以强烈的感情，歌颂列宁高尚的人格、不朽的事业和光辉的思想，塑造了无产阶级革命领袖的艺术形象。长诗包括序诗和三章正诗。序诗阐明长诗的创作动机和指导思想，三章正诗分别从“列宁与时代”“列宁与革命”“列宁与人民”三个方面去描写列宁，主题鲜明，结构严谨。1927 年，马雅可夫斯基为了纪念十月革命十周年，创作了气势磅礴的著名长诗《好》。这部作品以史诗的形式，描写苏联人民在布尔什维克党的领导下，进行社会主义革命和社会主义建设的光辉战斗历程，展望社会主义苏维埃祖国的美好前景。全诗共 19 章，第一章可称为序，说明史诗的创作原则；第 2 章至第 8 章，描写苏维埃祖国在烽火中诞生；第 9 章至第 16 章，描写共和国的巩固和成长；最后 3 章歌颂社会主义建设成就，展望共产主义未来。

马雅可夫斯基从一个未来派诗人转变为无产阶级歌手，一方面招来了未来派的攻击，另一方面也受到“拉普”（俄罗斯无产阶级作家协会）的排斥。这使他在精神上受到很大打击，再加上爱情的失意，内心十分痛苦。1930 年 4 月 14 日，马雅可夫斯基悲愤地自杀了，年仅 36 岁。

1950 年　捷克斯洛伐克　马雅可夫斯基

第四节 苏联作家帕斯捷尔纳克

一、帕斯捷尔纳克的生平与创作

1990 年　瑞典　帕斯捷尔纳克

鲍里斯·列昂尼多维奇·帕斯捷尔纳克（Boris Leonidovich Pasternak，1890—1960），出身于莫斯科一个犹太“艺术家庭”，父亲是莫斯科美术雕塑建筑学院教授，著名画家，曾为托尔斯泰作品画过插图。母亲是著名钢琴家。由于家庭的艺术渊源，少年时代的帕斯捷尔纳克接触过当代文学艺术界的多位名家，包括大作家托尔斯泰、著名音乐家斯克里亚宾和奥地利诗人里尔克等人，这些名家对他的艺术修养和文学创作产生了深远的影响。帕斯捷尔纳克 1909 年考入莫斯科文学院，毕业后留学德国的马尔堡大学，攻读哲学。第一次世界大战期间回国，因腿部有残疾而免服兵役，在乌拉尔一家工厂当办事员。十月革命后，他从乌拉尔返回莫斯科，任教育人民部图书馆职员。1913 年，他开始同未来派诗人交往，在未来派杂志《抒情诗刊》上发表诗作，并结识了勒布洛夫和马雅可夫斯基，使得他以后的创作受到未来派的影响。1914 年以后，他发表诗集《云雾中的双子星座》《在街垒之上》，步入诗坛。在 1922—1932 年的 10 年中，帕斯捷尔纳克出版了诗集《生活啊，我的姐妹》《主题和变调》以及叙事诗《施密特中尉》《1905 年》等。在从事诗歌创作的同时，也写了一些散文和小说，有中短篇小说《柳威尔斯的童年》《空中路》、自传体散文《安全证书》。十月革命后的苏联现实对帕斯捷尔纳克的创作影响很大。1926 年，他写成长诗《施密特中尉》《1905 年》，将视角转到现实与历史方面来，在当时产生了广泛的影响。苏联反法西斯战争前夕，诗人完成了组诗《在早班车上》，文字风格趋向明朗。

帕斯捷尔纳克

2008 年　摩纳哥

《日瓦戈医生》

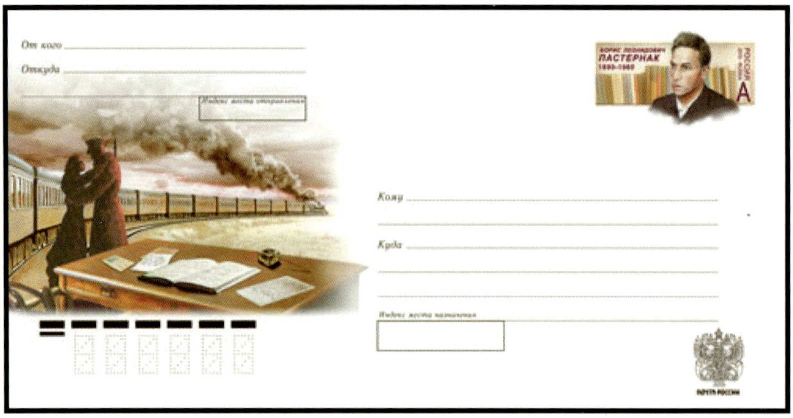

2000 年　俄罗斯邮资封　帕斯捷尔纳克

电影《日瓦戈医生》剧照

《日瓦戈医生》海报

20 年代后期，帕斯捷尔纳克受到拉普（俄罗斯无产阶级作家联合会）攻击，很难发表作品，转而翻译外国文学作品。他翻译了许多西欧古典文学名著，如莎士比亚的《哈姆雷特》《罗密欧与朱丽叶》《安东尼与克莉奥佩特拉》《麦克白》《奥赛罗》《亨利四世》《李尔王》、歌德的《浮士德》、席勒的《玛丽亚·斯图亚特》等。

在卫国战争期间，帕斯捷尔纳克曾奔赴奥勒尔战场采访和报道战事，写有不少战地特写和报告文学作品。战后的 1955 年，他完成了长篇小说《日瓦戈医生》。这部对历史深沉思

2001 年　美国　诺贝尔

考的长篇小说在西方出版后引起强烈反响，“因为他在当代抒情诗和伟大的俄罗斯叙事文学传统领域中，都取得了极为重大的成就”，并获得 1958 年诺贝尔文学奖。帕斯捷尔纳克的获奖，在苏联引起轩然大波，不仅作品受到严厉批判，作家本人也被开除作协会籍，有人甚至扬言取消作者的公民权，将其驱逐出境。在这种情况下，帕斯捷尔纳克被迫拒绝诺贝尔文学奖，并写信给赫鲁晓夫，恳求不要对他采取极端措施。从此，他过着离群索居的生活。1960 年 5 月 30 日，帕斯捷尔纳克孤独地在莫斯科郊外寓所中病逝。1986 年，苏联作家协会正式为帕斯捷尔纳克恢复名誉，并成立了帕斯捷尔纳克文学遗产委员会。1989 年，作家的儿子代表父亲在瑞典接受了迟到 30 年的诺贝尔文学奖。

二、帕斯捷尔纳克的长篇小说《日瓦戈医生》

1955 年，在苏联文学的所谓“解冻时期”，帕斯捷尔纳克写出了长篇小说《日瓦戈医生》。这部作品的历史背景是第一次世界大战和俄国十月革命前后，作者用日瓦戈医生的悲剧人生，透露出一代知识分子对十月革命所表现出的迷惘。作者把它寄给了当时苏联的《新世界》杂志编辑部，但编辑部很快退回了原稿，并附了一封措辞严厉

《日瓦戈医生》海报

的谴责信。然而，1958 年 10 月 23 日，帕斯捷尔纳克因小说《日瓦戈医生》获诺贝尔文学奖。同年 12 月 15 日，美国《时代》周刊的封面上，帕斯捷尔纳克一点也没有表现出获得诺贝尔文学奖后的喜悦，头发灰白的他像刚刚经历过一场大病，头顶上一片铁幕般笼罩的黑云。

《时代》杂志封面　帕斯捷尔纳克

《日瓦戈医生》的主要线索是围绕主人公日瓦戈的生活遭遇展开。日瓦戈出身于西伯利亚的一个富翁家庭，后因父亲破产自杀、母亲去世而成为孤儿。在舅舅的抚养下，日瓦戈完成了彼得堡大学学业，毕业后与教授的女儿冬尼娅结婚，成为一名外科医生。第一次世界大战爆发，日瓦戈应征入伍。1917 年二月革命发生后，他回到莫斯科原来医院工作。十月革命后，首都生活艰难。为了寻求温饱和安定，他携全家穿越战区，千里迢迢来到西伯利亚老家瓦雷金诺。在这里，日瓦戈遇见昔日女友拉里莎。不久，他被红军游击队劫持去当医生。因日瓦戈下落不明，妻子只能带着孩子返回莫斯科，后被驱逐出境。日瓦戈逃离游击队后，与女友拉里莎隐居瓦雷金诺。但短暂的平静生活被打破，女友逃往远东，

1987 年　苏联邮资明信片　帕斯捷尔纳克

他只身回到莫斯科。然而等待他的是妻离子散，贫苦潦倒，病重挣扎，最后心脏病发作，猝死街头。《日瓦戈医生》中的日瓦戈作为一个艺术典型，是十月革命前后俄国一代旧知识分子的代表。他们一般对革命不持敌对态度，但是往往不能正确地、全面地理解革命。在社会大变革时期，他们力图保持个人精神上的独立，固守自己的信仰、理想和价值观。因此，他们常常与时代发生矛盾，在现实面前碰壁，最后导致个人悲剧，成为时代的牺牲品。日瓦戈医生在某些方面又是作者的自我写照，形象地表现了俄国相当一部分知识分子在大革命时代的复杂心态：他们的希冀、追求、迷茫、痛苦和失望；同时也表达了作者对现实生活的态度，对革命的变革，对人生哲学、道德原则的思考。作品通过各种人物反映了俄国历史上，也是人类历史上最重要、斗争最激烈的一个时期的时代风貌，是一部具有历史性特点的小说。

电影《日瓦戈医生》海报

第五节　苏联小说家肖洛霍夫

一、肖洛霍夫的生平与创作

米哈伊尔·亚历山大罗维奇·肖洛霍夫（1905—1984）是著名小说家，20 世纪苏联文学的杰出代表。他出身于顿河维辛克镇的一个磨坊主家庭，少年时因国内战乱只读了 4 年书就不得不中断学业。国内革命战争时期，顿河地区的斗争十分激烈和残酷。少年时代的肖洛霍夫不仅是这场斗争的目击者，而且直接参与了红色政权组建时的工作，担任办事员和扫盲教师，参加武装征粮队等。正是顿河哥萨克地区多彩的生活，成为肖洛霍夫文学创作取之不

1985 年　苏联　肖洛霍夫

1990 年　苏联　肖洛霍夫

尽的源泉。1922 年，肖洛霍夫来到莫斯科，开始了他的文学生涯。1923 年，他加入莫斯科共青团作家和诗人的文学团体“青年近卫军”，发表小品文《考验》《三人》和《钦差大臣》等。1924 年，加入俄罗斯无产阶级作家联合会，同年发表第一篇短篇小说《胎记》。1926 年，他出版小说集《顿河故事》和《浅蓝的原野》，受到文坛的关注。在小说集的 20 多篇小说中，作家把严峻而复杂的社会斗争浓缩到家庭中间和个人关系之间展开，在哥萨克内部尖锐的阶级冲突背景中展示了触目惊心的悲剧情景和众多的悲剧人物。

肖洛霍夫及《静静的顿河》中文版封面

1926 年，肖洛霍夫开始构思长篇巨著《静静的顿河》，历经 14 年时间，小说 4 卷本分别于 1928 年、1929 年、1933 年、1940 年出版。整部小说记述了 1914 年开始的政治大风暴对一个哥萨克村镇和一户哥萨克人家的猛烈冲击。小说的发表影响巨大，在苏联文学史上获得广泛的声誉。

在此期间，肖洛霍夫还发表了《被开垦的处女地》，以顿河格列米雅其村集体农庄的建立、发展和巩固为背景，写出了斗争的复杂性和尖锐性，反映了在布尔什维克党领导下，苏联个体农民走上了社会主义集体化道路的过程，具有浓烈的生活气息。小说中达维多夫、拉古尔洛夫和梅谭尼可夫等形象鲜明生动，戏剧性的情节紧张感人。小说的成功使作家在苏联文学界的地位进一步提高。

1985 年　苏联　肖洛霍夫

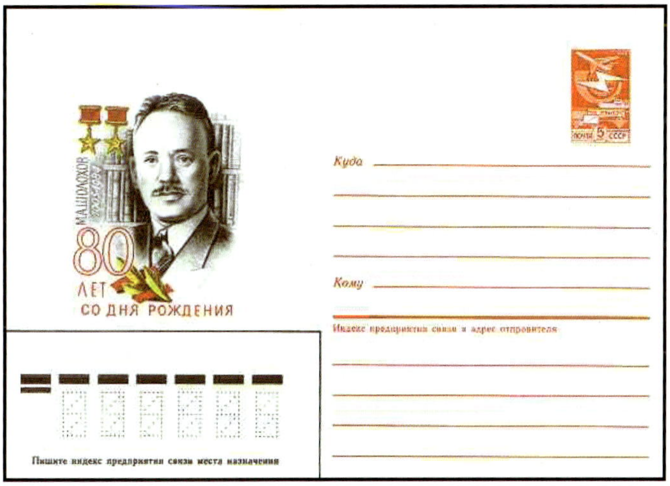

1985 年　苏联邮资明信片　肖洛霍夫

苏联卫国战争期间，肖洛霍夫作为随军记者在前线写下许多随笔和短篇小说。1943 年，还发表了反映卫国战争的长篇小说《他们为祖国而战》。

1957 年，他发表的短篇小说《一个人的遭遇》产生了很大的影响，被称为当代苏联军事文学新浪潮的开篇之作。作家通过主人公索科洛夫在战争中的不幸遭遇和所表现出的坚韧品格，深刻地反映了法西斯的侵略战争给苏联人民带来的深重灾难，以及苏联人民强烈的爱国主义精神、博大的胸怀和坚不可摧的意志。这些作品真实地描写了主人公的家庭悲剧、精神痛苦和心灵创伤，散发着强烈的人道主义气息。

2008 年　乌克兰　乌克兰骑兵

电影《静静的顿河》海报

肖洛霍夫的创作始终关注顿河哥萨克人的命运，反映了哥萨克人民的生活变迁，塑造了许多个性鲜明的哥萨克形象，并开创了独特的悲剧史诗的艺术风格。1965 年，肖洛霍夫“由于他在描绘顿河的史诗式的作品中，以艺术家的力量和正直，表现了苏联人民生活中的具有历史意义的面貌”而获得诺贝尔文学奖。

二、肖洛霍夫的《静静的顿河》

1985 年　苏联　肖洛霍夫

《静静的顿河》是肖洛霍夫的代表作，并获诺贝尔文学奖。作品生动地描写了从第一次世界大战到国内战争结束这个动荡的历史年代顿河哥萨克人的生活和斗争，表现了苏维埃政权在哥萨克地区建立和巩固的艰难过程及其强大生命力，揭示了一切反动落后势力必然失败灭亡的命运。

哥萨克人麦列霍夫家是一个自足和富裕的家庭。一家之主潘苕莱·普罗珂菲耶维奇已残年晚景，他有两儿一女：大儿子彼得罗已经娶亲，媳妇叫妲丽亚；小儿子葛利高里长得像父亲，有一双热情的眼睛和棕红色的皮肤，笑起来略有一些粗野；爱女杜妮亚希珈是个大眼睛的姑娘。

2006 年　俄罗斯　顿河

葛利高里爱着邻居司契潘的妻子婀克西妮亚。婀克西妮亚 17 岁那年嫁给了司契潘，新婚后丈夫的家暴、酗酒、搞女人，使得夫妻间没有爱情可言。当葛利高里执着而又满怀希望地向她表达爱情，顽固地追求她时，婀克西妮亚在理智上尽力抵抗，而在心理上又感到温暖和愉快。鞑靼村的首富珂尔叔诺夫家的长女娜塔莉亚长得很漂亮，有一对灰色的勇敢的眼睛，身躯结实而美丽。娜塔莉亚喜欢葛利高里，葛利高里也下决心

电影《静静的顿河》剧照

1969 年　苏联　油画《革命者》

要和婀克西妮亚结束旧情并和她结婚，而婀克西妮亚却决心把葛利高里从娜塔莉亚手里夺回来。但不久，葛利高里与娜塔莉亚结婚了。

一个布尔什维克派来的叫施托克曼的人来到鞑靼村，向哥萨克们灌输着一些简单的概念和政治修养，使他们对现存的制度产生厌恶和憎恨。娜塔莉亚吃苦耐劳，可性格冷淡，对丈夫的爱意只会窘急的顺从，这就使葛利高里和婀克西妮亚的旧情重又复苏。娜塔莉亚非常伤心，她要回娘家去。葛利高里则离家出走，和婀克西妮亚一起去亚果得诺叶的贵族李斯特尼次基家。葛利高里当了他家的马车夫，婀克西妮亚在厨房打杂。婀克西妮亚生了一个女孩，娜塔莉亚痛苦万分。

油画《静静的顿河》

葛利高里参军入伍，军队生活寂寞无聊，哥萨克们怀念起家乡来。葛利高里看不惯军队里的人和作风，军官对士兵残酷无情、士兵们强奸妇女，这些都使他愤慨。第一次世界大战爆发后，葛利高里所在的连队向前线进发。在一次战斗中，葛利高里受了伤，因为他带伤救了一个受伤的中校军官，得了乔治十字勋章。婀克西妮亚这时把对葛利高里的爱全部都放在女儿身上，但女儿不幸患猩红热死去使她极其痛苦。李斯特尼次基中尉乘虚而入，对她表示怜悯和亲热。被失望折磨着的婀克西妮亚顺从地委身于他。葛利高里出院归来，听说了婀克西妮亚的事，便离开庄园回到自己家里。妻子娜塔莉亚给他生了一对孪生子，把全部心思都放到孩子身上。1917 年，葛利高里加

油画《顿河》

入布尔什维克军队，不久因战功而被提升为少尉，十月革命后他又当了连长。他时而认为应该建立人民政权，时而又认为顿河哥萨克应自治。秋天，红军开始反攻，进驻鞑靼村。肃反委员会和军事法庭对在白军军队中服务过的人进行简单而又不公平的审判和处决。葛利高里出于对红军的仇恨加入了叛军月申斯克军队并很快因作战勇敢而成为师长。可是革命形势让他认识到长期以这种形式保卫家乡是做不到的。这时葛利高里偶然遇到婀克西妮亚后，两人又重修旧好。

2005 年　俄罗斯　肖洛霍夫

1985 年　苏联套票　肖洛霍夫

2015 年　肖洛霍夫

战争改变着麦列霍夫一家人的关系。女儿杜妮亚希珈因父母剥夺了她嫁给珂赛伏依的希望而痛恨父母，大媳妇妲丽亚因守寡而开始和公婆争吵，后来投水自杀。娜塔莉亚意识到丈夫又和婀克西妮亚在一起了，决心流掉正在怀着的孩子，不幸因失血过多而死去。顿河的哥萨克军队被红军打垮，葛利高里离开了军队，偷偷回到村里，带上婀克西尼娅逃走。路上，婀克西尼娅被征粮队哨兵打死，葛利高里万念俱灰。他失去了一切宝贵的东西。1922 年春，他结束了漂流的生活，回到家乡，只有自己的儿子是生活残留给他的全部。

《静静的顿河》篇幅巨大、场面广阔、内容丰富，无论从反映生活的深度还是广度上来说都称得上是一部史诗性的作品。作品中人物众多，主要人物极富个性，并成功地塑造了葛利高里这个不朽的典型人物。葛利高里既有哥萨克人的共性，又有独特个性，既不是单纯的正面人物，又不能简单归为反面人物，是一个在苏联文学中血肉丰满、栩栩如生的艺术典型。小说对顿河草原壮丽景色的描绘，对哥萨克人独特风土人情的描述，以及风趣幽默的方言口语的运用都非常出色，增强了小说的地域色彩和艺术魅力。

第六节　法国作家罗曼·罗兰

1966 年　苏联　罗曼·罗兰

罗曼·罗兰（Romain Rolland，1866—1944），法国思想家、文学家、批判现实主义作家、音乐评论家和社会活动家，出身于一个中产阶级家庭，父亲是一位公证员，母亲是旧教徒，爱好音乐。罗曼·罗兰从小在母亲的熏陶下养成了对音乐的爱好，崇拜贝多芬，这对他今后思想的形成和才能的发展有很大的影响。15 岁时，罗曼·罗兰随父母迁居巴黎，1886 年中学毕业后考入巴黎高等师范学校，1889 年毕业后通过会考取得了中学教师终身职位的资格，并开始与他崇拜的托尔斯泰通信。此后，他多次去意大利、黎巴嫩、比利时和荷兰等地旅游，收集创作素材。1895 年，在罗马法国考古学校当研究生，并完成他的学位论文《近代歌剧之起源》。归国后，罗曼·罗兰在巴黎高等师范学校和巴黎大学讲授艺术史，并从事文艺创作，与此同时还创立了

1985 年　法国
罗曼·罗兰

罗曼·罗兰家纺品牌。

19 世纪末，欧洲资本主义向帝国主义过渡时期，颓废文学泛滥，一种对社会的责任感促使罗曼·罗兰踏上创作的道路。他早期写了 7 个剧本，以历史上的英雄事件为题材，试图以“革命戏剧”对抗陈腐的戏剧艺术。罗曼·罗兰曾计划创作一套以法国大革命为题材的 12 部曲，结果完成了“革命戏剧”三种：《群狼》《丹东》和《七月十四》；“信仰悲剧”三种：《圣路易》《艾尔特》和《理智的胜利》；还有一些其他剧本。

1960 年　捷克斯洛伐克
托尔斯泰

1970 年　卢旺达
贝多芬

20 世纪初，罗曼·罗兰的创作进入一个崭新的阶段。为让世人能够“呼吸英雄的气息”，罗曼·罗兰开始为具有巨大精神力量的英雄树碑立传，连续写了几部名人传记，如《贝多芬传》《米开朗琪罗传》和《托尔斯泰传》等，共称《名人传》。与此同

1978 年　苏联小型张　米开朗琪罗

时，罗曼·罗兰开始创作长篇小说《约翰·克利斯朵夫》。这部作品从 1890 年开始酝酿、构思，到 1912 年完成最后一卷，共花费 20 多年时间。此书出版后，他被授予 1915 年的诺贝尔文学奖。两次大战之间，罗曼·罗兰的创作又一次达到高潮。1919 年发表的中篇小说《哥拉·布勒尼翁》，运用拉伯雷式的诙谐而轻松的笔调，描写了法国文艺复兴末期木刻工匠布勒尼翁的生活故事，表现了高卢民族健康、乐观、愉快的性格。十月革命爆发，罗兰在《向俄国革命致敬》和《致自由和解放者的俄罗斯》的文章中表达了他的敬意，但又担心革命和社会主义制度会妨碍他的“精神独立”。他希望无产阶级革命要避免“过火行动”，不要采取暴力的手段。

1945 年　苏联　莫斯科阅兵

1944 年　捷克斯洛伐克　罗曼·罗兰等作家

1920 年，罗兰重返巴黎，发表了两部反战小说《皮埃尔和吕丝》和《格莱昂波》，其中《格莱昂波》可以说是“精神独立宣言”的形象化说明。1922—1933 年，罗兰经历了一场痛苦的精神危机，事实使他认识到人类要免除法西斯主义的战争威胁，必须依靠社会主义苏联和世界人民的力量，而没有所谓依靠“精神独立”的第三条道路。1933 年，罗兰发表了《我为谁写作》一文，宣称自己为革命的无产阶级写作。1935 年，罗兰访问苏联，会见高尔基，在反法西斯的战线上与高尔基并肩作战、共同努力。在《莫斯科日记》中，罗兰记录了他访问苏联的所闻所感，肯定了社会主义苏联取得的辉煌胜利，也指出了这个新政权在浮夸作风、个人崇拜、缺乏言论和通信自由，以及权力缺乏监督、肃反扩大化等方面的问题，表现了一个正直作家敏锐、准确的观察力和判断力。这期间，罗兰发表了第二部代表作长篇小说《欣悦的灵魂》，以及论文集《十五年斗争》和《以革命手段取得和平》，还发表了音乐理论和音乐史方面的重要著作 7 卷本的《贝多芬的伟大创作时期》，最后以历史剧《罗伯斯庇尔》作为他一生从事文学创作的总结。

长篇小说《约翰·克利斯朵夫》是罗曼·罗兰最重要的一部作品。全书以音乐家克利斯朵夫一生的奋斗为经，以第一次世界大战前二三十年的欧洲生活为纬，反映了世纪之交一代知识分子的精神探索，表现出作家反对陈旧秩序的进步立场和坚持人类

2012 年　马里小型张　贝多芬

进步文化的艺术观点。主人公约翰·克利斯朵夫是一个为追求真诚的艺术和健全的文明而顽强奋斗的平民艺术家。他的形象包含着巨大的时代内容和社会内容。克利斯朵夫的性格是矛盾和复杂的，作为小资产阶级知识分子的他对现实充满不满和反抗，同时对资产阶级又抱有一定的幻想；日趋破产的社会经济地位使他接近和同情人民，而个人英雄主义的意识又使他不信任和脱离人民。作品通过克利斯朵夫的经历和遭遇，揭示了德法资本主义进入帝国主义阶段的社会矛盾，揭露和批判腐朽的资产阶级文化艺术以及腐败的统治，在客观上提出了改造社会的进步思想。《约翰·克利斯朵夫》在艺术风格上也较有特色，对人物的心理、思想感情和对大自然的感受描写细致，具有抒情色彩。作品的心理描写和自然景物描写与作者的议论和思想发挥相映衬，抒情因素和哲理、政论因素互相交织，构成作品“长篇叙事诗”的独特格调。音乐性是这部小说的另一个独到的艺术特色。评论界一致公认这是一部音乐小说，是一部反映当时欧洲生活和思想文化的、具有历史意义的重要文学作品。

罗曼·罗兰

第七节　英国现实主义戏剧作家乔治·萧伯纳

乔治·萧伯纳（George Bernard Shaw，1856—1950），英国现代杰出的现实主义戏剧作家，是世界著名的擅长幽默与讽刺的语言大师。他出身于爱尔兰的首都都柏林一个小公务员家庭，父亲是个没落贵族，母亲是一个有才能的音乐家。萧伯纳 14 岁失学，在都柏林的汤森地产公司当学徒。1876 年，他的父母离婚，萧伯纳随母亲离开爱尔兰来到伦敦。年轻的萧伯纳没有工作，靠母亲微薄的薪水维持生活。为寻找到一份职业，萧伯纳曾先后在爱迪生电话公司、《大黄蜂》报工作。萧伯纳一直想以写作谋生，写过许多音乐评论，发表过一些小说，但是他并不顺利。他的第一部小说《不成熟》涉及不温不火的恋情，以及未成年人的不幸和成功，写于 1879 年，但到 1931 年才被印刷出版。萧伯纳于 1892 年开始发表剧本，以后便专门从事剧本的创作。他的第一个戏剧集《不愉快的戏剧集》出版，包括《鳏夫的财产》《华伦夫人的职业》《荡子》三个剧本。

1981 年　爱尔兰　萧伯纳

1956 年　苏联　萧伯纳

2000 年　爱尔兰　萧伯纳

文学道路的坎坷并没有使萧伯纳灰心丧气，为了在社会上有立足之地，他更加勤奋地学习和写作，阅读了大量的文学作品，还热心于参加社会活动。为了克服自身害羞的弱点，萧伯纳参加了一个叫“考求者学会”的辩论会。他经常当众与学者们辩论，为了给别人留下深刻的印象，特意留起了讽刺家式的发型，对着镜子练习怎样以潇洒的手势来加强演说效果。不久，萧伯纳便以爱尔兰式的机智幽默赢得了听众的关注，很快就成为一位令人倾倒的演说家。19 世纪的英国戏剧一蹶不振，萧伯纳嘲笑它们是迎合低级趣味的“糖果店”。他认为戏剧应该依赖对立思想的冲突和不同意见的辩论来展开。不过，当他听了评剧家朗诵了易卜生的剧本《培尔·金特》后，开始对戏剧产生浓厚的兴趣，安下心来研究易卜生的剧本，并写下了《易卜生主义的精华》一书。这部书在欧洲戏剧史上有着重要的地位。在易卜生的影响下，萧伯纳认识到运用戏剧这个武器，不仅能扫荡英国舞台的污秽，而且能倾诉自己对这个黑暗现实社会的不满。他立志要革新英国的戏剧。

1956 年　罗马尼亚　萧伯纳

1995 年　马尔代夫　萧伯纳

1956 年　罗马尼亚　萧伯纳

1896 年，萧伯纳完成《难以预料》一剧，触及资产阶级家庭的瓦解问题。同年萧伯纳结了婚，婚姻改变了他的一些生活习惯，唯一不变的是他对戏剧的热爱。他写出了《英国佬的另一个岛》《巴巴拉少校》《皮革多利翁》《伤心之家》《圣女贞德》等大量优秀的作品。1897 年，《康蒂坦》和《魔鬼的门徒》两剧发表。《康蒂坦》《武器与人》《风云人物》《难以预料》四剧组成萧伯纳的第二个戏剧集《愉快的戏剧集》。《魔鬼的门徒》和《布拉斯庞德上尉的转

1975 年　毛里塔尼亚　萧伯纳获诺贝尔文学奖

2001 年　摩纳哥　萧伯纳

变》《恺撒和克莉奥佩特拉》三剧组成萧伯纳第三戏剧集《为清教徒写的三剧本集》，表达了作者对帝国主义侵略政策的愤慨。1900 年，发表《布拉斯庞德上尉的转变》。1903 年，发表阐述自然哲学思想的第一部作品《人与超人——喜剧与哲学》。1907 年，发表历史剧《恺撒和克莉奥佩特拉》。1908 年，发表关于家庭和婚姻问题的剧本《结婚》。1910 年，《贵贱联姻》《芳妮的第一个剧本》发表。1914 年，发表论文《战争常识谈》，表明自己对战争的观点。1917 年，写出表现第一次世界大战前夕英国知识分子绝望情绪的剧本《伤心之家》。十月革命发生，萧伯纳是亚欧最早同情和拥护这一革命的进步知识分子代表人物之一。

1921 年，萧伯纳的“变种生物学五部曲”戏剧《回到马修斯拉时代》发表。同年，在英国共产党理论刊物《劳运月刊》的创刊号上，发表了论文《无产阶级专政》。1925 年，萧伯纳以其作品具有出色的理想主义和人道主义而获得了诺贝尔文学奖。他用这笔约合 8000 英镑的奖金捐助创立英国瑞典文学基金会。1931 年，萧伯纳访问苏联，在莫斯科度过他的 75 岁寿辰。高尔基写信向他祝贺，称颂他是“勇敢的战士”。回国后，萧伯纳发表演说撰写文章，赞扬苏联人民的卓越成就，并多次公开声称未来的世界属于社会主义。1932 年发表剧本《真相毕露》。

1984 年　爱尔兰

萧伯纳《卖花女》

1966 年　捷克斯洛伐克

萧伯纳漫画

1933 年 2 月，萧伯纳访问中国，在上海与宋庆龄、蔡元培、鲁迅等会面。是年，发表最后一部小说《黑女求神记》。1936 年，发表剧作《意外岛上的傻子》《女百万富豪》《日内瓦》《好国王查理第二治下的黄金时代》。1944 年，政论书籍《政治指南》发表。1950 年 11 月 2 日，萧伯纳在英国赫特福德郡的寓所因病逝世，终年 94 岁。萧伯纳一生创作小说 5 部，剧本 63 个。他毕生创造幽默。他的墓志铭虽只有一句话，但恰巧体现了他幽默的风格：“我早就知道无论我活多久，这种事情迟早总会发生的。”

第八节 英国小说家戴维·赫伯特·劳伦斯

戴维·赫伯特·劳伦斯（D. H. Lawrence，1885—1930）是20世纪英国最独特的小说家和诗人之一，一生创作长篇小说10部，中短篇小说40余部，还有近千首诗和剧本4部。由于他的创作受弗洛伊德精神分析法的影响，作品对家庭、婚姻和性进行了细致入微的探索与描写，一度引发极大的轰动与争议。劳伦斯出生于英国中部诺丁汉郡煤区斯特伍德，父亲是矿工，母亲出身于破落的中产阶级家庭，当过小学教师。由于夫妻感情不和，劳伦斯母亲把所有的爱都给了小劳伦斯。这种超越正常的母子亲情，造成劳伦斯人格发展的失衡。

戴维·赫伯特·劳伦斯

小说《白孔雀》封面

劳伦斯中学期间，与当地农庄少女杰茜·钱伯斯产生恋情，这对他的早期生活和创作产生了很大的影响。1906年，劳伦斯入诺丁汉大学师范系学习，结业后在伦敦郊区的一所中学任教。1912年，劳伦斯到诺丁汉大学法语教授家拜访时，与年长8岁、已有3个孩子的教授夫人弗丽达一见钟情，两人随后出奔，开始了新的生活。这个时期，劳伦斯重要的创作有《白孔雀》《逾矩的罪人》《儿子与情人》等。《儿子与情人》被看作是一部带有自传性质的长篇小说，因为故事内容取材于劳伦斯的早年生活。小说以煤矿工人的生活为中心，描述了主人公保罗从出生到成年的整个过程，其中交织着夫妻、父子、母子和情人之间的复杂感情。小说具有双重主题，一是与弗洛伊德学说相契合的心理探索，二是从属于弗洛伊德的社会批判主题。

《儿子与情人》剧照

劳伦斯和弗丽达离开英国后，先到了弗丽达的家乡德国，后又去了意大利。1914 年，他们回到英国，8 月第一次世界大战爆发，劳伦斯夫妇离开伦敦移居康沃尔郡。劳伦斯深居简出，埋头创作。这个阶段劳伦斯创作了他最杰出的作品《虹》，次年又完成了《恋爱中的女人》。《恋爱中的女人》是《虹》的姊妹篇，书中主要人物的名字与《虹》中相同，表面上看来，它是延续了《虹》中布兰温家族第三代的故事，但实际上二者并无内在联系，而是独自成篇。战争结束后，劳伦斯再度离开英国，去锡兰、澳大利亚、新西兰等地游历，这个阶段连续发表了《迷途的少女》《亚伦之杖》《袋

1986 年　苏联　乡村

鼠》《羽蛇》等长篇小说。1926 年后，劳伦斯进入生命和创作的最后阶段，他们夫妇在意大利度过了一生中最美好和稳定的一段时光。1930 年 2 月，劳伦斯肺病恶化，住进法国南部的芬斯疗养院，3 月去世。这一时期，尽管劳伦斯被病魔折磨得痛苦不

堪，但仍以顽强的毅力写了大量的小说、散文和诗歌，其中最重要的是他的最后一部长篇小说《查泰莱夫人的情人》。

《查泰莱夫人的情人》以宗教般的热忱赞美人间性爱，以细腻微妙的笔触描绘两性关系中那种欲仙欲死的境界，而那伴随着炽烈的性爱体验的，是对历史、政治、宗教、经济等社会问题的严肃思考。由于小说毫不隐讳地描写了性爱，因而被斥为淫秽作品，并遭查禁。然而这部小说最终以其严肃的寓意、社会批判的主题、真切透辟的写实手法和细腻深刻的心理描写成为名著，并对现当代英国乃至西方文学产生了重大影响。劳伦斯毕生致力于男女性爱题材小说创作。他在揭示男女情爱的同时，将性爱描写上升到哲学和美学的高度。

小说《虹》中文版封面

小说《虹》中文版封面

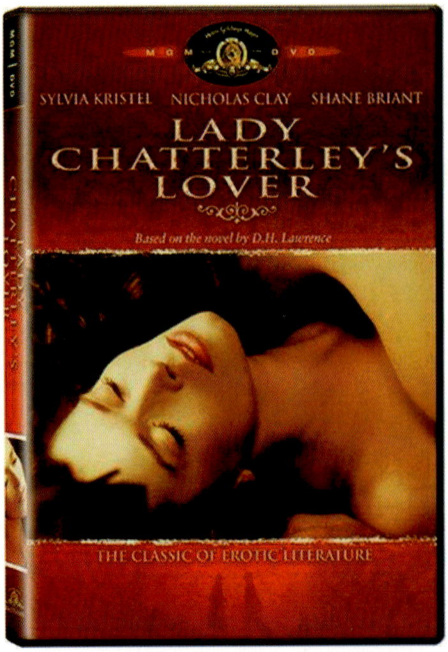

《查泰莱夫人的情人》封面

戴维·赫伯特·劳伦斯明信片

长篇小说《虹》是一部社会批判小说，也是一部心理分析小说。在作品中，作者以深刻细腻的笔触，揭示了19世纪后期的英国随着生产方式和社会结构的改变，人们的思想意识，如道德观、价值观、爱情观、宗教观，以及人与人之间的关系所发生的深刻变化，并且从探索两性关系变化的角度，揭示了资本主义社会对人性的异化。

1970 年　美国　《虹》

1975 年　美国　《虹》

小说通过汤姆·布朗文一家三代人的感情纠葛，来表现对完美自然、和谐家庭关系的追寻。家族第一代的代表人物是布兰温，他娶了一个波兰妻子，带着对遥远的异国气息的憧憬，开始了他的家庭生活。作品揭示了工业化深入到英国农村以后，对长期生活在古老宁静的农村里的农民心灵的激烈撞击和处在激烈变革中的复杂心态。家族第二代的代表是安娜，是贯穿整部作品的人物。她追求独立和自由、超凡脱俗，然而鄙俗的环境使她幻想破灭。当安娜爱上了城里来的堂兄威尔并结婚后不久，才发现他们之间在思想观念、信仰上有着严重的分歧。最后双方表面上都让了步，安娜变成了一个普通的家庭妇女，一个生育孩子的工具；威尔也变成了一个只为挣面包而工作的男人。作者认为这种只有肉体接触而无心灵交流的夫妻，不是他所理想的夫妻关系。家族第三代的代表人物是厄秀拉。这是一位现代女性，小的时候与母亲安娜一样非常要强，不甘示弱，成年后比母亲更富于幻想，也有更高的人生追求。厄秀拉对未来充满了美好的理想，但这理想却被冷酷的现实一次次毁灭。小学教师的经历是她理想的第一次破灭，大学校园生活是她理想的第二次破灭，与男友的分手是她理想的第三次破灭。经过这三次曲折，她清楚地看到表面繁荣的资本主义工业社会，不过像一个被灯光照亮的圆圈，在这圆圈之外，是一片黑暗。厄秀拉对爱情的追求不是单纯感官肉体的满足，而是精神与肉体的关系的统一，但她的这一追求在《虹》中并没有实现。小说结尾时，厄秀拉仰望着天上的彩虹充满着期待。这部小说在艺术上没有塑造典型人物，而是着重对人物的心理和人与人之间的关系进行分析，特别是对男女之间的爱情心理和性爱心理的描写。因此，有人评论说："劳伦斯是最早把现代心理学引入到小说的作家之一。"小说还大量地运用象征、比喻和意象描写的手法，语言充满了激情，同时也深刻、含蓄，富有哲理。小说的标题《虹》是一个象征，象征着一种自然、和谐、完美的两性之间的关系，象征着一种完美的人生理想。

戴维·赫伯特·劳伦斯

1990 年　哈萨克斯坦　彩虹

第九节 德国现实主义小说家托马斯·曼

托马斯·曼（Thomas Mann，1875—1955），德国 20 世纪最著名的现实主义小说家和散文家之一，受叔本华、尼采哲学思想影响较大。他出生于德国北部港市吕贝克城，父亲是经营谷物的巨商，母亲出生于巴西，有葡萄牙血统。托马斯·曼是 5 个孩子中的老二，长他 4 岁的哥哥亨利希·曼后来也成为一位著名作家。作为成功的商人，托马斯·曼的父亲过于注重现实，而母亲则给予他音乐、文学和艺术的熏陶。父亲的实用主义与母亲的艺术气质所代表的二元性，成为托马斯·曼后来文学创作的重要主题。

1979 年　瑞士
托马斯·曼

青少年时代的托马斯·曼就表现出对写作的爱好，常以散文随笔和作文的形式参与杂志《春天风暴》的编辑出版，并立志要做一名抒情戏剧诗人。1891 年，由于父亲早逝，托马斯·曼离开学校后任职于一家火灾保险公司。1892 年，他的母亲迁往慕尼黑，托马斯·曼则留在吕贝克完成大学预科学校的学业。他把大部分精力转向了文学。他的学习成绩并不理想，毕业时只得到了一个中等文凭。1893 年，托马斯·曼离开吕贝克前往慕尼黑，在慕尼黑技术大学学习历史、艺术和文学课程。

1955 年　德国
托马斯·曼

1896 年，托马斯·曼年满 21 岁成年时，决定从那些被动的教学活动中解脱出来，成为一名自由作家。1897 年，他开始第一部长篇小说《布登勃洛克一家》的创作。1901 年，这部小说发表并立即获得巨大成功，从此奠定了托马斯·曼在德国的文学地位。1905 年，托马斯·曼同卡蒂娅普林斯·海姆结婚。尽管托马斯·曼对自己的同性恋倾向不是一无所知，但他选择了压抑克制。婚后他们生了 6 个孩子，三儿三女，其中长子克劳斯、长女艾丽卡也是作家、演员和社会活动家。

1979 年　瑞士首日封　托马斯·曼

1912 年，托马斯·曼的中篇小说《在威尼斯之死》搬上银幕之后，引起了国际上的注视。1914 年，第一次世界大战爆发，托马斯·曼深受叔本华、尼采和瓦格纳影响，充满浪漫的民族主义思想，把战争看成是某种精神的净化、解放和希望，认为战争可以保卫德意志的民族精神。然而战争的失败使他的思想发生了巨大变化，使其逐渐成为一个坚定的共和主义者。

托马斯·曼

1919 年，托马斯·曼被授予波恩大学哲学系名誉博士。1922 年，魏玛共和国外交部部长瓦尔特·拉特瑙被年轻民族主义分子杀害，这个事件使他站出来公开表态支持共和与民主。在一次演讲中，托马斯·曼曾抨击了“种族优越”，为此惹怒了在场的纳粹党徒，迫于他们的淫威，托马斯·曼不得不从后门离开大厅。1923 年，托马斯·曼开始了流亡生活，起初在瑞士生活了 5 年，以后又移居美国。在美国期间，托马斯·曼在某种程度上体现着另外一种德国的面貌，在那里他发挥着远比在国内更大的作用。他不仅是罗斯福总统的座上客，而且在普林斯顿大学担任客座教授。

1930 年德国大选，纳粹一跃成为得票率奇高的党派。托马斯·曼一直不赞同这种煽动性的政治势力，于 1930 年 10 月 17 日在柏林贝多芬厅发表了被称为“德意志致

1978 年　德国首日封　诺贝尔奖获得者

词”的讲话。目睹理性知识分子日益受到排挤、迫害，目睹曾受良好教育的德国青年在大街上跟随纳粹焚烧书籍，作为德国贵族礼仪的典范，托马斯·曼开始对纳粹德国及其人民进行指责。他把这种只有国家概念，没有人的概念的现象看作是一个民族智性和道德的衰败。他甚至认为野蛮的德国已经不配称作“国家”，而应当称为“白痴野战营地”。1933 年希特勒上台，托马斯·曼撰文谴责法西斯对德国文化的歪曲和破坏，发表《理查德·瓦格纳的苦难与伟大》的著名演讲，但不久被迫流亡国外。纳粹不仅剥夺了托马斯·曼的德国国籍，还剥夺了 1919 年波恩大学授予他的荣誉博士称号。1935 年，托马斯·曼与爱因斯坦一起获得了哈佛大学荣誉文学博士的头衔。1938 年后移居美国，到 1944 年，托马斯·曼取得了美国国籍。

1975 年　民主德国　托马斯·曼

托马斯·曼的著作虽然在德国被查禁，他的国籍和波恩大学荣誉博士学位被剥夺，但他并没有屈服，而是以著名的公开信表明了反法西斯的严正。流亡期间，他积极参加反法西斯斗争，并坚持创作。二战后的德国分裂为东西两半，托马斯·曼拒绝了德国几家报纸推荐他出任第一位联邦德国的总统，并选择于 1952 年返回瑞士定居。

《布登勃洛克一家》中文版封面

托马斯·曼的晚年可以说是幸福的。他一直具有清晰的头脑、无穷无尽的想象力和对语言的敏感和观察生活的睿智。这期间，托马斯·曼写了关于老年歌德的小说《绿蒂在魏玛》。从这部诗趣盎然的小说中，读者重新认识了“有时是伟大的，有时是渺小的”歌德。托马斯·曼用 10 年时间，完成了四部曲《约瑟夫和他的兄弟们》。这部鸿篇巨著取材于《旧约》关于约瑟夫的传说，是借用希伯来传说痛挞了法西斯主义。1947 年，托马斯·曼完成了他的后期杰作《浮士德博士》。这部饶富哲理的小说，对资产阶级文化作了全面的分析与批判。《骗子菲利克斯·克鲁尔的自白》是一部运用了讽刺手法的现代小说，是托马斯·曼的最后一部重要著作。1955年8月，由于动脉硬化，托马斯·曼在苏黎世的医院逝世，享年80岁。

1982年　圭亚那小全张　歌德

《布登勃洛克一家》又译作《布登勃洛克家族》，是托马斯·曼的第一部小说，从创作倾向上看，这部作品无疑属于批判现实主义文学。作品一经发表马上就在读者和文学评论界引起了积极的反响和共鸣。小说的故事发生在德国的商业城市吕贝克，反映的是德国历史发生剧变的年代。当年靠拿破仑战争起家的粮食商约翰·布登勃洛克一家是一个经济实力强、社会影响大的家族，置办了豪华的大宅邸。家族的第二代小约翰继承家业后，有了一个竞争者——暴发户哈根施特罗姆。由于商业上的需要，布登勃洛克家认识了一个来自汉堡的富商格伦利希。随后小约翰怂恿和胁迫女儿安东妮放弃与医科大学生莫尔顿的爱情，嫁给格伦利希。格伦利希实际上是一个买空卖空的投机家。安东妮在丈夫身败名裂后同他离婚，回到娘家。这时，小约翰因商业上的竞争激烈，生意淡薄，加上时局动荡，女儿婚事失算，显然处于十分被动的困境。到第三代托马斯经营家业时，布登勃洛克和哈根施特罗姆两家在社会地位与经济实力方面的竞争已经到了白热化程度。由于战争投机的失败，托马斯连遭打击，布登勃洛克家败落下来，老约翰置下的宅邸也落入哈根施特罗姆手里。托马斯死后，儿子汉诺体弱多病、胆小怕事，更无法适应这个弱肉强食的社会。

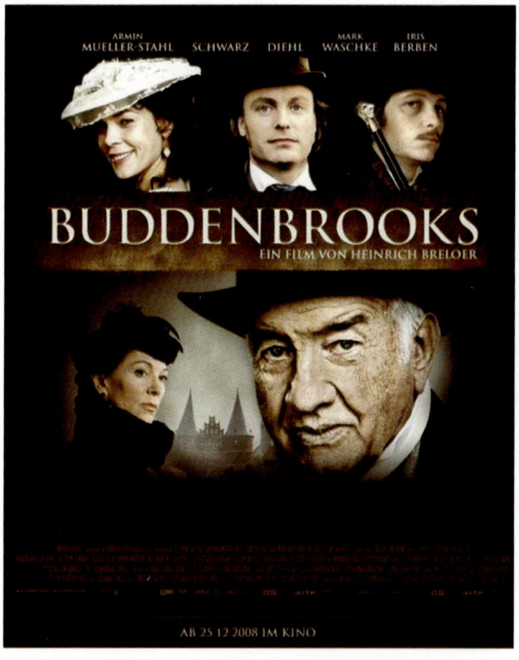

电影《布登勃洛克一家》海报

1978 年　德国　托马斯 · 曼

1975 年　民主德国　托马斯 · 曼

小说中托马斯 · 曼通过婚姻、遗产问题揭露了资产阶级社会中人与人之间赤裸裸的金钱关系，父子、兄弟、朋友和婚姻都是由社会金钱来决定的。作者还通过一些人物的言行和心理描写，揭露、批判了封建贵族、基督教会和德意志帝国的教育制度。《布登勃洛克一家》在艺术上也有很高的成就。首先是人物形象丰满，栩栩如生。其次是全书结构严谨，各个章节都做了精心的安排和处理。再次是事件和人物前后呼应，浑然一体，小说前半部分平稳含蓄、埋下伏笔，后半部分则情调哀婉凄凉、危机四伏。托马斯 · 曼是一位出色的德国语言大师，他的《布登勃洛克一家》出版后影响巨大。1929 年，托马斯 · 曼因这部小说，被授予诺贝尔文学奖。

托马斯 · 曼

第十节 美国现代小说家西奥多·德莱塞

西奥多·德莱塞（Theodore Dreiser，1871—1945），现实主义作家，美国20世纪杰出的现代小说家。德莱塞出身于美国印第安纳州的一个破产的小业主家庭，父亲原是德国的纺织工人，移居美国后开过纺织工场，后因所办的毛纺厂失火而破产。母亲是摩拉维亚的农家女，待人亲切，疼爱子女，德莱塞从母亲的身上学到了许多良好的品德。德莱塞的童年生活很穷苦，家里人多，经济拮据。他的兄弟姐妹有的酗酒，有的遇到不幸的婚姻，唯有一位哥哥保尔独闯江湖，成为流行歌曲作家，家中的种种苦难后来都被德莱塞写进小说。德莱塞12岁开始自己谋生，17岁独自来到了芝加哥，先后在餐馆和五金公司干杂务，尽管如此，他还是被这个充满兴奋和刺激的大城市生活所吸引。1889年，他在一位中学老师的慷慨资助下进入印第安纳大学念书，但次年被迫辍学，到芝加哥的地产公司和家具公司当收账员，整日挨门逐户去收钱。他还先后做过饭店洗碗伙计、洗衣房工人、火车站验票员、家具店伙计等工作。这些经历使他接触到下层社会各种人物和阴暗面，为日后创作积累了丰富的素材，也决定了他的创作中所带有的悲剧性思想和自然主义色彩。

西奥多·德莱塞

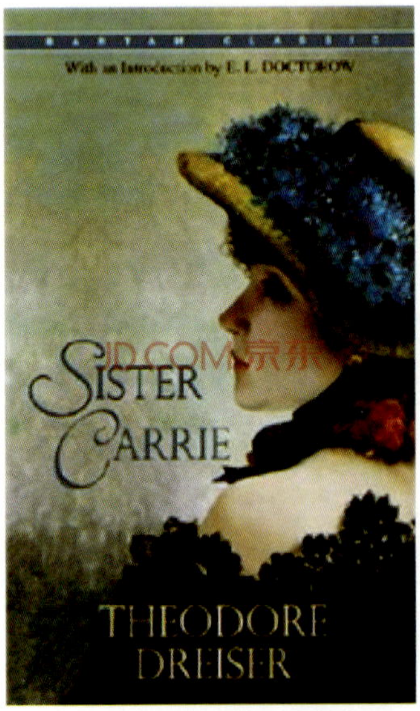

小说《嘉莉妹妹》封面

1892年，德莱塞进入了报界，开始记者生涯，先后在芝加哥《环球报》、圣路易斯《环球—民主报》和《共和报》任职。1895年，德莱塞寓居纽约，正式从事写作，同时编辑杂志。1900年，他发表了第一部长篇小说《嘉莉妹妹》，叙述了一个美貌天真的农村姑娘到芝加哥谋生后的不幸遭遇。嘉莉先在一个贫穷的姐姐家住了一阵，沉重的劳动、贫困、失业和孤独，使她感到心力交瘁，意气颓丧。为生活所迫，嘉莉当了一位青年推销员的情妇，后来又与酒店经理赫斯渥同居，并与他私奔到了纽约。赫斯渥在纽约到处碰壁，最终穷愁潦倒，死在乞丐收容所里。嘉莉离开赫斯涅后，一个偶然的机会使她成为演员并出了名。嘉莉有了金钱和地位，但仍然感到生活空虚和惆怅。作为一个追求个性解放的小资产阶级女性，她性格坚强、敢冒风险，但现实生活使她沦为资产阶级的玩偶。由于这部小说被指控“有破坏性”而长期遭到查禁，直到 1907 年才得以在美国再版。

1940 年　美国邮政卡　纽约熨斗楼

小说《珍妮姑娘》中文版封面

1911 年，德莱塞出版了《嘉莉妹妹》的姊妹篇《珍妮姑娘》。这部小说是以他父母和兄弟姐妹的辛酸遭遇为蓝本写的，由于书中主人公珍妮在诸多事情上违背了当时的伦理道德，如未婚生子、做人情妇等，小说出版后引起了很大的争议。1912 年和 1914 年，德莱塞分别发表了《欲望三部曲》的前两部《金融家》和《巨人》，对当时美国社会产生了巨大的影响，从此奠定了德莱塞在美国文坛的地位。1915 年，他出版了《天才》。这是德莱塞自己最满意的一部长篇小说。同年，德莱塞回到故乡旧地重游，追忆往事，搜集素材，为创作小说做准备，1919 年开始动笔，1925 年，发表了以真实的犯罪案件为题材的长篇小说《美国的悲剧》，立即轰动美国。作为一个自然主义者，德莱塞的作品贴近人民的生活，诚实、大胆，充满了生活的激情。这部作品标志着德莱塞的现实主义创作的

1973 年　圣马力诺　美国纽约

《美国的悲剧》中文版封面

新成就，使他享誉世界。20 世纪 30 年代初，德莱塞发表了优秀的政论集《悲剧的美国》，这是他多年来和工人群众紧密结合的结果。1927 年，德莱塞访问了苏联，1941 年被选为美国作家协会主席，1944 年获美国文学艺术学会荣誉奖。1945 年 8 月，74 岁高龄的德莱塞加入了以福斯特为首的美国共产党，同年 12 月 28 日在他的好莱坞寓所逝世。德莱塞去世后的 1946 年和 1947 年，他的两部长篇小说《堡垒》和《斯多噶》（《欲望三部曲》的第三部）分别出版。

德莱塞的长篇小说《美国的悲剧》是他的一部著名的代表作品。小说主人公克莱德·格里菲斯出身于一个穷教士家庭，对世俗生活和资本主义世界充满幻想和向往。当他受人提携当上工头时，与女工洛蓓塔有了私情，后得到大工厂主的女儿桑特拉的青睐。他为了能与桑特拉结婚，实现飞黄腾达的美梦，便设下圈套，使得怀有身孕的洛蓓塔坠入湖中死亡。事发后，克莱德被判死刑，这时他才 22 岁。小说通过克莱德的悲剧，不仅揭露了金钱的罪恶，而且暴露了美国政治制度和司法制度的丑恶和虚伪。

西奥多·德莱塞

德莱塞的作品探讨了社会地位及人们对物欲的追求，他的现实主义风格及对细节的描写有力地烘托了主题，常采用强烈的对比手法来衬托人物的不同命运和生活。他笔下人物性格的发展变化以及他对美国生活的看法使他闻名。德莱赛的艺术风格平易朴实，善于运用白描的手法，真实地描绘人物的外表和动作，用词简洁准确，细节逼真，富有生活气息。他重视生活的积累，书中不难发现他亲友的影子。他重视全书的总体结构，使故事情节一环扣一环，虽然有时出现比较松散或离题的议论，但仍显得雄浑有力，具有感人的艺术魅力。

1928 年　美国小全张　自由女神

第十一节　美国小说家海明威

欧内斯特·米勒尔·海明威（Ernest Miller Hemingway，1899—1961），美国作家和记者，被认为是 20 世纪最著名的小说家之一。海明威出生于美国伊利诺伊州芝加哥市郊区的奥克帕克，童年时光大多在瓦隆湖的农舍中度过。小时候喜欢读图画书和动物漫画，听各类型的故事，喜欢模仿不同的人物，并十分热爱大自然。初中时海明威为两个文学报社撰写文章，高中时担任了学报的编辑。高中毕业之后，海明威拒绝入读大

1999 年　美国　海明威

1968 年　捷克斯洛伐克　海明威

学，而在《堪城星报》当记者，正式开始了他的写作生涯。在《堪城星报》工作了 6 个月的过程中，海明威受到了良好的训练。

2010 年　墨西哥　战地护士

1918 年，第一次世界大战爆发后，海明威不顾父亲的反对辞去了报社记者工作，并尝试加入美国军队以观察第一次世界大战的战斗情况。但由于视力缺陷，导致体检不合格，他被调到红十字会救伤队担任救护车司机。在前往意大利前线途中，他不顾德国炮火轰炸尽量接近战场，目睹了战争的残酷。当年 7 月，海明威在输送补给品时受伤，但仍将意大利伤兵拖到安全地带，从而被意大利政府授予银制勇敢勋章。后来，海明威在米兰一个美国红十字会的医院工作。他早期小说《永别了，武器》的创作灵感来源于此。海明威把自己当作小说中的主人公，进行本色创作。

2011 年　越南首日封　海明威

1999 年　中非
海明威《老人与海》

1920 年，海明威迁往加拿大多伦多，并在《多伦多星报》找到工作。1921 年，海明威与哈德莉 · 理察逊结婚。1923 年，海明威的处女作《三个故事和十首诗》在巴黎出版。海明威的第一个儿子出生后，由于要支撑整个家庭的开支，海明威辞去《多伦多星报》的工作。1925 年，短篇故事系列《在我们的时代里》出版，显示出他简洁的写作风格。1926 年，海明威的小说《太阳照常升起》出版。1927 年，海明威离婚后与宝琳·费孚结婚，同年出版《没有女人的男人》。1928 年，海明威离开了巴黎，居住在美国的佛罗里达州和古巴，过着宁静的田园生活。他经常去狩猎、捕鱼、看斗牛。在陆续几年中，海明威的二儿子与三儿子出生。

美国作家海明威

1931 年，海明威迁往基韦斯特（他在那里住的房子现为博物馆），并为《午后之死》和《胜者一无所获》积累素材。1932 年，《午后之死》出版。尊奉美国建筑师罗德维希的名言“越少，就越多”，他使作品趋于精炼，缩短了作品与读者之间的距离，提出了“冰山原则”（只表现事物的八分之一），使作品充实、含蓄、耐人寻味。1933 年秋天，海明威随一队狩猎的旅行队到了非洲，并根据在非洲的见闻和印象，于 1935 年出版了《非洲的青山》《乞力马扎罗山的雪》《弗朗西斯·麦康伯短促的幸福生活》。1937—1938 年，他以战地记者的身份奔波于西班牙内战前线。在第二次世界大战期间，他作为记者随军行动，并参加了解放巴黎的战斗。在此期间，海明威写的散文《告发》于 1969 年附《第五纵队与西班牙内战的四个故事》出版。1940 年，海明威与费孚结束婚姻，在这期间，他的身体健康问题接踵而至，对海明威造成很大困扰。同年，海明威发表了以西班牙内战为背景的反法西斯主

1960 年　美国

海明威第三任妻子玛莎

2011 年　俄罗斯　海明威《老人与海》

义的长篇小说《丧钟为谁而鸣》。1941 年太平洋战争爆发后，海明威立即将自己的游艇改装成巡艇，侦察德国潜艇的行动，为消灭敌人提供情报。1944 年，海明威随同美军去欧洲采访，在一次飞机失事中受重伤，但痊愈后仍深入敌后采访。第二次世界大战结束后，他获得一枚铜质奖章。

《老人与海》中文版封面

1940 年，海明威与著名的战地女记者、作家玛莎·盖尔霍恩结婚。1948 年两人离婚后，海明威与战时通讯记者玛丽·维尔许·海明威结婚，不久重返古巴。1961 年 7 月 2 日，海明威在爱达荷州凯彻姆的家中自杀身亡，享年 62 岁。

海明威一生中感情错综复杂，先后结过四次婚，是美国“迷惘的一代”作家中的代表人物。他的作品对人生、世界、社会都表现出了迷茫和彷徨。海明威的第一部长篇小说《太阳照常升起》，表达了第一次世界大战后一部分美国年轻的知识分子对现实的绝望。评论界把这部小说看作“迷惘的一代”的宣言书。《太阳照常升起》是一部带有自传色彩的作品。主人公杰克·巴因斯的形象在相当大的程度上体现了海明威本人的某些经

1968 年　捷克斯洛伐克首日封　海明威

历、性格和特点。《永别了，武器》是海明威的代表作，充分体现了作者的创作思想和艺术特色，把“迷惘的一代”文学推向了高峰。小说主人公亨利是西方青年中“迷惘的一代”的典型。作品通过亨利参加第一次世界大战前后的思想变化，以主人公和英国女护士的恋爱悲剧为主线，真实地反映了帝国主义战争的残酷和罪恶，强烈谴责了战争对人类的物质和精神文明的摧残和创伤。作为一个朦胧的反战主义者，海明威只能从个人的角度去谴责战争，描写了一代人由于失去理想、找不到出路所感到的孤独、苦闷、彷徨和失望。

1990 年　瑞典　海明威

《老人与海》情节简单，描写老渔夫桑蒂亚哥孤单一人出海远航捕鱼的故事。小说中大海和鲨鱼象征着神秘的命运和不可知的世界，而老人在与之搏斗中表现出无与伦比的力量和勇气，完美地体现了人“可以被消灭，但不能被打败”的崇高伟大的精神。《老人与海》具有较强的象征意义，小说中用大海象征变幻无常的社会生活，用马林鱼象征人生的理想，用鲨鱼象征无法摆脱的悲剧命运，用狮子象征勇气和力量等。

2011 年　越南极限封　海明威

海明威一生之中曾荣获不少文学奖项。1953 年，他以《老人与海》一书获得普利策奖；1954 年，《老人与海》又为海明威夺得诺贝尔文学奖。2001 年，《太阳照样升起》与《永别了，武器》两部作品被美国现代图书馆列入“20 世纪中的 100 部最佳英文小说”。海明威一向以文坛硬汉著称，是美利坚民族的精神丰碑。海明威的作品标志着他独特创作风格的形成，在美国文学史乃至世界文学史上都占有重要地位。

第十章

20 世纪现代主义文学、后现代主义及其他重要作家

第一节 20 世纪现代主义文学、后现代主义文学概述

20 世纪前期现代主义的文学流派，包括产生于 19 世纪末的前期象征主义、唯美主义、印象主义，以及产生于 20 世纪前期的后期象征主义、意识流小说、未来主义、表现主义、超现实主义和达达主义。现代主义以反传统和非理性为主要标志，是现代世界文学中的重要文学现象。

1960 年　德国　叔本华

一、现代主义文学

西方现代主义文学突出表现在思想上具有强烈的反传统倾向，艺术上追求实验创新，是西方现代社会生活的产物。从哲学思想上看，流行于 20 世纪西方的各种非理性主义哲学思潮以及现代心理学，如叔本华的唯意志论、尼采的权力意志论和超人哲学、柏格森的生命哲学和直觉主义、萨特的存在主义哲学和弗洛伊德的精神分析学等，对现代主义文学的形成和发展有着直接的影响。

现代主义文学在思想特征上：一是强调表现“现代意识”，其中心主题就是表现现代人的困惑，反映了西方资本主义世界的全面危机；二是现代主义文学表现异化主题；三是深受唯心主义和非理性思想的影响，具有虚无主义、神秘主义和悲观主义、个人主义的色彩。现代主义文学在艺术手法上：一是象征性，探求人物的内心真实，着重表现内心活动，借助意象，用暗喻、烘托、渲染等手法，把思想还原为知觉，使抽象

2010 年 加蓬共和国 弗洛伊德

的思想外化；二是荒诞性，通过非理性的极度夸张的形式，将现实与非现实糅合在一起，寓严肃于荒诞；三是意识流，挖掘人的潜意识，大量采用“内心独白”“自由联想”的手法，表现人物意识“自然”流动状态，扩大了心理描写的范围。

1965 年 爱尔兰 叶芝

1988 年 爱尔兰两连张 叶芝

1. 象征主义

象征主义是西方现代主义文学中最早出现的一个流派。这个流派产生于 19 世纪中叶的法国，后波及欧洲其他国家，称前期象征主义。到 20 世纪 20 年代，象征主义文学有了进一步的发展，成为有影响的国际性文学流派，称后期象征主义。后期象征主义继承和发展了前期象征主义的艺术特点，反对肤浅的、抒情的和直露的说教，主张情与理的统一，通过象征暗示、意象隐喻、自由联想和语言的音乐性表现理性世界的美与无限性，曲折地表达作者的思想和复杂的情绪与感受。后期象征主义代表人物有爱尔兰诗人叶芝（William Butler Yeats，1865—1939）、法国诗人瓦雷里（Paul Valery，1871—1945）、德国诗人里尔克（Rilke，1875—1926）、美国诗人庞德（Ezra Pound，1885—1972）、英国诗人托·斯·艾略特（1888—1965）以及比利时剧作家梅特林克（Maeterlinck，1862—1949）。艾略特的代表作《荒原》、瓦雷里的象征主义名诗《海滨墓园》等作品，抒发了诗人对人生意义的思索，其中哲理的沉思新奇，与象征性意象交融，意境深远。梅特林克的戏剧代表作《青鸟》，描写圣诞前夕蒂蒂尔和弥蒂尔两个孩子在梦中受仙女之托，为她病重的女儿寻找象征着幸福的“青鸟”的故事。

2011 年　尼日尔　梅特林克

1975 年　奥地利　里尔克

2. 表现主义

表现主义是第一次世界大战前后流行于西方各国的文学流派。这个流派起源于德国，继而波及奥地利、瑞典和捷克斯洛伐克，最后传入美国。表现主义首先从绘画开始，随后波及音乐、诗歌、戏剧、小说、电影。1911 年，德国评论家瓦尔登在《狂飙》杂志上发表了一篇绘画评论，首次运用了“表现主义”这一术语，并强调要突破事物的外在表象，表现内在世界，用“表现”取代“再现”，从而点明了这一流派最基本的艺术特征。表现主义文学主张文学不应再现客观现实，而应当表现人的主观精神和内在激情。表现主义在诗歌方面的代表人物有奥地利的格奥尔格·特拉克尔（Georg Trakl，1887—1914）、弗朗茨·韦尔弗（Franz Werfel，1890—1945），德国的格奥尔格·海姆（1887—1912）、高特弗里德·贝恩（1886—1956）；表现主义在戏剧方面的代表人物有瑞典的斯特林堡（1849—1912）、德国的格奥尔格·恺撒（1878—1945）、恩斯特·托勒（1893—1939）和美国的奥尼尔（Eugene O'Neill，

1995 年　德国　韦尔弗

1888—1953)；小说领域的代表人物则是奥地利的卡夫卡（1883—1924)。

表现主义诗歌情绪炙热、雄辩、追求力度，抒情方式夸张；戏剧、小说通常采用抽象的象征性手法来表达深刻的哲学主题。韦尔弗的诗集《世界之友》《彼此》，斯特林堡的三幕戏剧《到大马士革去》，奥尼尔的《琼斯皇》《毛猿》，卡夫卡的小说《城堡》《变形记》都是表现主义的代表作品。其中奥尼尔的《毛猿》，副标题是“古代和现代生活的八场喜剧”。剧本通过满身黑毛、力大无比的工人杨克离奇的经历，表现人在社会中的地位和归属的问题。毛猿是人类的象征，随着资本主义文明的畸形发展，人们赖以生存的社会逐渐异化为排斥人的世界，使人丧失了安身之处。

1949 年 瑞典 斯特林堡

1988 年 美国 奥尼尔

1995 年 尼加拉瓜 卡夫卡

3. 意识流

意识流原来是一个心理学和哲学的术语，20 世纪 20 年代西方的一些作家把它直接借用到文学创作上了。意识流文学家认为，文学应表现人的意识流动，尤其是表现潜意识的活动，人的意识流动是遵循“心理时间”而不是物理时间。代表人物有法国的普鲁斯特（1871—1922)、爱尔兰的乔伊斯（1882—1941)、英国的弗吉尼亚·沃尔夫（1882—1941）和美国的福克纳（1897—1962）等。他们的作品采用不受时间和空间限制的自由联想和内心独白的表现手法，对其他文学流派有较大的影响。

1971 年 法国 普鲁斯特

2006 年 英国 沃尔夫

沃尔夫是现代西方使用意识流手法进行创作的重要作家之一，也是西方女权主义文学的开拓者之一。

她的创作十分丰富，主要有长篇小说 9 部，还有短篇小说、戏剧传记、评论随笔等。《达洛卫夫人》《到灯塔去》和《海浪》等作品无疑是意识流小说的经典之作，其中《海浪》共分 9 章，由书中三男三女这 6 个人物的内心独白组成，并在他们童年到老年各个阶段的各自回忆中展开，每个人的人生轨迹都代表作者对生活的态度。作家赋予了书中每个人绝对自由的心理空间，而这貌似散乱的意识活动因为有从童年到老年的历时性物理时间的参照，也逐渐清晰，从而成为一个有机的整体。

2007 年　罗马尼亚　沃尔夫

1991 年　法国　布勒东

4. 超现实主义

超现实主义是第一次世界大战后在法国兴起的文学流派，由达达主义发展而来，强调梦幻、贬斥理性是这一美学派别的重要标志。超现实主义代表作家大都是一些激进的小资产阶级知识分子，不满资本主义现实，主张改革现存社会制度，同时又有浓厚的虚无主义和无政府主义思想。所谓“超现实”是由梦幻与现实转化生成的“绝对现实”，是现实与非现实两种要素的统一。他们主张写人的潜意识、梦境、写事物的巧合，并提出“自动写作”的创作方法。超现实主义的代表作家及主要作品有：法国作家布勒东（André Breton，1896—1966）及其小说《娜嘉》、诗歌《警觉》；艾吕雅（Paul Éluard，1895—1952）及其诗歌《和平咏》《溺水者》；阿拉贡（Louis Aragon，1897—1982）及其小说《巴黎的农民》；英国的托马斯及其诗歌《死亡也不一定会战胜》、电影剧本《三个怪姐妹》等。

法国作家布勒东和艾吕雅

1940 年　法国邮政卡　巴黎凯旋门

布勒东的小说《娜嘉》中出现的时空环境十分真实，街道、广场、剧院、咖啡馆的名字也确实存在，作者的一些朋友如阿拉贡、艾吕雅、毕加索等人甚至都在小说中出场，但其人物的特征和感觉却是超现实的。娜嘉是主人公“我”在巴黎街头遇见的一个少女。她具有神秘的能力，可以预言没有发生的事情，可以画出匪夷所思、具有象征意义的画作，可以看出风的颜色、透视旅馆下面的古老地道。作为一个从外地来到巴黎的下层女孩，她的日常生活是真实的，但她的精神世界又无法以现实和逻辑来解释，是现实与非现实的统一体。

萨特和波伏娃

阿拉贡早年的创作具有超现实主义风格，中篇小说《巴黎的农民》是这一流派的重要作品。后来他创作过长篇小说《共产党人》，被认为是社会主义现实主义的优秀巨作。晚年的小说《处死》《白朗茹与遗忘》扑朔迷离、晦涩难懂，也是超现实主义作品的代表。

5. 存在主义

存在主义文学是30年代末期在存在主义哲学基础上产生的一个西方文学流派，也是一个以文学的形式来宣传存在主义哲学思想的流派。在存在主义作家的笔下，世界是荒谬的，人生是痛苦的，一方面描写资本主义世界的荒诞性；另一方面又表现人的不幸和毁灭，以及孤独、失望、恐惧的思想情绪。存在主义最早产生于法国，随后在西方各国广泛流行，代表作家有法国的萨特（1905—1980）、加缪（1913—1960）和波伏娃（1908—1986）等人。加缪的成名中篇小说《局外人》和长篇小说《鼠疫》是存在主义文学的重要作品。《局外人》的主人公莫尔索对周围世界十分冷漠，对于母亲的逝世、女人的爱情，以及杀人犯罪、判处死刑，他都超然处之，表现出无所谓的态度。小说通过“局外人”把人和社会、人与人之间的疏离做了深刻的揭示。《鼠疫》是一部寓意性极强的小说。40年代，阿尔及利亚的奥兰市发生鼠疫，夺去了许多人的生命。为了防止鼠疫的蔓延，当局封闭了这座城市。面对灾难，有人绝

1993年　尼日尔　加缪

2013年　圣多美和普林西比　加缪

1963 年　法国　加缪

望颓废、坐以待毙；有人醉生梦死、及时行乐；有人贿赂卫兵、企图逃生；还有人投机倒把、发不义之财。主人公里厄医生却不顾个人安危，全身心地投入对鼠疫的斗争，抢救人们的生命。然而，鼠疫仿佛是一头毫无理性的怪兽，里厄医生眼睁睁地看着包括自己朋友在内的周围人一个个被夺去生命。后来鼠疫神秘退去，人们欢呼庆祝，但里厄医生却清醒地认识，灾难没有永远消失，鼠疫杆菌还会再度来临，吞噬人们的生命。小说中“鼠疫”是恶的象征，面对厄运人们不能消极，而应该做出一个英雄的“选择”，实现人的尊严和价值。

古巴作家卡彭铁尔

危地马拉作家阿斯图里亚斯

6. 魔幻现实主义

魔幻现实主义是拉丁美洲小说界涌现出的一个流派，发源于 20 世纪三四十年代，到 60 年代成为拉美文学的主流。代表人物有危地马拉的阿斯图里亚斯（1899—1974）、古巴的卡彭铁尔（1904—1980）、墨西哥的鲁尔弗（1918—1986）和哥伦比亚的马尔克斯（1928—2014）。魔幻现实主义小说在艺术手法上对欧美现代主义文学有所借鉴，又深深地植根于民族文化传统之中。魔幻现实主义小说家在创作中表现拉美人民苦难的历史与现实，揭露社会的黑暗、抨击本国的独裁和外国侵略势力，探求民族的未来与出路。他们在现实描绘中引入大量的自然因素，奇迹、幻觉、梦境甚至鬼魂形象，时序关系被打乱，富于跳跃性，具有象征性色彩。鲁尔弗的《佩德罗·帕拉莫》是魔幻现实主义小说的重要作品，以主人公佩德罗·帕拉莫劣迹斑斑的一生为线索，揭露了地主庄园制的罪恶和黑暗。小说打破了时空次序，突破了生死界限，现实与梦幻互相渗透、意识与潜意识彼此交织，情节、场面富于象征性、暗示性，大量运用内心独白。作家以丰富的想象力，构筑起一个虚实相间、真假难辨、光怪陆离的艺术世界。

1996 年　挪威　诺贝尔奖

哥伦比亚作家马尔克斯

二、后现代主义文学

1992 年　德国　现代戏剧

20 世纪五六十年代以后，随着西方现代化进程的加快，西方各主要国家由工业化社会向后工业化社会过渡。“后现代主义”作为后工业化社会中一种对西方现实生活和思想文化特征的描述和概括，成为研究包括文学在内的当代西方文化现象的一个重要的切入点。

西方学者们常常将整个历史思想文化传统划分为前现代主义、现代主义和后现代主义。所谓前现代主义精神，指的是古代希腊、罗马的理性精神和基督教精神。现代主义精神则肇始并形成于对前现代主义精神进行批判和改造的社会与思想文化运动之中，从文艺复兴时期开始，到 19 世纪末期达到成熟。在现代主义精神发展演化过程中，其主要形成两种不同的思潮，一是在科学技术革命和启蒙运动中产生和发展的理性主义和科学主义，二是与此相对的浪漫主义。20 世纪出现的许多非理性主义特征的哲学和思想文化思潮又为后现代主义文化精神的产生提供了土壤和条件。

20 世纪下半叶，后现代主义思潮主导下的西方文学主要存在着三种既有明显区别，又有相互联系的倾向。一是具有明显后现代主义特征的文学，如戏剧领域中 50 年代产

1968 年　民主德国　舞台戏剧

生于法国的荒诞派戏剧和 60 年代盛行的“新前卫戏剧运动”；小说领域中 50 年代形成于法国的新小说派和 60 年代兴起于美国的黑色幽默小说。二是继承、借鉴现代主义文学的艺术资源，进一步做出新的艺术探索，探讨和表现深刻社会意义的文学。三是创作上仍然具有现代主义倾向，但不同程度上接受现代主义和后现代主义实践的作家，而且其中某些作家取得突出的成就。

1. 荒诞派戏剧

荒诞派戏剧出现于 20 世纪 50 年代初的法国，是以 1962 年英国著名戏剧理论家马丁 · 艾思林写的《荒诞派戏剧》而得名。荒诞派戏剧在内容上表现世界不可理喻、人生的荒诞不经，在艺术手法上打破传统的戏剧结构，用不合逻辑的情节、性格破碎的人物、机械重复的戏剧动作和前言不搭后语的枯燥语言从总体上凸现世界荒诞的根本主题。荒诞派戏剧随着时间的推移引起更多观众的共鸣，50 年代以后流传到英、美等许多国家，逐渐发展为二战以后西方有影响的戏剧流派。代表人物有法国的尤奈斯库（1912—1994）、贝克特（1906—1989）、阿达莫夫（1908—1970）、热奈（1910—1986），英国的品特（1930—2008）和美国的阿尔比（1928—2016）。尤奈斯库是荒诞派戏剧最重要的作家之一。他的《秃头歌女》《椅子》《犀牛》等剧作都是这一流派的代表作。

尤奈斯库荒诞戏剧《犀牛》

荒诞喜剧

《秃头歌女》写老夫妻史密斯夫妇乏味的日常生活，内容散漫、荒唐。开场时史密斯夫妇在起居室闲聊，仆女玛丽登场，说马丁夫妇来了。两对夫妇谈话过程中门铃响起，史密斯先生说“听见门铃响准是有人”，而史密斯夫人却认为“门铃只要一响准没有人”，于是两人争吵不休，最后变成谁也听不明白的喊叫。随后舞台灯光熄灭，说话声突然停止。当灯光再次转亮时，台上马丁夫妇、史密斯夫妇出现，又开始了戏剧开头的一幕。最不可思议的是，马丁夫妇到了史密斯家突然变得互不认识，通过谈话、回忆才明白他们原来是夫妻。作者运用各种荒诞手法，表现人与人之间的难以沟通和人生的非理性，具有荒诞派艺术典型的观念和艺术技巧。

法国戏剧家尤奈斯库

1974 年　法国　绘画舞台艺术

1981 年　瑞典　文学、戏剧家

2. 新前卫戏剧运动

新前卫戏剧运动比荒诞派戏剧略晚兴起，但更为突出地体现了后现代主义戏剧的特征。新前卫戏剧运动酝酿于二战结束，60 年代达到高潮，70 年代以后有所减弱。新前卫戏剧运动包括诸多的人物和不同的戏剧，主要有安托南 · 阿尔托的残酷戏剧、格洛托夫斯基的质朴戏剧或贫穷戏剧、查理 · 谢西纳的环境戏剧、朱莉安 · 贝克的生活戏剧、约瑟夫 · 查金的开放戏剧、皮特 · 舒曼的面包傀儡戏剧等。新前卫戏剧的理论观念是法国的阿尔托（1896—1948）的残酷戏剧理论和格洛托夫斯基（1933—1999）的质朴戏剧理论。阿尔托主要提出“空间诗意”“非语言戏剧”和“与杰作决裂”的观点。格洛托夫斯基的质朴戏剧理论的核心在于极端强调演员的表演。新前卫戏剧运动在西方，特别是在美国一度极为繁荣，产生了一批颇有影响力的作品，如阿尔托生前创作，死后才搬上舞台的《喷血》，以及彼得·魏斯的《马拉萨德》，阿伦·卡普罗的《分成六部分的十八个境遇剧》、杰克·盖尔伯的《贩毒》、“谢西纳剧团”集体创作的《69 年的狄奥尼索斯》、彼得·舒曼“面包与傀儡剧团”的《火》《国王的故事》《跟母亲告别的士兵》、“辣妈妈剧团”的《特洛伊女人》、约瑟夫·查金的《蛇》等，都是曾经一度轰动的作品。

1974 年　法国极限片　芭蕾舞课堂

约瑟夫·查金的《蛇》是一出肢体语言演出戏剧，没有道具和布景，演员分别扮演多个角色。后现代主义戏剧打破了戏剧与其他艺术之间的分野，呈现出各种艺术元素杂糅、交织、混置的特征，不确定性和模糊性成为最为显著的特征。艺术与生活之间不再相隔，剧本和剧本语言退居次要地位甚至完全取消，动作和肢体语言成为演员表演的主导，观众的参与性大大加强，甚至成为演员的一部分，剧场也延伸到了观众席中间。

1980 年　几内亚　现代戏剧《蛇》

2014 年　法国　杜拉斯

3. 新小说派

新小说派又称反小说派或拒绝派，形成于20世纪50年代的法国，60年代其影响力跨出国界，理论和作品在欧美风行一时，为二战后法国和西方文学中最重要的小说流派之一。代表人物有罗伯·格里耶（1922—2008）、萨洛特（1900—1999）、布托（1926—2016）、西蒙（Simon，1913—2005）、杜拉斯（1914—1996）等。新小说派作家认为世界是荒诞的、虚无的和不真实的。他们反对传统小说的倾向性，主张作家“毅然决然地站在物之外”，原封不动地照搬荒诞世界里的存在，不赋予它任何意义和感情色彩。新小说派摒弃情节和人物，只拼贴散乱的片段；以物代人，创立纯粹写物的风格；倡导读者参与创作，重建小说的人物与情节。罗伯·格里耶的《橡皮》是新小说派的代表作之一，写一件政治谋杀案。一个恐怖组织把一个对法国政治经济有影响的政治经济学教授杜邦作为暗杀的目标，凶手格里纳去执行任务，杜邦受伤住院。次日杜邦已死的消息见诸报端，其实他已经躲藏起来。内政部长派侦探瓦拉斯去调查杜邦秘密文件的下落，恐怖分子知道杜邦未死，千方百计要寻找他的踪迹。最后杜邦潜回家中去取文件，被私生子瓦拉斯误杀。小说借用了侦探小说的创作方法，但丝毫没有侦探小说的严密的逻辑和完整的结构。小说的一些场景有的是现实的，有的则是想象、幻景或回忆，而且彼此交织，扑朔迷离，人物也模糊不清，难以辨认，对客观事物的描写细致入微，不厌其烦。

2003年　赞比亚　西蒙

4. “黑色幽默”

“黑色幽默”是兴起于60年代美国的一个现代主义小说流派，代表作家有海勒（1923—1999）、冯内古特（1922—2007）、品钦（1937—　）、巴斯（1930—　）和巴塞尔姆（1931—1989）等。此外，法国作家维昂（1920—1959）也被认为是黑色幽默小

海勒与《第二十二条军规》中文版封面

法国作家罗伯·格里耶

法国作家维昂

法国诗人亨利·米肖

说家。1965 年，美国作家弗里德曼编辑了一本短篇小说集，收入了 12 位作家的小说片段，取名《黑色幽默》。“黑色”的内涵是绝望、恐怖、残酷和痛苦，面对这一切，用“幽默”的人生态度拉开与现实的距离，以维护饱受摧残的人的尊严，人们把这一类型作品称为“黑色幽默”。“黑色幽默”文学流派的名称由此而来，主要表现世界的荒谬、社会对人的异化、理性原则破灭后的惶惑、自我挣扎的徒劳，是一种用喜剧的形式来表现悲剧内容的文学方法。幽默加上“黑色”就成了一种展现绝望的幽默，西方评论家把它称为“绞刑架下的幽默”。美国当代著名作家海勒被认为是“黑色幽默”的一面旗帜。冯内古特的《猫的摇篮》是该派小说的代表作，讲述的是一个虚构的岛国统治者宗教领袖博克依和政治领袖麦克凯布之间的斗争。他们表面上势不两立拼命要置对方于死地，但实际上是通过互相迫害、谋杀来互相利用，根本目的是要把社会推入巨大的恐怖之中。小说用典型的黑色幽默手法，揭示了世界荒诞的主题。

2011 年　南乔治亚岛和南桑维奇群岛《猫的摇篮》

三、20 世纪其他重要作家

第二次世界大战之后，西方文坛上还活跃着许多重要的作家。他们的创作虽然具有一定的现代、后现代文学的特征，但并不完全属于上述任何一类文学流派，但同样对时代的文学发展做出了重要的贡献。

1. 英国

英国小说家威廉·戈尔丁

英国小说家格雷厄姆·格林（Graham Greene，1904—1991）的作品具有严肃和潇洒的双重特征，常表现善与恶、正义和非正义的主题，善于制造悬念和刻画人物，吸收电影蒙太奇等艺术手法，代表作品有《沉静的美国人》《荣誉领事》《日内瓦的菲舍尔医生》和《第十个人》等。小说家威廉·戈尔丁（William Golding，1911—1994）的作品具有现实主义的风格，但象征寓意性极强，有“性恶神话”之称。他于 1983 年荣获诺贝尔文学奖，代表作品有《蝇王》《继承人》《隐约可见的黑暗》《进年仪式》和《近在咫尺》等。

2. 法国

法国二战后重要的诗人亨利·米肖（Henri Michaux，1899—1984）创作了大量的诗歌集。作品想象奇特丰富、富于幻想和怪诞的色彩，对法国超现实主义和存在主义文学产生重要影响。代表作品有《我们曾经是谁》《骚动的夜晚》《寻路、迷路、超越》和《腾挪、超脱》等。

1999 年　赞比亚
君特·格拉斯

3. 德国

德国作家亨利希·伯尔（1917—1985）是二战后重要的小说家，70 年代前基本遵循现实主义的创作原则，70 年代后明显转向现实主义和现代主义相融合的风格，并于 1972 年获诺贝尔文学奖。代表作品有长篇小说《亚当，你到过哪里》《天使沉默无语》等。君特·格拉斯（1927—2015）是当代德国著名的小说家、诗人和剧作家。他的小说画面广阔、形象生动、寓意深刻，具有浓郁的地域色彩。代表作有以但泽为背景的长篇小说《铁皮鼓》《非人的岁月》和中篇小说《猫与鼠》，它们被誉为“但泽三部曲”。《铁皮鼓》是一部自述体小说，主人公奥斯卡自述的经历其实是作者格拉斯本人的经历与见闻。小说采用的是框架结构。开篇是奥斯卡在疗养与护理院（精神病院）以白漆栏杆病床为隐居地，让人买来“清白”的纸，敲响铁皮鼓回忆往事，写下他的自供状。

2017 年　德国　伯尔

德国作家君特·格拉斯

2010年 奥地利 阿尔丰斯·慕夏的油画

4. 使用德语创作的作家

瑞士小说家、剧作家马克斯·弗里施（1911—1991）和弗里德里希·迪伦马特（1921—1990）堪称瑞士文坛双子星。弗里施创作大量的日记体散文，从作家个人的角度反映了第二次世界大战以及战后的种种社会现象和见闻，显示了弗里施敏锐的观察力和判断力。此外，还有中长篇小说《施蒂勒》《能干的法贝尔》《人类出现在新生世》和剧本《毕德曼和纵火犯》《安道拉》。迪伦马特的小说情节曲折，寄寓着作者对罪恶与正义、人性与道德的思考。代表作有小说《诺言》《司法》《法官和他的刽子手》、剧本《密西西比现实的婚姻》《流星》《期限》和《老妇还乡》等。

1940年 瑞士 作家凯勒

5. 意大利

小说家卡尔贝托·莫拉维亚（Alberto Moravia，1907—1990）早期作品有长篇小说《罗马女人》，对资本主义社会的不公不义予以批判。60年代的6部短篇小说集揭示了中小资产阶级内心空虚、失落和无所适从的精神生活。晚期发表的长篇小说《内心生活》《窥视者》，刻画人物心理细腻、手法运用纯熟，现实主义和现代主义熔为一炉，风格独特。小说家伊塔洛·卡尔维诺（Italo Calvino，1923—1985）的三部曲《我们的祖国》，体现了作者对现代人人格分裂、本质被异化的思考。后期作品进一

2001年 意大利 卡尔维诺

步将现实与幻想相结合，表达了对宇宙和人生、科学和文明、现实和未来的多层次思考。卡尔维诺对小说艺术做了深入的探索，被誉为“最有魅力的后现代文学大师”。诗人蒙塔莱（Eugenio Montale，1896—1981）是现代西方最优秀的抒情诗人。他的诗被誉为“纯诗”，表现手法细腻、微妙、复杂，代表作有诗集《乌贼骨》《暴风雨及其他》《萨图拉》和《诗钞：1971—1972》等，1972 年获诺贝尔文学奖。

约翰·厄普代克

6. 美国

二战之后，美国涌现众多杰出的作家。约翰·厄普代克（John Updike，1932—2009）的代表作“兔子系列”第一部《兔子，跑吧》通过主人公“哈利”的形象，表现了当时一代美国青年不安于现状、寻求自我价值而不可得的主题。第二部《兔子回家》对 60 年代末的美国社会有细致的描写，越南战争、登月计划、嬉皮士现象、黑人民权运动，以及这些给人们精神和心理产生的影响，被描写得十分生动。第三部《兔子富了》的背景时间 10 年，美国经济高速发展趋于稳定时期，兔子“哈利”成为日本丰田汽车的代理商，进入了美国富裕的中产阶级行列，失去了往日的激情和斗志，融入平庸的现实之中。1990 年，第四部《兔子安息》出版，展示时代发展画卷的“兔子系列”终于结束。

1976 年　帕劳
索尔·贝娄

艾萨克·巴什维斯·辛格（Isaac Bashevis Singer，1904—1991）是一位用犹太民族意第绪文写作的作家，一生创作小说、剧本、回忆录以及儿童故事等 30 多部。他的创作带有明显的犹太民族特色，表现出种族记忆、历史创痛、传统信仰与现代文明的冲突。索尔·贝娄（Saul Bellow，1915—2005）也是一位多产的作家，主要成就在长篇小说的创作方面，代表作有《晃来晃去的人》《受害者》《洪堡的礼物》《院长的十二月》等。这些小说基本创作方法是现实主义的，也吸收一些现代主义的意识和技巧。小说主要内容可分为两类：一是揭示人在社会中空虚无助，难以找到生活的意义；二是反映美国知识界的精神危机，深受人们的欢迎和重视。

第二节 英国诗人托·斯·艾略特

托马斯·斯特尔那斯·艾略特（Thomas Stearns Eliot，1888—1965），英国著名诗人、剧作家和文学批评家，后期象征主义诗歌最杰出的代表。艾略特出生于美国密苏里州的圣路易斯。祖父是牧师，曾任大学校长。父亲经商，母亲是诗人，写过宗教诗歌。艾略特曾在哈佛大学学习哲学和比较文学，接触过梵文和东方文化，对黑格尔派的哲学家颇感兴趣，也曾受到法国象征主义文学的影响。1914 年，艾略特结识了美国诗人庞德。在庞德的帮助下，许多杂志刊登了艾略特的诗作，其中于 1915 年发表的诗歌《约·阿尔弗雷德·普鲁弗洛克的情歌》，模仿了法国象征派诗人儒尔·拉夫格的风格，具有很浓的讽刺意味，刻画了当时社会背景下的人对于爱情、生活的复杂心理。第一次世界大战爆发后，艾略特来到英国，并定居伦敦，先后做过教师和银行职员等。1922 年创办具有影响力的文学评论季刊《标准》，任主编至 1939 年。艾略特认为，自己在政治上是保皇党，宗教上是英国天主教徒，文学上是古典主义者。1922 年，艾略特发表成名作《荒原》，赢得了国际声誉，被评论界看作 20 世纪最有影响力的一部诗作，是英美现代诗歌的里程碑。1927 年，艾略特加入英国国籍。1943 年结集出版的《四个四重奏》，是艾略特后期诗歌中的重要作品，使他获得了 1948 年诺贝尔文学奖并确立了当时在世的最伟大英语诗人和作家的地位。艾略特晚年致力于诗剧创作。1965 年，艾略特在伦敦逝世。

1986 年　美国
艾略特

2006 年　英国
艾略特

1986 年　美国首日封　艾略特

《荒原》是艾略特的成名作，在 20 世纪西方诗坛上具有划时代的意义，不仅是象征主义诗歌的高峰，而且为西方现代主义诗歌的里程碑。整个《荒原》中，危机意识与拯救思索的重要代码就是“水”与“火”的意象。“水”既是生命的源泉，又是死亡的恐怖；“水”象征着情欲泛滥、人欲横流及整个文化的危机与死亡。“火”既是情欲之火、死亡之火，也是再生之火、涅槃之火。“火”的意象是对“水”意象的补充与强调。全诗运用 6 种语言，引用了大量的神话故事、历史典故和许多文学作品中的名句，通过严谨的结构，借助象征、暗示和联想，构成了一部完整、博大的文学诗篇。

艾略特

艾略特

《荒原》全诗由 5 章构成。第一章《死者葬仪》，标题出自英国国教会的出葬仪式，暗指生活于现代社会的人们与死人无异。第二章《对弈》，叙述意大利佛罗伦萨公爵垂涎一少妇的美貌，让其邻居假意去请她的婆婆下棋，自己则乘机以财富为诱饵勾引少

1986 年　美国首日封　艾略特

妇而最终得逞。第三章《火戒》，标题出自佛教教义。它有两重含义：一是指人应过圣洁的生活，不能引情欲之火烧身；二是指火焚烧亦能使不洁者净化，在死亡中再生。第四章《水淹之死》，这里的水指的是泛滥的情欲之水。第五章《雷霆的话》，充分展开了探索的主题。《荒原》是表现现代西方人精神崩溃的史诗。它高度概括了一战之后的西方生活，浸透了诗人的忧虑和绝望，蕴含着深刻的悲剧性。

第三节　奥地利著名小说家卡夫卡

弗兰兹·卡夫卡（Franz Kafka，1883—1924），奥地利著名小说家，西方现代主义文学的奠基人。卡夫卡出生于奥匈帝国统治下的布拉格，父亲是一位犹太商人。卡夫卡从小接受德语教育，18 岁入布拉格大学学习文学和法律，1906 年获法学博士学位，1908 年起在布拉格一家半官方的工人工伤保险公司供职。1917 年患肺病，1922 年病休。1924 年 6 月 3 日病逝于维也纳附近的基尔林疗养院，终年 41 岁。卡夫卡短暂的一

1983 年　以色列带边条邮票　卡夫卡

生充满了不幸。他所处的时代、他的社会生活环境、他的家庭都对他的思想和创作产生了深刻的影响。卡夫卡从小就感到来自父亲的压力，一生都生活在父亲的阴影下。在《致父亲的信》中，他把自己的恐惧感、负疚感和不善生计都归于父亲的影响。父子冲突在他的作品中留下了深深的烙印。他曾三次订婚，又三次主动解除婚约，始终没有建立自己的家庭，只是在离他去世半年多以前才与一位名叫多拉·迪阿曼特的年轻犹太女子同居。卡夫卡的生活环境以及他内向的性格，使他把写作作为唯一的精神寄托。

1983 年　德国极限片　卡夫卡

卡夫卡是一位勤奋的业余作家。他自幼喜爱文学，中学时代就开始阅读易卜生、斯宾诺莎、尼采、达尔文等人的著作。大学时期开始文学创作，并常与同学马克斯·布洛德参加布拉格的一些文学活动，从 1909—1912 年曾几度结伴去巴黎、苏黎世、魏玛等地参观游览。他受丹麦存在主义哲学家克尔恺郭尔的影响颇大，也研究过中国的老庄哲学。卡夫卡 1904 年开始写作，1908 年开始发表作品。他生活和创作的主要时期是在一战前后，当时经济萧条、社会腐败、人民穷困，这一切使得卡夫卡终生生活在痛苦与孤独之中。于是，对社会的陌生感、孤独感与恐惧感，成了他创作的永恒主题。1915 年，作家卡尔·施特恩海姆把他获得的冯塔纳文学奖转让给卡夫卡，以表彰他的短篇小说《司炉》。他在短暂的一生中写下了许多中短篇小说和大量书信、日记、随笔、箴言等。他的三部未完成的长篇小说《城堡》《美国》和《诉讼》，贯穿社会批判主题，被称为“孤独三部曲”。卡夫卡对自己的作品要求十分严格，对大多数作品都不很满意，生前只发表了极少的一部分。他在遗嘱中要求挚友马克斯·布洛德销毁他所有未发表过的手稿并永不再版已发表的作品，但布洛德并没有这样做，而是花了很大的精力将卡夫卡的所有作品整理出版。可惜有不少作品在此以前已被他的女友按照他的愿望烧毁了。

2008 年　德国　卡夫卡

卡夫卡雕塑

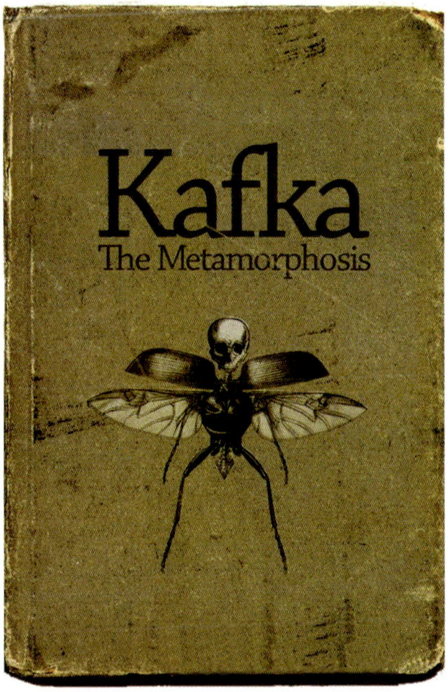

卡夫卡《变形记》封面

1983 年　德国　奥地利作家卡夫卡

卡夫卡被认为是现代派文学的鼻祖，是表现主义文学的先驱。他的小说可分四类：一是揭示现实世界的荒诞与非理性的《判决》《乡村医生》。二是揭示人在现代异化的《变形记》《饥饿艺术家》。三是揭示人在现实世界中的困境和困惑感的《地洞》。四是描写现代国家机器残酷和统治阶级罪恶的《在流放地》。卡夫卡作品主题曲折晦涩，情节支离破碎，思路不连贯，跳跃性很大，语言的象征意义很强。《变形记》通过格里高尔的变形及变形后的遭遇和悲惨结局，深刻揭示了资本主义社会里人与人之间赤裸裸的利害关系，表现了人的异化。卡夫卡笔下描写的都是生活在下层的小人物。他们在这充满矛盾、扭曲变形的世界里，惶恐、不安、孤独、迷惘，遭受压迫而不敢反抗，也无力反抗，向往明天又看不到出路。他为读者描绘出的一幅幅画卷令我们感到震惊和恐惧，仿佛是在为人类的明天敲起阵阵急促的警钟，为人类的未来表示担忧。

1983 年　捷克斯洛伐克卡夫卡

卡夫卡生前并无名声，20 世纪 30 年代起受到西方评论界瞩目。他风格独特的“梦境文学”受到西方文学界普遍的注意和推崇。第二次世界大战后的动荡局势和错综复杂的社会矛盾，使人们从卡夫卡的小说中找到了自己需要的东西——“现代人的困惑”。卡夫卡的作品难读难懂，但他那独到的认识、深刻的批判、入木三分的描写，都深深地吸引着我们。人们从卡夫卡的作品中能认识自己和人类社会，所以在西方社会中掀起了一阵又一阵的“卡夫卡热”。

第四节 法国小说家普鲁斯特

马塞尔·普鲁斯特（Marcel Proust，1871—1922），法国小说家，意识流文学的先驱与大师，是20世纪世界文学史上最伟大的小说家之一。他出身于巴黎富裕的犹太资产阶级家庭。父亲为保健医生，母亲是证券经纪人的女儿。普鲁斯特自幼体弱多病，生性敏感，富有幻想。1882—1889年，普鲁斯特在巴黎贡多塞中学求学。中学毕业后入巴黎大学文理学院法律系，深受柏格森哲学课的影响。不久，他开始涉足上流社会，出入文艺沙龙，与文学艺术界的名流广泛接触。1892年，他与亨利·巴比塞等青年合办《宴会》杂志，1895年获得学士学位后在一家图书馆任职。这时期普鲁斯特开始写作，向杂志投稿，1896年出版的第一部作品《欢乐与时日》，是其发表的纪事、随笔、故事等汇编。1896—1899年，他开始写作自传体小说《让·桑德伊》，但未完成，直到1952年由后人根据手稿整理发表。

马塞尔·普鲁斯特

1971年 法国 普鲁斯特

少年和青年时代，普鲁斯特热衷于出入交际场所。但他注意观察生活，积累素材，磨炼分析批判能力，他后来的作品基本取材于这个时期的经历。1900—1906年，他翻译、介绍了英国艺术评论家罗斯金的作品。罗斯金的思想“直觉胜于对客观事实的分析”对他影响很大。1903—1905年，普鲁斯特的父母先后去世。从1906年起，他的哮喘病不时发作，只能闭门写作。

法国作家马塞尔·普鲁斯特

1908—1909 年，他写过一篇阐述美学观点的论文《驳圣伯夫》，生前未发表，直到 1954 年才发表手稿的片段。论文主要批驳圣伯夫的文艺批评方法，认为文艺作品和作者个人不宜联系过于密切。

1971 年　法国极限片
马塞尔·普鲁斯特

在写作《让·桑德伊》和《驳圣伯夫》的同时，普鲁斯特开始构思长篇巨著《追忆似水年华》，从 1906 年开始写作，到 1913 年全部布局轮廓已定，分 7 大部分，共 15 册。1913 年，小说《追忆似水年华》第一部《去斯万家那边》出版。1919 年，第二部《在少女们身旁》出版，并获龚古尔文学奖，作者因而成名。1920—1921 年，发表第三部《盖尔芒特家那边》第 1、2 卷；1921—1922 年，发表第四部《索多姆和戈摩尔》第 1、2 卷。经过夜以继日的工作，他终于在逝世前将作品全部完成。作品的后半部第五部《女囚》、第六部《女逃亡者》和第七部《重现的时光》是在作者死后发表的。

1956 年　法国　作家塞维尼夫人

在普鲁斯特的这部作品中，形形色色的佣人一直是普鲁斯特热衷的题材。那些马夫和猎手，总是无所事事，好像付他们工钱就是为了让他们闲着发愣，而不是要他们干活。普鲁斯特对种种仪式的鉴赏集中于各种对下层佣人的描绘，从中可以看到人类傀儡般的行为、希望之渺茫、友谊和爱情之幻灭、习惯的残暴、社会的堕落等，一切都非常符合当代人的口味。艺术上的不平衡性是合理的，因为它符合感受的真实。然而，在许多细小方法中，普鲁斯特涉及了弗洛伊德的领域。普鲁斯特提及的人们在熟睡状态中所呈现的“本能深度”及“原始状态”，使人似乎想起弗洛伊德的“伊德”，人们为潜意识冲动所驱使。他还注意到了记忆与思维中许多相关的因素。最后，他却是非常无意识地写出了马塞尔这一个绝妙的精神分析的典型：恋母排父，性反常行为，想入非非，抑郁异常，而且患有神经官能症。这一切都有力地印证着弗洛伊德的学说，而普鲁斯特当初只是要写出一个人的经历而并非一部心理分析小说。弗洛伊德论及的“潜意识、无意识和伊德”，

1986 年　奥地利　弗洛伊德

普鲁斯特

电影《追忆似水年华》海报

也是普鲁斯特所论及的。在普鲁斯特的观点和术语中没有弗洛伊德的印迹，而他的小说也已成为“系列的无意识的小说”，是因为它本身便是一种遗忘与记忆的现象。

普鲁斯特的《追忆似水年华》力图抓住情感的无限丰富性，将各种感觉、回忆、意念所产生的实感捕捉住。为了将人一生的感受记录下来，小说必须要有一定的时间跨度。普鲁斯特记录的不是一时一地的感受，而是“不同时刻的感受聚集”。也就是说，无数个不同时刻的心理活动组成了人的一生。要将实际时间转化为心理时间，通过理性思维活动是达不到的，甚至只通过理性制约下的有意识的回想也是行不通的。普鲁斯特从味觉、嗅觉、听觉、触觉出发，通过那种“盖尔芒特家——威尼斯圣马可教堂”式的无意识联想找回了那“有声有色”的往事。这种无意识联想在内心世界里充分地复活了过去的时光，著名的“小玛德莱娜的点心”就是这种无意识联想的一个典型例子。

普鲁斯特

实际时间的时序都是呈线性流淌的，而心理时间都是通过无意识联想，一物诱发一物形成的，所以心理时间不可能保持实际时间原有的时序，往往是时序颠倒混乱或呈无时序状态，呈现出一种时空蒙太奇。普鲁斯特在创作《追忆似水年华》时便采用了这种时序颠倒的手法。普鲁斯特就是这样通过无意识联想，一物诱发一物、一环引出一环，构成了作者十分具体的回忆之流。这也就是为什么把《追忆似水年华》划入意识流小说范围的原因。在这种无意识联想中、在回忆之流中，作者以心理时间的形成复活了自己所经历过的实际时光。

2012 年　法国　法国旅游年

第五节 爱尔兰作家、诗人詹姆斯·乔伊斯

詹姆斯·乔伊斯（James Joyce，1882—1941），爱尔兰作家、诗人，20 世纪最伟大的作家之一，后现代文学的奠基者之一，其作品及意识流思想对世界文坛影响巨大。詹姆斯·乔伊斯出生于爱尔兰的都柏林，父亲对民族主义有坚定的信念，母亲则是虔诚的天主教徒。当时的爱尔兰是英国的殖民地，战乱不断，民不聊生。乔伊斯有一大群弟弟妹妹，但他父亲偏爱这个才华横溢的长子。他从小在天主教教会学校学习，成绩出众，并初步表现出非凡的文学才能。19 世纪以来，在都柏林形成了以叶芝、格雷戈里夫人及辛格为中心的爱尔兰文艺复兴运动，同时爱尔兰民族独立运动也直接对他产生影响，然而给予他更强烈影响的是 19 世纪末出现在欧洲文学中的自由思想。1897 年，乔伊斯获全爱尔兰最佳作文奖，次年进入都柏林大学专攻哲学和语言。1900 年，他在学院的文学及历史协会发表讲演《戏剧与人生》；同年在英国文学杂志《半月评论》上发表关于易卜生的评论《当我们死而复醒时》《易卜生的新戏剧》；1901 年，他撰写《喧嚣的时代》，批评爱尔兰文艺剧院的狭隘的民族主义。1902 年 6 月，乔伊斯毕业于都柏林大学学院。

1982 年　爱尔兰　乔伊斯

詹姆斯·乔伊斯

乔伊斯的文学生涯始于他 1904 年开始创作的短篇小说集《都柏林人》。在乔伊斯眼中，处于大英帝国和天主教会双重压迫和钳制下的爱尔兰是一个不可救药的国家，而都柏林则是它“瘫痪的中心”，在这个城市里每时每地都上演着麻木、苦闷、沦落的一幕幕活剧。在短篇小说集《都柏林人》中，《死者》为经典之作，《阿拉比》展现出作者文笔的魅力和其意识流作风小说的美感。

1908 年起，乔伊斯在都柏林开始创作长篇小说《青年艺术家的画像》，1914 年完稿于意大利的里雅斯特。长篇小说《青年艺术家的画像》有强烈的自传色彩，通过斯蒂芬·迪达勒斯的故事，提出了艺术家与社会、与生活的关系问题。1922 年，乔伊斯创作的长篇小说《尤利西斯》是借用古希腊史诗《奥德修纪》的框架，通过三个人一

2012 年 爱尔兰 詹姆斯·乔伊斯

天的生活，把他们的全部历史、全部精神生活和内心世界表现得淋漓尽致。《尤利西斯》是20世纪最伟大的英语文学著作、意识流小说的经典作品之一。这部作品的出版“标志着一种社会制度的最终解体”，在西方现代文坛上具有里程碑地位。1939年，乔伊斯出版长篇小说《芬尼根守灵夜》，借用意大利18世纪思想家维柯关于世界在四种不同社会形态中循环的观点，以梦境表达对人类历史和命运的终极思考，语言极

2008 年 比利时 乔伊斯

詹姆斯·乔伊斯塑像

为晦涩难懂。书中暗喻《圣经》、莎士比亚、古代宗教、近代历史、都柏林地方志等，大量借用外国词语甚至自造词汇，通过夸张的联想，喻示爱尔兰乃至全人类的历史、全宇宙的运动。除上述三部作品，乔伊斯还著有诗集《室内乐》和剧本《流亡者》。晚年的乔伊斯迁居到苏黎世，1941 年 1 月因病去世，享年 59 岁，死后被葬于苏黎世的弗林贴隆坟地。

2000 年　爱尔兰　乔伊斯

在乔伊斯的一生中，民族主义思想贯穿始终，并采用意识流或“心理主义文学”的创作手法。他的长篇小说《尤利西斯》是意识流作品的代表作，是 20 世纪最伟大的小说之一。他在作品中所表现出来的对民族对国家的热爱，深深感动着爱尔兰人民。为了纪念乔伊斯，爱尔兰把《尤利西斯》中描写主人公利奥波德·布鲁姆一天全部活动的 6 月 16 日定为“布鲁姆日”。该节日后来成为仅次于国庆日（3 月 17 日）的盛大节日。

2008 年　希腊　笔荟

2013 年　詹姆斯·乔伊斯纪念币

第六节　美国文学家威廉·福克纳

1997 年　美国　福克纳

威廉·福克纳（William Faulkner，1897—1962），美国文学史上最具影响力的作家之一，意识流文学在美国的代表人物。他出身名门望族，曾祖父既是军人、作家、政治家，还是种植园主、企业家，并经营着当地唯一的铁路。威廉·福克纳的父亲在事业上一事无成，母亲则意志坚定，自尊心强。童年的福克纳经常被母亲逼迫着在"软弱"和"坚强"中做出选择，让他从小就体验到深深的分裂和痛苦。福克纳 10 岁时已经开始阅读莎士比亚、狄更斯、巴尔扎克、康拉德等人的作品，并常参加合唱、打棒球和绘画等活动。1910 年开始，他专心写作并发表了最早的诗歌、短论和短篇小说。

介绍威廉·福克纳的图书封面

青年时期的福克纳曾在银行谋得一份工作，并常常参与密西西比大学的社交活动。第一次世界大战开始后他报名参军，却因身高和年龄遭到拒绝。1918 年 7 月，福克纳被加拿大皇家空军接受，成为一名预备飞行员，然而未等基地训练完成，战争即宣告结束。战后福克纳以复员军人的身份去密西西比大学学习。同年，他在《密西西比人》上发表第一篇短篇小说《幸运着陆》和一些模仿性的诗作。1921 年，他在纽约一家书店得到职位，自己也利用职务之便阅读了包括霍桑、马克·吐温、托尔斯泰等在内的大量作品。1922 年，福克纳回到密西西比，成为密西西比大学的邮政所长。1925 年，福克纳游历了意大利、瑞士、法国、英国等地。在此期间，福克纳有幸结识了知名作家舍伍德·安德森，受其启发，从诗歌创作转向小说创作。1926 年，福克纳第一部长篇小说《士兵的报酬》正式出版。次年出版第二部长篇小说《蚊群》，在国内得到不少赞誉。

1987 年　美国首日封　当代著名作家

1995 年　尼加拉瓜　福克纳

1924—1928 年是福克纳创作生涯的第一个阶段。诗集《大理石的牧神》赞扬田园生活的甜美，批评现代文明的浮华，但形式上有模仿欧洲象征主义的痕迹。《士兵的报酬》表现战争给人留下的身心重创，流露出“迷惘一代”的思想情绪。主人公唐纳德·马洪是一位退伍飞行员，在战争中头部受伤，几乎丧失了视力、记忆和性功能。退役后，未婚妻另有所爱，周围人渐渐疏远，唐纳德郁郁而终，肉体和精神的巨大创伤就是士兵们得到的“报酬”。1929 年，福克纳的小说《喧哗与骚动》出版，受到舆论界高度评价，深受鼓舞的福克纳进入创作鼎盛时期。从 1929—1942 年，福克纳接连发表了《我的弥留之际》《圣堂》《八月之光》《押沙龙！押沙龙！》等长篇小说杰作，同时还发表了不少优秀的短篇小说，结集为《不可征服的人》和《去吧，摩西》等小说集。1932 年，福克纳与好莱坞著名电影公司米高梅签约，开始撰写电影剧本。从 30—40 年代，福克纳共创作电影剧本 40 多部。

1948 年，福克纳入选美国文学艺术院。1949 年，福克纳获得诺贝尔文学奖。授奖辞盛赞他“对当代美国小说作出了强有力的、艺术上无与伦比的贡献”。福克纳用诺贝尔奖金中的一部分设立了“福克纳小说奖”，用以鼓励和支持年轻的小说家；另一部分奖金则捐给密西西比的牛津银行，设立一个奖学金，用以帮助当地的非洲裔美国老师。在福克纳晚期创作中，《村子》《小镇》和《大宅》三部作品完成，被称为“斯诺普斯”三部曲。作品记叙了斯诺普斯家族由默默无闻到飞黄腾达的发迹史。与此同时，

1987 年　美国首日封　福克纳

福克纳又力图超越世系小说的局限，阐述关于人类文明的普遍真理，便写出剧本《修女安魂曲》、长篇小说《寓言》等关于“永恒的真实”、人类责任与信心的作品。《寓言》以第一次世界大战法国战场上的一次兵变为题材，与耶稣基督遇难的故事形成对应关系，是一部具有象征主义色彩的、传达了和平主题和反战观点的作品。1961 年初，64 岁的福克纳立好遗嘱，将一切手稿捐给威廉·福克纳俱乐部。同年，福克纳发表了最后一部作品长篇小说《劫掠者》，回忆世纪初期自己的童年生活。1962 年 7 月，福克纳因心脏病逝世，葬于家族墓地。

福克纳纪念币

《喧哗与骚动》中文版封面

福克纳一生共写了 19 部长篇小说与 120 多篇短篇小说，其中 15 部长篇与绝大多数短篇的故事都发生在约克纳帕塔法县，称为“约克纳帕塔法世系”。最有代表性的作品是《喧哗与骚动》。作品通过康普生一家的没落，为南方传统和贵族精神谱写了一曲挽歌。在这部小说中，福克纳纯熟地运用了意识流手法。作品除第四部分运用第三人称全知视角外，其他三个部分均采用第一人称“我”的叙事视角，三兄弟的意识流活动各有特色，不仅体现白痴、精神崩溃者、偏执狂与虐待狂不同的心理状态和语言特色，更能揭示人物的内心世界，探索他们的意识和潜意识动机。

《时代周刊》封面　福克纳

1987 年　美国首日封　威廉 · 福克纳

威廉 · 福克纳

威廉 · 福克纳是欧洲现代主义小说创新的潮流转移到了美洲大陆的新象征。在此之前，欧洲小说在精神和形式的创新上，都占有绝对的优势。但是，自从福克纳在美国出现之后，20 世纪现代主义小说的创新就开始在北美大陆生根发芽，并逐渐向南美扩展。不过，福克纳的文学价值首先是由法国人认定的，美国人一开始并未认识到福克纳的巨大价值。福克纳师承詹姆斯 · 乔伊斯，并将美国南方的历史和人的生存景象纳入他所创造的类似当代神话的小说中，形成了一座新的文学高峰。

第七节　法国哲学家、文学家让-保罗·萨特

让-保罗·萨特（Jean-Paul Sartre，1905—1980），法国 20 世纪最重要的哲学家、作家和社会活动家之一，西方存在主义文学的领袖。他出生于巴黎，父亲是海军军官，在他不到两岁时去世。萨特的童年是在外祖父家度过的。外祖父是一位语言学教授，家中拥有大量藏书，使儿童时代的萨特受到了良好教育，也获得了丰富的知识。1915 年，萨特考入亨利中学，学习成绩优异，其间接受叔本华、尼采等人的哲学影响。1924—1928 年，萨特在巴黎高等师范学校攻读哲学，该校具有“现代法兰西思想家摇篮”之称。1929 年，萨特在全国大中学教师资格考试中获得第一名，并结识了一同应试、获得第二名的西蒙娜·德·波伏娃。此后，萨特长期依靠教授哲学为生，波伏娃（Simone de Beauvoir，1908—1986）后来成为存在主义女作家和萨特的终身伴侣。1934 年，萨特赴德留学，悉心研读德国哲学家胡塞尔和海德格尔等人的哲学，并在此基础上形成了他的存在主义哲学思想体系。这就是一切从人、人的意识出发来研究人和这个世界，把人的主观意识的存在看成是一切存在的根本。与此同时，萨特开始了文学创作，在柏林写了《论自我的超越性》（或译《自我的克服》）。1936 年，萨特完成了一部关于偶然性的文学作品的第三稿，又发表了《影像论》（或译《想象》）。这是萨特对现象学研究后的论文。萨特的成名作是 1938 年出版的长篇小说《恶心》。这是一部带有自传性质的日记体小说，通过中心人物罗康丹对世界和人生的看法，充分表达了作者的哲学观念——存在主义。

1986 年　法国　萨特

让-保罗·萨特

二战爆发后，萨特应征入伍，次年被俘虏，在战俘营中度过了 10 个月的铁窗生涯。战争与现实使萨特的思想发生了巨大的变化，他从战前的个人主义和纯粹个人转向了对社会现实的关注，开始利用文学干预生活。1943 年，萨特完成并出版了他的哲学专著《存在与虚无》。萨特希望把自己多年来对人与世界关系的思考写进这本哲学专著中，书问世后在知识界引起了很大的反响。1944 年，萨特的新戏《间隔》（又译《密室》）公演。演出大获成功，剧中台词“他人，就是地狱！”成为萨特最为人熟知的名句。1945 年，萨特与他人合作创办了《现代杂志》，评论当时国内外重大事件，并从此成为职业作家。同年 10 月，萨特在现代俱乐部作了《存在主义是一种人道主义》的演讲，演讲中萨特向公众阐明了一些基本观点，指出存在先于本质。

2008 年　比利时　波伏娃

萨特与波伏娃

《想象·自由》封面

1946 年，萨特创作了战后的第一个剧本《死无葬身之地》，以及曾改编为影片的剧本《毕恭毕敬的妓女》（又译《可敬的妓女》）。1948 年 2 月，萨特接受邀请担任革命民主同盟执行委员，开始“介入”政治活动。由于萨特的政治立场介于左翼与右翼之间的第三条道路，因此备受两方面的攻击。50 年代初期，萨特在政治上逐渐倾向于共产党。1952 年暑期的共产党人雅克·杜克洛被捕事件和 6 月 4 日发生的罢工失败事件对萨特造成很大的刺激，他撰写并发表《共产党人与和平》，试图说明共产党和工人间的关系，分析造成罢工失败的根源。1951 年，萨特的剧本《魔鬼与上帝》发表。1952 年，阿尔贝·加缪的《反抗者》一书由于宣扬“纯粹的反抗”，即反对革命暴力而导致了他和萨特的决裂。1953 年，萨特发表与大仲马剧作同名的戏剧《基恩》。1954 年 5 月，萨特应苏联作家的邀请访问苏联。1955 年，《涅克拉索夫》出版。1955 年 9 月，萨特和波伏娃应邀到中国访问。同年 11 月，《人民日报》发表了萨特的文章《我对新中国的感受》，萨特在法国《观察家》上也发表了《我所看到的中国》一文，谈到他对中国的感受。1956 年，苏联军队入侵匈牙利，萨特谴责了苏联军队和对干涉表示支持的法共领导。1957 年，在《现代》杂志匈牙利问题专期上，萨特写了《斯大林的幽灵》一文反对苏联干涉。1959 年，萨特发表传记小说《阿尔托纳的死囚》，其中包括他在早年完成的《波德莱尔》《让热内：戏子与殉道者》等文章。1960 年，萨特完成了他的第二部重要的哲学著作《辩证理性批判》的第一部分《实用整体理论》，第二部分则一直没有完成。1963 年，《现代》杂志发表了萨特的自传性小说《词语》。1964 年，萨特获得诺贝尔文学奖，但拒绝领取，理由是他不接受一切官方给予的荣誉。1968 年 5 月，法国一些大学发生了骚乱，反对越南战争和学校的规则。萨特与波伏娃等人发表声明支持学生，并前往学校发表演讲。1973 年，萨特又担任了法国第三大全国性日报左翼报纸《解放报》的主编。晚年由于眼病和高血压摧残了健康，萨特丧失了写作能力，并自我认为“已丧失了存在的理由”。1980 年 4 月 15 日，萨特病逝于巴黎，享年 74 岁，数万群众为他送葬，表达悼念之情。

1995 年　尼加拉瓜　萨特

2005 年　摩纳哥　萨特

萨特是法国战后重要文学流派存在主义的倡导者。他的代表作《恶心》作于 1938 年，是存在主义的著名小说。这部日记体小说的主人公罗康丹所生活的是一个污秽龌龊的世界。在这个世界里，人人都萎靡不振、浑浑噩噩、彷徨苦闷，感到生活没有意义。罗康丹是一个典型的存在主义人物，周围的世界侵入他的意识，使他感到“恶心”。短篇小说《墙》通过对西班牙反法西斯战士格里在监狱里等候处决时的种种心理活动的描写，说明人类对死亡的恐惧是生与死之间的一堵墙，只要克服这种恐惧，就能获得生的自由。萨特以“墙”作为标题是颇具哲学意味的，在一定程度上表现了他的存在主义思想。这部作品在西方存在主义戏剧中占有重要的一席之地。萨特著名的

1981 年　西班牙　毕加索《格林尼卡》

“境遇剧”有《群蝇》《禁闭》《毕恭毕敬的妓女》《死无葬身之地》等，表现了人在特定环境中的自由选择。剧本《群蝇》以奥瑞斯忒斯铲除篡位的暴君并为父报仇的古希腊传说为题材，阐明人要用意志和行动去争取自由，完成生存的使命。《间隔》是阐述存在主义哲理的剧本，剧中塑造了一男两女 3 个死后不改生前本性、在阴间互相追逐的亡魂，说明客观世界（包括他人的存在和自己的旧习）直接制约着人的生存和活动，人死之后还念念不忘他人对自己的议论，因而认为“他人就是地狱”。《死无葬身之地》在“境遇剧”中具有特殊意义。萨特让人在生与死的考验中“自由选择”，决定自己的道路。作品中 5 个宁死不屈的游击队员并非生来就是英雄，只是为了一个崇高的目的而“自由选择”了自己的“本质”，并在特定的情境中实现了自己的选择，确定了自身的意义和价值，因而作品的基调是积极向上的。场景和对话要而不繁，简短有力，既有戏剧性又意味深长。

1985 年　法国极限片　萨特

作为杰出的文艺评论家，萨特的文艺观主要表现在四个方面：首先，“自由选择”是文学创作的核心命题。其次，读者的参与。再次，写作即揭露，揭露即是改变。最后，批判“纯艺术”论。萨特主张“介入文学”，即作家要投身到改造社会的活动中去，对各种政治事件和社会问题表明自己的见解；文学作品要干预社会现实。在创作方法上，他主张写真实，不讲究艺术雕琢和浮华的辞藻，但求文字朴质自然。在他的小说中，作者叙述往往和主人公的内心独白互相交织。在作品时间的处理上，讲求同时性。萨特的文学主张和创作实践，对第二次世界大战以后的法国文学有重要影响。

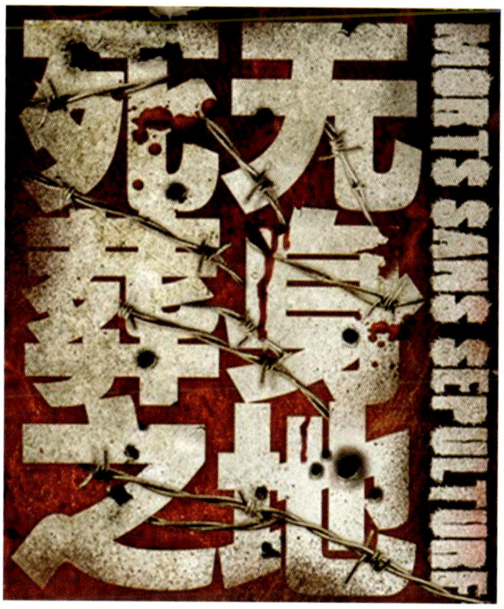

《死无葬身之地》中文版封面

萨特与波伏娃

2016 年　法国　书籍

第八节 法国文学家塞缪尔·贝克特

塞缪尔·贝克特（Samuel Beckett，1906—1989），20 世纪法国作家，作品有戏剧、小说和诗歌等，其中以戏剧成就最高，是荒诞派戏剧的重要代表人物。他出身于爱尔兰首都都柏林的一个犹太家庭，父亲是测量员，母亲是虔诚的教徒。21 岁时贝克特毕业于都柏林的三一学院，获法文和意大利文硕士学位。1928 年，他到巴黎高等师范学院和巴黎大学任教，结识了爱尔兰小说家詹姆斯·乔伊斯，并担任乔伊斯的助手，参与整理《芬尼根的觉醒》一书手稿。1931 年返回都柏林，在三一学院教法语，同时研究法国哲学家笛卡儿，获哲学硕士学位。1932 年后，他成为职业作家并漫游欧洲，1937 年定居法国。1945 年，曾短期回爱尔兰参加红十字会工作，第二次世界大战结束后不久返回法国，一直在巴黎从事写作。1989 年 12 月，贝克特在法国巴黎逝世。

1981 年　爱尔兰　塞缪尔·贝克特

2000 年　美国　舞台剧

塞缪尔·贝克特

贝克特的创作大致分为两个时期，前期主要创作小说，而后期则主要写剧本。尽管如此，贝克特的文学风格却始终没有很大变化，而是从一开始就选择了一条远离现实主义传统的道路。他对传统的现实主义手法深恶痛绝，曾指责当时的读者只愿意“不费劲地”阅读“形式与内容严格分离”的作品，而不愿意接受像乔伊斯小说那种“直接表述的”作品。他在这一时期的创作有 1930 年出版第一部诗集《胡罗

1994 年　爱尔兰　贝克特

舞台剧《等待戈多》剧照

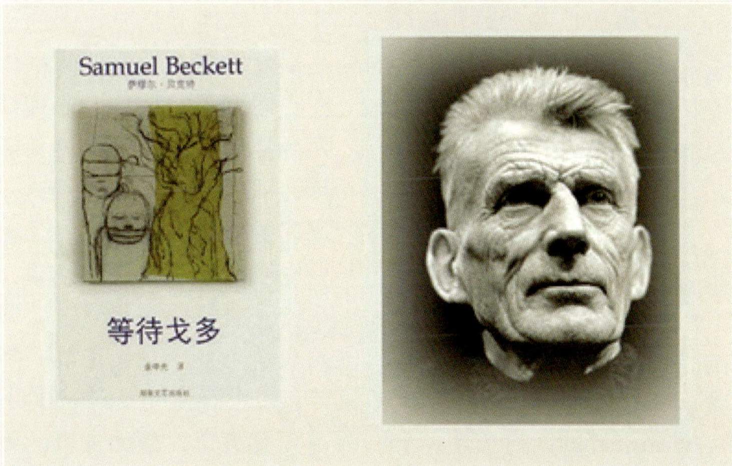

贝克特及《等待戈多》中文版封面

斯考坡》，随后又相继出版了短篇小说集《卵多于石》、诗集《回声之骨》，以及长篇小说《莫尔菲》《瓦特》《莫洛伊》和《马龙狄埃斯》等。1952 年，贝克特的戏剧《等待戈多》出版，标志着作家第二时期创作的开始。这个时期除了出版了《不可命名》和《诺威勒斯》两部小说外，还创作了《失落的一切》《剧终》《啊！美好的日子》和《哑剧》（1、2），以及《乔伊》《来与去》等一系列的戏剧剧本，一些广播剧、电视剧、电影剧本和文学评论等。1969 年，贝克特因为“新奇形式的小说和戏剧作品使现代人从精神贫困中得到振奋”，荣获诺贝尔文学奖。

2006 年　马尔代夫小型张　贝克特

《等待戈多》是贝克特最重要的作品，也是荒诞派戏剧的经典之作。全剧两幕，构思极为奇特。剧中 5 个人物，流浪汉爱斯特拉冈（戈戈）和弗拉基米尔（狄狄）、一主一仆波卓和乐克，以及戈多的信使小男孩。黄昏时分的一条乡间小路，两个流浪汉在路上无奈地等着一个叫“戈多”的人，说着语无伦次的话，做着莫名其妙的动作打发时间。波卓用绳子牵着乐克上场，他们走后，小男孩来了，告诉两个流浪汉：“戈多今天不来了，明晚准来。”

2006 年　圣文森特和格林纳丁斯　贝克特

《等待戈多》作为荒诞戏剧的代表作品，体现了荒诞戏剧的主要特点，是一部反传统、反理性的剧作。剧本呈现在我们面前的是一个非理性世界，通过两个流浪汉永无休止而又毫无希望的等待，揭示了世界的荒诞与人生的痛苦，表现了现代西方人希望改变自己的生活处境但又难以实现的绝望心理，全剧具有极强的象征性。全剧没有传统戏剧中的戏剧冲突，没有完整、曲折的故事情节，也没有传统戏剧中鲜明的人物形象，而是个性模糊、性格破碎的人物个性。全剧语言荒诞离奇，毫无逻辑。重复手法是荒诞戏剧的典型艺术手法，表达了在一个荒诞的世界里，人的一生只能是一个痛苦而毫无意义的重复过程。

第九节　美国作家弗拉基米尔·纳博科夫

弗拉基米尔·纳博科夫（Vladimir Vladimirovich Nabokov，1899—1977）是一名俄裔美籍作家，出身于俄国圣彼得堡一个富裕而显赫的贵族家庭。纳博科夫的父亲是一名自由派律师、政治家和记者，有 5 个子女。纳博科夫是家中的长子，他的童年在圣彼得堡度过。由于家庭中常使用俄罗斯语、英语、法语三种语言，所以纳博科夫从小就熟悉这三种语言。

1972 年　德国　书籍

弗拉基米尔·纳博科夫

1917 年，二月革命爆发，纳博科夫一家乘船离开俄国，前往克里米亚，他的父亲成为了克里米亚的司法部长。但随着 18 个月后克里米亚白军的失败，纳博科夫一家不得不背井离乡去西欧生活。1919 年，纳博科夫从俄国移民英国，成为剑桥大学三一学院的一名学生，主修动物学，还学习了斯拉夫语和罗曼语。1922 年，纳博科夫迁往柏林与家人同住，以私人教授英语、法语、网球、拳击等方式维生。1923 年，纳博科夫接受剑桥法文与俄文学位，并在柏林开始写作，获得了一定的知名度。1922 年，纳博科夫的父亲在柏林被俄罗斯君主主义分子刺杀。次年，纳博科夫母亲与妹妹移居布拉格，纳博科夫继续留在柏林。

电影《洛丽塔》剧照

1923 年 5 月，纳博科夫于柏林邂逅了犹太律师之女薇拉，两人在 1925 年成婚。1937 年，纳博科夫与薇拉移居巴黎。在欧洲生活的这些年里，纳博科夫出版小说《王、后、杰克》《圣诞故事》《防守》《眼睛》《荣誉》《黑暗中的笑声》《天赋》《斩首之邀》，并发表和出版了一些翻译作品、诗集、诗剧和剧本。剧本《事件》与《华尔兹的发明》在巴黎以俄语上演。

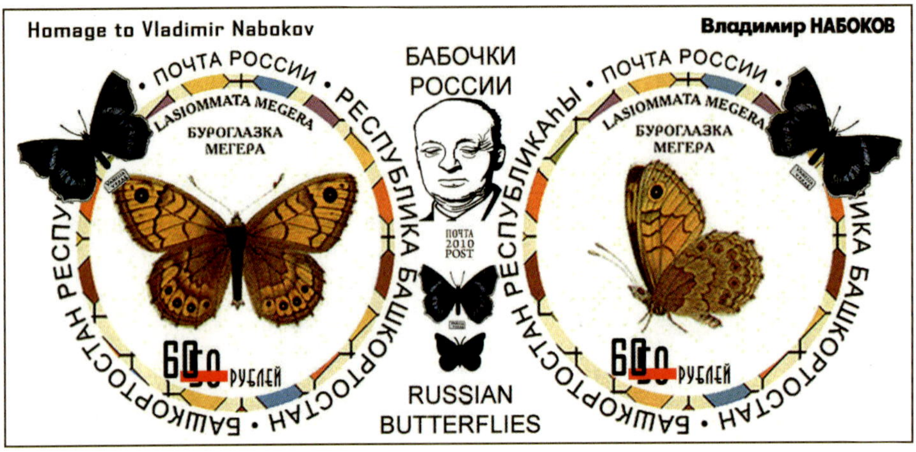

2010 年　俄罗斯明信片　纳博科夫

1940 年 5 月，纳博科夫一家为了躲避纳粹迫害而前往美国。1940—1959 年，纳博科夫在美国生活了将近 20 年，这是他创作的第二个阶段。在此期间，纳博科夫先后在斯坦福大学、韦尔斯利学院、康奈尔大学、哈佛大学教授俄文、俄国文学和欧洲文学，并在美国自然历史博物馆、纽约博物馆工作。1945 年，纳博科夫与薇拉成为美国公民；1948 年，担任康奈尔大学俄国与欧洲文学教授。在此期间，纳博科夫出版了长篇小说《塞巴斯蒂安·奈特的真实生活》《左侧的勋带》《洛丽塔》和《普宁》等作品。《塞巴斯蒂安·奈特的真实生活》是纳博科夫的第一部英文小说，以流亡作家塞巴斯蒂安·奈特的自我叙述，力图探讨身份的认同和“诗与真”的关系问题。纳博科夫第一部引起美国读者关注的小说是《普宁》。作品将作家一贯的流亡主题与巧妙的文体构思融为一体。主人公普宁是一位流亡美国的老教授，在美国学府里频遭冷遇，成为所在学院的笑柄。而个人生活方面，初恋情人惨死集中营给了他痛苦的记忆，前妻丽莎又不断地欺骗和戏弄他的感情。最后，他虽然完成了他的俄罗斯文化史，但职位还是被人顶替，只好离开校园。

纳博科夫

2012 年　乍得小型张　普希金

真正使纳博科夫名声远扬的是他的那部引起争议的小说《洛丽塔》。由于书中描写了一位中年男子与 12 岁少女的畸恋遭到 4 家美国出版社的拒绝，最后只好由巴黎的一家专营色情书刊的公司出版。直到 1958 年，《洛丽塔》终于在美国出版，并迅速掀起一股“洛丽塔旋风”。

1983 年　瓦努阿图　蝴蝶

《洛丽塔》获得巨大反响后，纳博科夫于 1959 年从康奈尔大学退休，移居瑞士蒙特鲁斯，从此创作进入第三个阶段。这个时期，纳博科夫保持了旺盛的创作热情，发表了《微暗的火》《透明物》《瞧这些小丑》等长篇小说，翻译出版了加注解的普希金诗体小说《叶甫盖尼·奥涅金》和自传体回忆录《说吧，记忆》。《微暗的火》由“前言”“诗篇”“评注”和“索引”四个部分组成，看上去貌似一部学术著作。这部小说

电影《洛丽塔》剧照

是纳博科夫小说中最有实验性和最神秘莫测的一部。其技巧炉火纯青，结构别出心裁，被视为后现代主义的经典之作。1977年7月，纳博科夫在瑞士病逝，葬于蒙特勒的公墓。

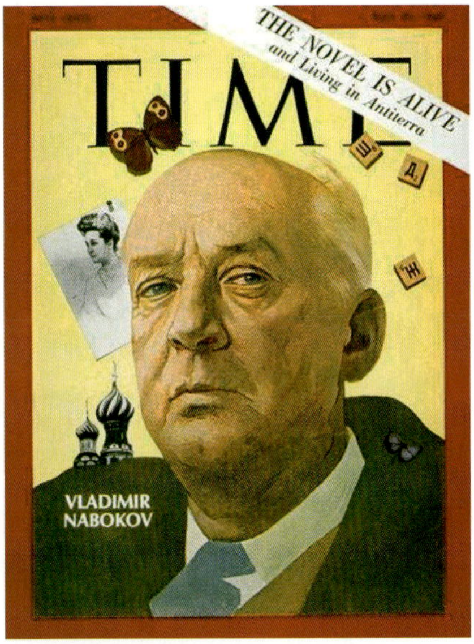

《时代周刊》封面　纳博科夫

纳博科夫在1955年所写的《洛丽塔》，是在20世纪受到关注并且获得极大荣誉的一部小说。这部作品既是作家个人艺术风格的集中体现，也是后现代主义文学中的经典。

小说的正文部分以第一人称叙述，“我”自称“亨伯特·亨伯特”，出生于巴黎，虽然母亲早逝，但家境优裕及父爱使他度过了幸福的童年。13岁时，亨伯特爱上了12岁的小姑娘阿娜贝尔，然而她不幸死于伤寒，给亨伯特心理留下了一道无法清除的障碍，使他养成了一种喜欢9～14岁某类女孩的畸形病态爱好。亨伯特成年后来到美国，继承叔叔留下的公司，同时为美国大学生编写法国文学手册。37岁时，亨伯特邂逅12岁少女洛丽塔，仿佛看见死去的阿娜贝尔而欣喜若狂。为了接近洛丽塔，亨伯特成了洛丽塔家的房客，甚至娶了她的寡母夏洛特·黑兹，并在日记本上热烈地倾吐对洛丽塔的奇思。一天夏洛特发现了日记，但随即死于车祸，没人发现亨伯特的秘密。夏洛特死后，亨伯特以继父的身份去夏令营接出了洛丽塔，当晚在旅馆里发生了关系。在亨伯特看来，是洛丽塔勾引了他，

1962 年　美国明信片　《洛丽塔》

2013 年　格林纳达　现代绘画

他甚至不是洛丽塔的第一个情人。从那以后，亨伯特带着洛丽塔驾车周游美国，一年后在东部安顿下来。亨伯特在大学开设法语讲座，洛丽塔进入当地女子学校学习。第二年，当亨伯特带着洛丽塔开始新一轮旅游时洛丽塔失踪了，亨伯特多方寻找未果。随后的两年，亨伯特一面任大学客座教授，一面与成年女性丽塔生活在一起，但内心始终无法忘记洛丽塔。几年后，亨伯特意外收到洛丽塔的来信，声称她已经结婚、怀孕，并需要钱。在一个肮脏的贫民窟里，亨伯特找到了憔悴邋遢的洛丽塔，弄清了当初拐走她的是剧作家克莱尔·奎尔蒂。奎尔蒂是洛丽塔母亲夏洛特昔日的旧友，也是个性变态者。早在亨伯特之前就与洛丽塔发生了关系。奎尔蒂拐走洛丽塔后，玩弄、抛弃了她，使她被迫嫁给一位贫穷耳聋的退伍老兵。亨伯特心如刀绞，他找到了奎尔蒂，以洛丽塔继父的名义开枪打死了他。亨伯特被捕了，在狱中的56天里写下了《洛丽塔——一个纯洁鳏夫的自白》。小说的“序言”部分中叙述了受“亨伯特·亨伯特”律师的委托编辑了这份手稿，还透露了“亨伯特”已经在审判前几天因心脏病突发死于狱中；一个月后，“洛丽塔”也因为难产而去世。

电影《洛丽塔》海报

纳博科夫的创作追求艺术创新，捍卫艺术的纯洁性。他不喜欢所谓“19世纪现实主义”传统，连斯丹达尔、巴尔扎克和左拉都被他贬为“可憎的庸才”。纳博科夫的小说尽管在形式上先锋色彩浓厚，内容主题上复杂精深，却始终以俄罗斯现实主义文学传统为根基，来加强作品的现实感。这些现实主义色彩细节的描写虽然在作者手中已经变形，加上了现代主义和后现代主义色彩的幻觉和梦境，为人们展现人物形象和他们的生存环境。但正是这些现实主义细节描写的存在，才使纳博科夫的作品在进行当时流行的后现代主义艺术形式试验的

电影《洛丽塔》海报

同时，能够兼顾到小说作品内容具有的社会意义，从而使这些作品具有雅俗共赏的美学效果和一定的故事性，并没有随着后现代主义文学思潮在当下的衰退，而降低其艺术价值和失去对读者的吸引力。

弗拉基米尔·纳博科夫

第十节　美国当代小说家约瑟夫·海勒

约瑟夫·海勒

约瑟夫·海勒（Joseph Heller，1923—1999）是美国当代最著名的小说家之一，也是黑色幽默文学的代表人物。他出生于纽约市布鲁克林的科尼岛区，父母是俄国犹太移民。由于父亲早逝，他和哥哥、母亲只好自谋生路艰难度日。第二次世界大战期间，他曾任空军中尉。战后进大学学习，1948 年毕业于纽约大学，1949 年在哥伦比亚大学获文学硕士学位后，曾任《时代》和《展望》等杂志编辑。1958 年，他开始在耶鲁大学和宾夕法尼亚大学讲授小说和戏剧创作，并当选为美国艺术文学院成员。1961 年，他的超现实主义反战实验长篇小说《第 22 条军规》问世，使他一举成名，当年即放弃职务，专门从事写作。海勒一生作品不算丰厚，1961 年以后陆续发表《轰炸纽黑文》《克莱文杰的审判》《出了毛病》《像戈尔德一样好》《上帝知道》《不是玩笑》《描写这个吧》《最后时光》和 1998 年出版的回忆录《此时与彼时：从科尼岛到这里》。此外，他还创作和改编电影和电视剧剧本以及短篇故事。独白型小说《出了毛病》通过对美国中产阶级日常生活的描写，反映了 60 年代弥漫于美国社会的精神崩溃和信仰危机。《像戈尔德一样好》表现犹太人异化的主题，把家庭中的钩心斗角和政府中的权力争夺交织起来，表明现代社会的政治权力怎样愚弄一个自视甚高的犹太知识分子，使他产生了飞黄腾达的美梦，荒谬得滑稽可笑。读者对海勒后期作品毁誉参半。《出了毛病》被公认为他的第二佳作，而《最后时光》则被视作《第 22 条军规》的续集。有评论家认为，他晚年发表的短篇故事堪称该文类的上乘之作。尽管作品数量相对较少，但海勒无疑被公认为 20 世纪最重要的经典作家之一。1999 年 12 月，约瑟夫·海勒在纽约由于心脏病突发不幸逝世，享年 76 岁。他的逝世给美国乃至世界文坛留下了不易填补的一个空缺。

1995 年　美国　飞行员

1983 年　美国　布鲁克林大桥

1950 年　苏联　空战

海勒是黑色幽默文学的代表人物。他的作品取材于现实生活，注意挖掘社会重大主题，揭示现代社会中使人受到摧残和折磨的异己力量。他的创作方法往往是从超现实而不是从写实的角度出发，经常以夸张的手法把生活漫画化，表现了一种和写实性质的真实完全不同的真实。海勒的代表作《第 22 条军规》被誉为 60 年代以来享誉最盛的小说，作品产生于海勒参加二战的亲身经历。小说主人公尤索林满怀拯救正义的热忱投入战争，立下战功，被提升为上尉。然而，他在和周围凶险环境的冲突中，目睹了种种虚妄、荒诞、疯狂、残酷的现象后，领悟到自己是受骗了。当尤索林假装精神失常以逃避飞行任务时，他被告知他要求停飞这种企图本身就证明他是清醒正常的，因此，他的要求被拒绝。正如一位批评家所说，“第 22 条军规”的荒诞性似乎既适用于人的法律，也适用于上

1994 年　马绍尔群岛　空战

帝的法律。海勒的这部作品超越了反战小说文类的本身，不仅是对战争和军事官僚制度的批判，而且是对生活本身日趋恶化的荒诞性的批判。

电影《第 22 条军规》海报

《第 22 条军规》中文版封面

《第 22 条军规》在艺术上也典型地体现了“黑色幽默”的特点：一是小说结构散乱。这是一种类似戏剧“人像展览式”的结构，每一章重点写一个人物，然后以主人公尤索林贯穿起来。二是叙述方式若断若续。全书只是以若干小故事、小情节若断若续地进行补贴，没有一个贯穿首尾的故事情节。三是喜剧色彩浓烈。以夸张变形的、幽默的讽刺手法造成强烈的喜剧效果。四是喜剧效果中又透着“黑色”。对死亡的恐惧、对疯狂世界的绝望态度，都使人心情沉重。

约瑟夫 · 海勒

海勒小说创作的风格和意义，首先是作者悲观绝望而又幽默的人生态度使他的小说创作形成一种“绝望的喜剧”风格。这种“绝望的喜剧”也可称作“喜悲剧”，是一种形式上的喜剧、事实上的悲剧。其次，海勒作品在黑色幽默文学中影响最大，成为这一流派的支柱。他注意发掘社会重大主题，揭示现代社会中使人受到摧残和折磨的异己力量，具有重要的象征意义。

1974 年　美国极限片　总统石雕

第十一节　哥伦比亚文学家、社会活动家马尔克斯

2015 年　哥伦比亚　马尔克斯

加夫列尔·加西亚·马尔克斯（Gabriel García Márquez，1927—2014），哥伦比亚作家、社会活动家，拉丁美洲魔幻现实主义文学的代表人物，1982 年获诺贝尔文学奖，是 20 世纪最有影响力的作家之一。他出生于哥伦比亚阿拉卡塔卡，童年时代在外祖父家度过。外祖父是个退役军官，性格倔强，为人善良。外祖母博古通今，熟悉神话传说故事。马尔克斯 7 岁开始读《一千零一夜》，又从外祖母那里接受了民间文学和文化的熏陶。1940 年，马尔克斯迁居首都波哥大，1947 年入哥伦比亚大学攻读法律，热心于卡夫卡、福克纳的小说，并开始文学创作。次年因哥伦比亚内战中途辍学。1955 年，他因连载文章揭露被政府美化了的海难而被迫离开哥伦比亚，任《观察家报》驻欧洲记者。不久，那家报纸被哥伦比亚政府查封，于是他被困在欧洲。同年发表了第一部长篇小说《落叶纷飞》。该书借鉴意识流小说技巧写成，背景是作家

马尔克斯

多部作品中的香蕉园马贡多，从不同角度表现美国商业势力入侵马贡多后，人们孤独无奈的心情。1957 年，马尔克斯在巴黎邂逅美国小说家海明威，随后漫游欧洲各国。1958 年，他与相爱已久的恋人梅塞德斯结婚，同年发表中篇小说《无人给他写信的上校》。1959—1965 年，马尔克斯在多家拉美报刊通讯社任记者，并在美国纽约任驻外记者。

1975 年　美国　书籍

1966 年，马尔克斯耗时 18 个月完成《百年孤独》，出版后引起轰动，立即被评论家誉为杰作，并被译成多种文字。1972 年，他的中短篇小说集《纯真的埃蕾迪蒂拉》出版。1975 年，他又发表了长篇小说《家长的没落》。这是一部关于一个独裁者的长篇小说，主人公尼卡诺靠军事政变登上权力顶峰，为维护自己的统治，他对内采用高压政策，血腥镇压反对者，对外则奴颜婢膝，出卖国家主权和财富。小说充满荒诞离奇的情节，打破正常的时空关系，用多人称独白形式构成作品多层次的叙事结构，在浓郁的魔幻氛围中显示出严峻的真实。马尔克斯曾说《家长的没落》是他最成功的小说。1975 年以后，马尔克斯大部分时间住在墨西哥城，涉足新闻行业，并发表了许多公开的政治宣言。马尔克斯与古巴领导人菲德尔·卡斯特罗有很好的私交，并坚信拉丁美洲人应该有寻找解决自己问题的方式的自由。1982 年，马尔克斯获诺贝尔文学奖，并任法国西班牙语

2008 年　几内亚小型张　诺贝尔文学奖获得者

文化交流委员会主席。同年，哥伦比亚发生地震，他回到祖国。1985 年，《霍乱时期的爱情》发表，马尔克斯称之为“一个老式的杏脯的爱情故事”。1986 年，他的报告文学《里丁智利历险记》第一版被智利政府在圣地亚哥公开销毁，不过这一事件保证了它后来几版的畅销。小说描述一个流亡国外的著名电影导演，秘密地回到他的祖国智利，拍摄一部皮诺切特政府独裁统治下的人民生活纪录片的经历。

1963 年　中国　卡斯特罗

1971 年　台湾地区出版的《百年孤独》封面

1982 年　哥伦比亚　马尔克斯

马尔克斯

晚年的马尔克斯因病无法再从事创作活动。2010 年，中国得到了《百年孤独》的出版授权。之后，《我不是来演讲》《霍乱时期的爱情》等多部马尔克斯作品在中国陆续出版。2014 年 4 月，马尔克斯在墨西哥城去世，享年 87 岁。

2014 年　哥伦比亚　马尔克斯

1984 年　台湾地区出版的《百年孤寂》封面

《百年孤独》是马尔克斯的代表作，也是魔幻现实主义文学最重要的作品。其特点主要表现在两个方面：一是现实主义和现代主义相结合；二是大量运用了象征和暗示的手法。作家遵循“变现实为幻想而又不失其真”的创作原则，使读者获得一种“似真非真，似假非假”的艺术感受。小说以马贡多村镇为背景，描写布恩地亚家族七代人的命运，从而折射出哥伦比亚乃至整个拉丁美洲一个多世纪的历史进程，从政治、经济、文化等诸方面探讨了拉美地区贫穷落后的原因。布恩地亚家族总的趋势是一代不如一代，走着一条逐渐没落直至灭亡的道路。他们的精神历程都是由狂热的欲望追求，转为最终的孤寂和冷漠，因此孤独是这个家族每一代人的共同特征。《百年孤独》在艺术上取得极高的成就。首先，体现在弥漫于全书的魔幻氛围上。小说中有很多奇异的、魔幻的东西，然而又都是不难理解的东西，都有特定的含义和所指。如乌尔苏拉的曾孙女、人称俏姑娘的雷梅苔丝，是那样的妩媚，使得男人们神魂颠倒，一位外乡绅士因为得不到她的爱而丧了命；而她自己直到停留在人间的最后一刻，丝毫不知道自己迷人女性的万劫不复的命运——每天都在给人们带来灾难。其次，小说的叙述角度很有特色。这部小说总体保持倒序的风格，但在强化小说历史意识的同时，突出了作品的现实意义。从某种意义上讲，“孤独”思想的原因是马尔克斯的创作理念，他向读者揭示了20世纪上半叶哥伦比亚乃至整个拉丁美洲所处的封闭、落后、腐败和独裁的社会氛围。“孤独”思想一直贯穿于马尔克斯的整个创作过程，他用自己的文字刻画了人类心灵中最深刻、最本质的“孤独”。马尔克斯描写出以死亡为背景的种种生活现象下的孤独：梦境中的孤独、困境中的孤独、面临他人死亡时的孤独、不通人道造成的孤独等。

1982 年　哥伦比亚　马尔克斯

马尔克斯是一位在艺术上永不满足、刻意求新、不断探索的作家。他的作品多取材于拉美的现实生活。他把魔幻现实主义这一文学流派推向一个新的高度，给拉美和世界文学做出了贡献。

2001 年　挪威小型张　诺贝尔奖 100 周年

参考文献

1. 匡兴，陈惇．外国文学（上、下）［M］．北京：北京大学出版社，1987.

2. 郑克鲁．20 世纪外国文学史（上、下）［M］．上海：复旦大学出版社，2007.

3. BY 工作室．巴黎文学地图［M］．上海：华东师范大学出版社，2007.

4. 赵恕中．365 日世界名人邮票集［M］．成都：四川少年儿童出版社，1988.

5. 李近朱．邮票图说西方音乐史话［M］．北京：北京科学普及出版社，2008.

6. 冯新平．西方音乐简史（邮票插图版）［M］．合肥：合肥工业大学出版社，2012.

后　　记

纵观世界文学史，各时期出现了不少著名作家和许多不朽的文学作品，给世界文学宝库留下了丰富的文学遗产，其中不乏诺贝尔文学奖获得者和他们的获奖作品。阅读文学作品可以增长我们的见识、提高我们的阅历、丰富我们的情感，可以让我们发觉世界的精彩与生活的美好。阅读文学作品可以让我们在文学的海洋里遨游，享受文学作品给我们带来的乐趣，同时能够提高我们的文学水平和修养。阅读文学作品对于从事人文艺术教育的工作者来说更具有重要的作用，试想一个人文艺术教育的工作者，如果没有专业之外的人文阅读，很难说他会具有多么高的文化修养与品位。

我们在音乐史论和音乐欣赏教学的过程中发现，音乐作品中有很多与文学著作有关，其中一部分就直接来自文学作品。在交响乐领域，匈牙利作曲家、钢琴家李斯特创立并发展了一种“交响诗”的新曲式，他创作的13部交响诗大部分以文学作品为题材。如第一首交响诗《普罗米修斯》取材于希腊神话；《塔索》来自歌德的同名戏剧；《山中所闻》《玛捷帕》出自法国文豪雨果的诗作，而《哈姆雷特》则根据莎士比亚的同名戏剧改编。李斯特在其论著中写道：“音乐与文学有着不可分割的内在联系，依靠并运用这种联系，音乐就能达到人的思想、感情、意志、愿望所交织成的一个焦点。”的确，音乐与文学联系紧密，文学艺术给予了李斯特无限的音乐创作灵感，其后音乐史上不少作曲家，如柴可夫斯基、柏辽兹、理查·施特劳斯等人都利用文学作品创作了许多不朽的音乐作品。这部《西方文学简史（邮票插图版)》是在我们多年文学、音乐史论和音乐教学的基础上，整理总结了教学中的重点和要点，并结合我们多年收集的中外文学、文学家以及与之有关内容的邮票、邮品的基础上，编著的一部内容丰富、图文并茂的文学史论工具书。该书不仅能开拓各专业大学生的阅读面和知识面，而且还能提高大学生文学知识水平和综合素质。这本书作为一本图册，不但可以满足音乐爱好者和集邮爱好者的收藏需求，亦是文学欣赏研究和集邮研究的一项成果。

这部《西方文学简史（邮票插图版)》采用了邮票插图的形式，在编著过程中，得到多方面的支持和帮助，远在加拿大的兄长冯新邦先生在国外还帮助我们收集到许多邮票邮品。在此向所有帮助我们的各位朋友、向合肥工业大学出版社表示由衷的感谢。

由于时间仓促、学识有限，书中疏漏之处在所难免，恳请广大读者、同行批评指正。

安徽艺术职业学院　冯新平、谭晓春

二〇一七年冬日